这男人就跟蘑菇一个样
越是漂亮越是有毒

太子妃晋级记

TAI ZI FEI JIN JI JI

孔十五/著

KONG SHIWU

贵州出版集团

贵州人民出版社

图书在版编目（CIP）数据

太子妃晋级记 / 孔十五著. -- 贵阳 : 贵州人民出版社, 2017.12（2021.4重印）

ISBN 978-7-221-14480-5

Ⅰ.①太… Ⅱ.①孔… Ⅲ.①长篇小说－中国－当代 Ⅳ.①I247.5

中国版本图书馆CIP数据核字(2017)第283620号

太子妃晋级记

孔十五 著

出 版 人：苏　桦

出版统筹：陈继光

选题策划：大鱼文化

责任编辑：潘　媛

特约编辑：周丽萍

装帧设计：Insect

封面绘制：饼子会飞

出版发行：贵州人民出版社（贵阳市观山湖区会展东路SOHO办公区A座 邮编：550081）

印　　刷：北京时尚印佳彩色印刷有限公司

开　　本：880×1230毫米 1/32

字　　数：183千字

印　　张：8.5

版　　次：2018年1月第1版

印　　次：2018年1月第1次印刷
2021年4月第2次印刷

书　　号：ISBN 978-7-221-14480-5

定　　价：42.80元

目录

太子妃晋级记

TAI ZI FEI JIN JI JI

目录

太子妃晋级记

TAI ZI FEI JIN JI JI

第一章
霉星照人

"曾经有个美丽贤惠的女子，可您没有珍惜，硬生生把我们强拆了。如今您就忍着吧。"

TAI ZI FEI
JIN JI
JI

北辰国洛城最为繁华的街道上，张贴着一张皇榜，引得人日日围观讨论、奔走相告，其热闹程度不亚于以往的任何一桩皇家秘闻。

"听说了吗，太子要选丑女，哦不，是要选侍女啦。"一位提着菜篮子的胖大婶，对身边的瘦大婶说。

皇家八卦满天飞，七公主出轨看上了小太监，皇后的兜肚出现在后厨总管的屋子里，太医和贵妃搞了破鞋，但这些八卦都没有太子选妃来得猛烈，来得让人心生澎湃。

不为别的，只因这北辰太子傅承泽一向清心寡欲，而他选妃的标准，又实在是太过匪夷所思，大大超出了北辰人民的心理预期。

北辰太子傅承泽据传说品位相当奇特，太傅家知书达理的孙女他瞧不上眼，大将军家貌美如花的小姐他不屑于看，这么一来二去倒是成了大龄剩男，急煞了满朝文武，生怕北辰江山就此断送在×无能的太子手里，后继无人。

话说太子年过二十却仍清心寡欲，以至于做梦都想抱曾孙子的太后放了狠话，让太子无论如何都要选个妃，不能让东宫没有女主人，否则她老人家就去躺皇陵，活活憋死自己以向列祖列宗忏悔。

为了配合太后惨无人道的催婚行动，文武百官在东宫外跪了一行行，大臣们痛哭流涕。其场景跟当年先帝驾崩有得一拼，使见者惊心闻者落泪，只求太子能一展雄风，选个妃、生个娃。

然而我们的太子是个有个性的太子。

傅承泽看着殿外跪着的一排排老头子，嘴角勾了勾，又抬头看了看天上的大太阳，留下句："既然这么喜欢日光浴，爱卿们就晒着吧，等会儿我让阿卫吩咐御膳房，为爱卿们准备好清凉解暑的绿豆汤。

太子如此任性，他老爹难道不管？话说，北辰的老皇帝年轻时荒淫无道，国家治理都掌握在太后手里，彼时皇帝龙体已垮，大部分时间都在卧床休息。自己都是出气多进气少，哪有闲工夫去管自己儿子如何作死。

唯有身为奶奶的太后特着急，奈何孙子是个叛逆少年，还是个叛逆的病娇少年，早些年因为害了些什么病，留下了病根。三句话不合，太子就咳得像要断气了一样："皇……咳咳……奶奶，你……咳咳……不要逼孙儿了。"

那样子，活像是要咳出一口血来，太后她老人家哪还敢说什么。

这打不得又骂不得，老太太憋了满眼泪，心里一急，气昏了过去。

祖孙俩这么对着干，可苦了一帮大臣，每天上朝听太后垂帘听政，下朝后也不能回家老婆孩子热炕头，就这么齐刷刷跪在太子殿前。

这一跪就是小半月，大臣们轻则双膝发软两眼发昏，重则竖着进来横着出去，总之一个字：惨！

那段时间里，各位大臣的夫人都变成了发明家，做出各种让夫君能够跪着舒服一点的工具，大大促进了北辰国手工业的发展。

一场浩浩荡荡的惨事，终止在各退一步——太子傅承泽在折腾了这么一番后，终是同意了太后的意见，郑重考虑起选妃的事情。而太后也退了一步，将选妃事宜全权交给太子，不再插手。

看起来互赢的事情，实则暗藏玄机。叛逆的病娇太子仍在为自己做最后的挣扎，他半倚在床头，惨白着一张脸说道："皇奶奶，选妃是可以选，但是选什么样的人要按照我的标准来。而且，我不要直接选妃，要从侍女做起，这样才能慢慢地培养感情。"

太后哪还敢挑剔那么多，再说现在年轻人也讲究自由恋爱，立刻点头说好："成成成，只要你愿意，选个啥回来奶奶都乐意。"

太后的内心，其实是这样的：只要他大孙子给她整回来个孙媳妇，再生个大胖曾孙子就好，至于这孙媳妇是矮的高的胖的瘦的，她老人家才不会在意。真的，一点都不在意。

可万万没想到的是，太子做事如此之绝，让太后在N年后悔得肠子都要青了。

而此时，太子傅承泽的眼中闪过一丝阴谋，在心中暗暗笑了三声。

太子选妃先从侍女做起？这在北辰国是前所未有的，哪里有太子妃还要过“实习期”才能转正的？

这么一折腾不打紧，原本几个想把自家女儿、侄女、外甥女塞进东宫的权贵，一听“侍女”两字，顿时打消了念头。他们祖上三代都是当官的，才不要当什么侍女。不过还有一些态度坚定、积极想把女儿嫁进东宫的人在乐此不疲地忙活着。

要不说，这北辰国的太子聪明又机智呢，为了展示自己的倔强，为了告诉世人自己不是随随便便就听奶奶摆布的窝囊废，他还特意命人张贴了一张前无古人后无来者的皇榜，要在全国范围内，找到一位又倒霉又丑的姑娘，来做自己的未来太子妃。

这简直就是明摆着跟太后作对！哪个奶奶不希望自己的孙子找个又漂亮又贤惠的孙媳妇？

面对太后的再次劝告，傅承泽仰着头，满含泪水说：“曾经有个美丽贤惠的女子，可您没有珍惜，硬生生把我们强拆了。如今您就忍着吧。”

太后有苦难言，但话已经说出来了，也就由着太子胡闹。

丑和倒霉，二者缺一不可，这就是北辰太子傅承泽选侍女的标准。

由于其条件太过苛刻，皇榜张贴一月有余，至今也没有一位女子能入选。

“嘁，说是选侍女，这说不定侍着侍着，就飞上枝头变凤凰了。”瘦大婶挖了挖鼻孔，一副很懂的样子，笑胖大婶见识短浅，“这摆明就是在选妃呗，咱北辰的太子也老大不小的啦，血气方刚的年纪你懂得。”

胖大婶小眼一聚光，猛拍大腿：“嗯，有道理，我真是后悔咋就把我家闺女生成了那副模样，早知道生她的时候就让脸先着地摔她个毁容破相。现在这副模样离太子爷的标准差得不是一丁点啊。”

瘦大婶嘴角抽了抽，为胖大婶家的女儿默哀，约莫着这闺女大概是抱养的吧，说道：“可不是嘛，全城也没有几家闺女能达到太子爷的标准，唉，我倒是好奇最后是哪家的姑娘入得了太子的眼。”

胖大婶与瘦大婶相视一笑，尽是猥琐的了然，外加几分中年大婶等待看热闹的兴奋。

此时的东宫中，有人立于窗边几案前，微微俯身认真描画着什么。此人长身而立，气质华然，一双凤目低垂，两道英眉斜入云鬓，薄唇微抿不怒自威。仔细看，画中却是一个胖娃娃手里拿着一串糖葫芦正吃得满口生香，笑露出缺了一颗的门牙，长得跟宫外人过年时贴的年画娃娃一样可爱。

看着画，他忽而一笑，窗外落英，衬得屋中人宛如谪仙。

太子傅承泽刚把笔放下，一旁伺候的阿卫极有眼色，将提前准备好的热毛巾递了过去。

傅承泽净了手之后，漫不经心地问道：“这几日可有什么动静？”

“太后那边倒是消停了不少，只是还有几位将军和大人们依旧企图为殿下送上他们的女儿。”

阿卫在说这话时，不乏有几分讽刺。今儿个一早，退休好几年的礼部尚书陈大人便候在他门外，希望他这个贴身侍卫能帮自己通融下，想想法子把自己那个横竖都一米七的女儿弄到太子殿前。

阿卫实在觉得好笑，就算他帮忙通融了，依太子的小身板，还不得让那陈家小姐一屁股坐死？也不知道陈大人是怎么想的？

傅承泽见他脸上憋着笑意，就知道没什么好事儿，黑着脸问：“你在笑话我？”

也不能怪我们的太子爷敏感而自卑，阿卫默默地想，毕竟已经是二十岁的大龄剩男，按照北辰国的风俗习惯，这个年纪还没有结婚的男人也是屈指可数。

“回殿下，臣并没有笑话您，臣只是在想怎样才能从这众多的美女中，为您找到最合适的那一个。”

他说到“美女”二字时，满脑子都是陈家小姐胖如包子的脸，还带着一个个的褶子，精彩万分。

这样的回答还算满意，太子爷点点头，问道：“那么找到了吗？”

阿卫觉得自己就是传说中那种，挖个坑把自己埋了的蠢星人，他接过太子用过的毛巾，悻悻地说：“还没有找到那个最合适的人。”

阿卫在“最”字上刻意加重了音，没办法，谁让他家太子这么挑剔这么奇特呢。这几日来应选的人，不是太漂亮，就是不够倒霉，一点不符合太子的审美情趣。

傅承泽身形一顿，负手而立微微点头。没有找到吗?

他抬头看着窗外的那株樱花树，花开花落已经三载，可当初在树下吵吵闹闹的两个人怕是再也回不来了吧。他嘴角微勾，眼中闪过一丝笑意，可随即而来的却是深深的失望，被刻意隐藏在那双棕色的瞳孔中。

见自家主子似乎有那么一丢丢的落寞，阿卫默默叹了口气。别人只知道太子在全国范围内大规模选妃，实则他只是为了找寻一个人。而这个人像是凭空消失一般，找了这么多年也找不到。

太子爷身份特殊，若是被人知道他如此大动干戈去寻找一个人，自然会是一番风云涌动，所以这些年他们只能悄悄寻找，最近借着选妃的由头，才派出了精锐暗卫来悄悄调查。

沉默半晌后，傅承泽挥手打翻了桌上的茶盏，他单手握拳，似有痛楚："这么久了，为什么还是找不到？"

阿卫低着头，不敢说话。

"季将军那边可有动静？"傅承泽不过站着作了一幅画，加之气火攻心，此刻已是脸色惨白，看起来病恹恹的。

阿卫扶着他在床边坐下，这才说："季将军这次在边关平定了战事，不出月余大约就能回来了。"

傅承泽又咳了两声："是吗？"

那双如潭水一般漆黑的眸子暗淡了下去，薄唇轻启："一定要赶在他之前找到鱼儿，这次绝对不能再被他抢先一步。"

当初便是一步落后，步步错，他再也不愿承受这种日夜锥心的痛苦。

阿卫嘴上答是，心里却是没底儿，这人三年都没找到，这一个月的时间又如何能找回来？

傅承泽旋即想到这次荒唐的选妃，皱着眉问："这次选妃，百姓们可有什么说法？"

毕竟也算是北辰国的头等大事，自然会被人热议。

阿卫心想不能再说那些糟心的事儿了，必须得让太子爷高兴起来，尽量拣着好话说："百姓们都夸您人品好呢。"

傅承泽来了兴致，此次选妃本是为了给寻找鱼儿打掩护的，他没有半分的兴趣。可听到阿卫这样说，他半挑着凤目问道："人品好？怎么个好法？"

阿卫摸了摸脑袋，回想着今日在街上听到的那些言语，尽量挑好的说："百姓们都说，咱们太子不贪恋美色。"

可不是嘛，那份皇榜上分明写着，来竞选侍女者必须是年方十六，相貌猥琐的女子。呵呵，真是一点都不贪恋美色，北辰国民真应该庆贺一下。

傅承泽听罢，小白脸微微发红，有几分不自然。这还不是为了给皇奶奶添堵吗？

"百姓们说，您的这张皇榜带动了北辰国经济的发展。"

傅承泽双目一亮，万万没想到，自己的小小举动，居然会有这么大的收获。

只听阿卫接着说："为了猜谁最后能当选您的侍女，各大赌场纷纷设局，下到六岁小娃，上到六十岁老妪，恨不得拿出自己的棺材本来下注，可不就是带动了经济发展嘛。"

傅承泽一头黑线，英眉微微抽搐，耐着性子说："那现在押谁的比较多？"

“当然是王家小姐了，据说她嘴边一颗大痣无人能敌，痣上还有几十根精致的毛发，发质相当不错。还有梁家外甥女也是个潜力选手，横竖都是五尺，走路都是用滚的，省劲！”

傅承泽朝着他比了个手势，让他麻溜闭嘴，这才没有把午饭吐出来。阿卫不愧是从小跟在他身边的，这么多年风里来雨里去，居然没被人灭口也是不易。

太子爷缓了一缓，压制住刚才差点喷涌而出的胃酸，抿唇轻咳一声：“百姓可还说别的了？”

“百姓们还说，太子……”说到这里，阿卫顿了一下，思索着该不该说下去。

傅承泽的印象中，有位叫肉子的先哲曾曰过：话说一半，比屎拉一半更让人着急。

他瞥了阿卫一眼，眼神那叫一个阴冷，直看得阿卫一个激灵，忙解释：“那我说了您不许生气。”

傅承泽点点头，允了，这世上难道还有比阿卫刚才说的更让人倒胃口的话？

“咳咳，他们都说以为北辰国的太子不能人道，这下您选了侍女，谣言不攻自破，您为自己力证，他们还说您很重口，连那样的……”

阿卫的“您都能下得去口”还没说完，便被傅承泽一脚踹了出去，正好撞到一人身上。来人身材高大，扶起了跌在自己怀中的人，有些责怪：“你又惹太子爷生气了？”

阿卫很委屈，耷拉着脑袋从地上爬起来。明明是太子说不会怪他的，干吗还踹人，说话不算话，哼，对得起他太子高贵的身份吗？

“阿航你可算是回来了。”阿卫拍拍身上的土，迫不及待地要把委屈分享给好兄弟，“太子爷最近火气可大了，你要是再不回来，主子说不定就偷偷跑出宫了。”

以前傅承泽就曾偷偷出宫，虽然做好了一切安排，可还是被精明的太后知道了。太后自然不能惩罚“体弱多病”的太子，而跟着太子的一众人却惨了。就连阿卫这样的贴身近侍也被罚去刷马桶一个月。回来后，他愣是被傅承泽嫌弃得一脚踹进了静心湖，说是让他好好去去身上的五谷轮回味儿。

说起来，在踹人这项技能面前，太子爷敢称第二，没人敢称第一。

梁航跟阿卫一样都是跟在太子身边的亲信，武艺高深，深得傅承泽的信任。他点点头，刚想开口说些什么，屋里的人突然发了话：“阿航回来了？”

梁航表情一变，给了阿卫一个眼神，整了衣冠进屋，恭敬地对着傅承泽施了一礼。他自幼便接受训练，深知眼前的太子是他一生都要誓死效忠的，可是他家主子咋就这么不靠谱。

当年跟他一起训练的小伙伴，如今不是跟着自个儿的主子上了战场，就是立了功劳，只有他，每次都要接受来自自家主子的“特殊”任务。

比如这次，要去宫外帮主子找一位丑女，还是一位很倒霉的丑女。

梁航敢怒不敢言，只得打碎了牙往肚子里咽。

他的保家卫国的理想哟，他的精忠报国的美梦哟，多少的雄心壮志被磨灭在太子爷的手里。一条硬生生的壮汉，愣是被逼成了寻人的忠犬。

傅承泽一向不喜欢这些虚礼，挥了下手："又没有外人，何必来这些虚的。"眼下他更关心的是另一件事，"找到唐家小姐了吗？"

他们表面上在全国范围内选妃，实则在寻找这位唐家小姐唐鱼儿，也就是太子爷传说中青梅竹马的小初恋。

梁航摇了摇头，面容严肃地回答："没有，别说洛城，连周边我也找过了。爷您是知道的，咱们北辰国说大不大，可说小也不小，一个人若是诚心躲着您，又怎么能找到？再说，当时据说是季将军将唐小姐救了出去，谁又能知道他是不是把唐小姐带走了。"

当初那件事情发生时，梁航恰好有别的任务，没在洛城，等他回来时，主子却成了眼下这副病恹恹的样子。

傅承泽如冰雪般的面上划过一丝难过，曾经他也以为会是季泽带走了鱼儿，他也不止一次低声下气去求季泽，只为问得唐鱼儿的下落。

可季泽永远是一副恨不得他受永世之苦的模样，哪里会把唐鱼儿的下落告诉他。

后来，傅承泽调查到季泽原来也在寻找唐鱼儿，这才知道不只是他一个人弄丢了她。

傅承泽微微点头，低声道："你说，她是不是还在怪我，所以躲着不见我，怨我当年没有帮她。"

对于过去的那件事，梁航知道自己的主子有多愧疚，他是练武之人，一时竟不知道该如何去劝解主子，最后只得说："奴才会再去找，只是人海茫茫，您还是要做好心理准备。"

傅承泽没有说话，他也知道天下之大要找到一个人有多难，可若是找不到她，此生他都难以心安，最起码让他知道她过得很好。

窗外樱树下的秋千被风吹动，无声摇摆着，屋子里的人脸色苍白，唯有双唇鲜红如血。

“阿航，请你一定要好好寻找。”他实在是不知道除了托付给这些自己最信任的人还能怎么办。

梁航震了一下，抬头望着自己的主子，郑重地说：“请您放心，臣一定竭尽全力。”

太子殿下这么严肃地叮嘱他，梁航暂时收起了自己的边关梦，暗自决定就算是掘地三尺也要找到那位唐家小姐。

洛城有条街，叫寻花问柳街，江湖人又称狼喊鬼叫街，文人们称之为风流街。顾名思义，这是条集唱歌、跳舞、吟诗作对为一体的娱乐街。

顺着街口往里走，路边是各色的小吃和稀奇玩意儿，飘着甜腻气息的桂花糕，滋滋冒油的异域烤羊肉，老手艺人做好的小糖人儿……伴着不远处湖面船坊里传来的歌声，有一种市井踏实的感觉。

而街中的酒楼一向是文人骚客的聚集地，在这里谈谈诗词，唱唱歌赋。当然，各路文人雅士也相当热衷谈论八卦，所以这里消息的传播速度也很快。

在这些酒肆中，最热闹好玩的当属北辰第一楼，据说，这里是当今太子的亲叔叔，皇帝的亲弟弟，太后的非亲生儿子五王爷傅竟意所开。当年开业时曾经轰动一时，皇亲贵族做正经买卖的不少，可开酒肆的却是不多见，偏这五王爷与众不同。

北辰第一楼既是五王爷所开，一般闲杂人等便不敢在此闹事，适合畅所欲言。

此时，几个相貌堂堂的年轻人围坐一桌，话题依旧是太子选妃。

“陈兄，依你看此次太子选妃会是哪家小姐？”如今不仅是赌场里纷纷设局，在这些文人墨客中，大家也都有自己的看法，压上一些墨宝砚台，也勉强算是附庸风雅。

那个被叫作陈兄的自认为很潇洒地抖了抖扇子，扇子却被牢牢卡住没抖开，甚是尴尬，一时惹得旁人纷纷笑开。

陈兄也不恼，暗搓搓地收起那把不听话的扇子，自顾自地说：“我看大将军家的二小姐倒是蛮有希望的。大将军季福常年驻守边关，为保我大北辰的基业，只怕是太后也希望能够与这般英雄人物结亲。”

有道理，众人纷纷附和。

但也有人有不同意见：“我看王尚书家的小姐也不错，据说还是太后的二姨妈的舅舅的表哥的孙女，如此这般也是太后的人。”

嗯，也有道理。

“李兄你怎么看？”

被唤作李兄的男子刚要开口，一个拄着拐棍，步履蹒跚的老妇人走了过来。老人家手里拿着一个缺了口的碗，一身褴褛，俨然乞讨的模样，一笑露出只剩下一颗的大黄牙：“你们这些小年轻懂个什么，太子怎么可能选妃呢，太子命定的人可是那位唐家大小姐呢。”

原本热闹的酒楼，因为老妇人的一句话而变得静悄悄的。擦桌子的店小二拉过妇人，小声说：“哎哟喂，您可别在咱酒楼里说这话，唐家如今是……”小二使了个眼色，暗示她不要乱开口。

老妇人哼了一声，接过食客递过来的两个牛肉包子，一边往外走，一边喃喃：“有些人是天生的缘分，我替唐家小姐算过命的，她跟太子才是良配，上好的姻缘。”

这群食客口中的唐家，原本是北辰国极富之家，曾经一度掌握着整个北辰的经济命脉，后来不晓得因为什么得罪了皇权贵族，一夜之间迅速衰败，成了人人都避讳谈论的禁忌。当年唐家风光时门庭若市，都恨不得能跟唐家攀上关系，而如今却连提一提也是忌讳，世态炎凉至此也是令人心酸。

而乞讨的这位老婆子，早年因为家乡闹了水灾，逃难的路上又跟亲人走散才沦落到在洛城里乞讨。那时老太太因为三天没有讨到吃的，而饿晕在唐家门口。唐夫人心慈仁善，连忙命人做了热气腾腾的饭菜端给老太太吃，并且给了老太太几两银子。

如此，老太太感念唐家夫人，就为夫人怀里抱着的黄毛小丫头算了一挂，这么一算，老太太脸上尽是恭敬：“好心的夫人，你家这女娃娃可是了不得哟。”

唐夫人生得貌美，即使已是孩子的母亲，却依旧犹如天真少女，拉着老婆婆的手很是亲热：“婆婆，我家鱼儿的姻缘如何？这辈子可还嫁得出去？”

“唐夫人，我要说的正是唐小姐的姻缘。唐小姐将来必定能嫁给这北辰最尊贵的人，这可是上好的姻缘啊。”

北辰最尊贵的人？唐夫人愣了一下，旋即笑了起来，这北辰最尊贵的人？唐夫人低头看了看自家闺女的小模样，苦笑着说："我家女儿生得这般，将来能顺顺利利嫁人已是不错，我可不敢有这般奢望。"

老太太摇摇头，再看一眼旁边的黄毛小丫头，神秘兮兮地说："唐家小姐长大后必定会倾国倾城。不过……"环顾一下唐家四周，老太太叹了口气，"有句话，今天我老婆子得夫人所助，您就当句胡话听着吧。唐家将来会有一难，度过了便是富贵显达，度不过便是……"后话不言而喻。

唐夫人只当她是胡话，也就没有在意，又让人给老太太准备了一些糕点带在身上，这才跟老太太告别。

没成想，老太太一句话竟成了真，几年后唐家果然有了大难，可惜并没有度过。

太子选妃的消息比任何一场疾病的传播速度都要快，北方一个叫宁城的小地方也被张贴了皇榜。这几日，只要家里有十六岁适龄女孩的，都恨不得在女儿脸上造点孽，好符合太子扭曲的审美观。

可是无论这些女孩如何"打扮"，都比不上某些"天生丽质"的。

攒动的人头中，一个小厮模样的人，围观皇榜后，大笑三声："哈哈哈，又丑又倒霉，这说的不就是我家小姐嘛，哈哈哈，我家小姐这是要发达的节奏啊。"

周围几个同在看皇榜的乡里听到动静纷纷瞅向他，在认出他后不约而同地退后一步，在小厮附近形成了一个怪圈，没有人敢靠近。

而群众们望向他的眼神简直耐人寻味，恐惧中夹杂着一丝鄙夷。

小断模样俊俏昂首挺胸，得意地哼了一声。以往因为他家小姐在这宁城中名声不太好，所以他们这些下人出门都是低着头走路，时常还被欺负，如今大概可以扬眉吐气了吧。

“嘁，你们这些狗眼看人低的家伙，要是我家小姐当选了太子妃，我看你们还敢这么对我不。”

说罢，小断把头抬得更高，在别人怪异的眼神中一蹦一跳地回府汇报这个好消息。

徒留群众们面面相觑，了解情况的围观群众不得不承认，太子选妃的标准就像是为这家小姐专程定的一样，让人想不服都难。

说起小断家的这位小姐，众人心里也是一颤，他家的那位小姐，简直啧啧啧。

小断的家在城西一所不大的院落里，这院落遗世独立，周围也没有什么邻居。他们最初来宁城时，还有些街坊肯跟他们走动。可他家小姐生来就具备瞪谁谁丑和瞪谁谁倒霉的技能，所以没多久就惹得邻居们生厌，纷纷搬离，后来甚至发展到整个小城的人都孤立他们。

他家小姐初到宁城时，上门提亲的人还是不少的。但是只要上过她家门的媒人，回去后不是路上被野狗咬了，就是感染了怪病。有一次，小姐出去买东西，只因多看了卖胭脂的姑娘一眼，第二天那个貌美如花的姑娘便起了一脸的痘痘，又红肿又难看，活生生是破了相。

就此，她家小姐的“丑名声”渐渐传开，大有越传越离谱的趋势。

最夸张的是，只要他们家小姐出门逛街，方圆三里的人都闭门不出，生怕与她双目直视，被沾惹上倒霉。

从那以后，他家小姐就大门不出二门不迈。呵呵，如果以为他家小姐乖巧地在家中练字刺绣，做些寻常人家女儿做的事那就错了……小斯推开有些老旧的大门，喊一声：“小姐，我回来了。”

院子中并没有其他人，静悄悄的，小斯想也没想就往后院走去。他家小姐果然又在作孽了。

只见院子中立着一位女子，面容姣好，身段匀称，穿着一身翠绿纱裙，模样乖巧。此时，她双手举着一个靶子，浑身轻颤地对着另一位女子求饶：“小姐，别玩了好不好，这样很恐怖的啊。”

当活靶子什么的，简直吓得她花容失色。

被唤作小姐的女孩年方十六，因为瘦小看起来要比同龄人更显稚嫩一些。鹅黄色裙子衬得她肤色白皙细嫩。嗯，再看五官，大概就只能用“长了鼻子和眼睛”来形容了。

这真真是一位小鼻子小眼睛的女子，尤其是那双颇具特色的小眼睛，贱贱地眯成一条小缝隙，几乎让人怀疑她的视线够不够好用。

小眼女子听到求饶后呵呵一笑，露着两颗调皮的小虎牙，笑着说：“小翠，这一点都不恐怖，最多我射偏的时候你会疼一下下，放心好了，如果不小心误伤了、流血了，本小姐一定会给你找全宁城最好最好的大夫，用最好最好的金疮药。”

小翠的腿肚子都要吓软了，哆嗦着说：“小姐，你的水平跟李府的那位大人有一拼。”

小鼻子小眼睛微微兴奋：“是吗？我还能跟李府大人相提并论？”

小翠摇摇头：“并不，他是百分百空手接白刃，而您是百分百会射伤我的！小姐，我全家老小还指着我养活呢，我要是出了事他们可怎么办？再说最好的金疮药什么的，你就别骗我了，咱们府上已经穷到连午餐都要克扣了。”

想想当年，哪顿不是鸡鸭鱼肉样样俱全，如今，连只鸡腿子都要主仆三人分着吃，好不凄凉。

小鼻子小眼睛暗笑两声，说道：“别诓我了，你七岁就到我家来做丫头，哪里还有什么家人需要你养活？你求饶也没用，今天这箭我是一定要射出去的。”

说着，她调整了一下方向，瞄准了小翠，嘴里还嗖嗖嗖自带配音效果，达到了动作与音效的完美结合。

眼看着举靶的女孩都要吓哭了，小斯赶紧跑过去：“小姐小姐，我有好消息告诉你。”

转移话题这招小斯掌握得淋漓尽致，他冲出来得没有早一秒，也没有晚一秒，但凡这个时间掌握不好，小翠就是个箭下亡魂了。

小鼻子小眼睛转了个方向，不再用箭对着小丫鬟而是瞄准了小斯，威胁道：“说吧，今儿个要是说不出个好消息来，我就把你射成筛子。”

小斯擦了擦额头上的汗，出了口气，说道：“小姐，我方才去街上听说太子在选妃。”

选太子妃？不感兴趣！

唐二饼将箭拉得更紧了，时刻有飞射出去的危险。小厮哆嗦了一下：“您听我把话说完啊。你要是被选上咱北辰国的太子妃，咱们不得跟着一起飞黄腾达？你想想，这可是太子妃啊，全北辰除了太后，最被女人惦记的位置。”

唐二饼冷哼了一声：“喊，并不稀罕呢，我看那个什么太子妃没啥好处。别的不说，前儿个我看话本，里面的太子妃还被无情的太子抛弃掉，才不要去呢。”

小厮也不恼，觍着脸对他家小姐晓之以情动之以理：“可是听说太子爷长得很帅很帅，坊间赐名北辰第一美男子。”

说到帅，唐二饼的小绿豆眼里瞬间迸射出一缕灿烂光芒，可她掩饰得很好，咂咂嘴，说道：“我觉得隔壁街卖烧饼的那个大郎也不错，比什么太子靠谱多了。”

再说，她前几天又看了一个带配图的话本，叫《不一样的美男子》，直感叹现在美男子的标准也太令人诧异，说不定那个什么太子爷就是个“不一样的美男子”呢。

小厮满头黑线，深深怀疑自家小姐的审美。卖烧饼的大郎，跳起来也不过是一拳打到别人的膝盖。但是也不能怪他家小姐，毕竟长成小姐这副尊荣，想要靠正常的审美活着已是不容易。

“小姐，要不你再考虑考虑，当太子妃是有很多好处的。”这时候被吓得跪到地上的小翠也爬了起来，立刻站到了小厮身后。

“我考虑你个大头鬼。”唐二饼恶狠狠地说，顺便把脸凑到小厮面前，咧着嘴，“二狗子，瞅瞅你家小姐的模样，都长这寒碜样儿了，你还让我去选什么太子妃，你当太子是瞎的。”

二狗子跟小姐稍稍对视了一下，赶紧捂住自己的眼向后退，以免中招，饶是这样，还是一个不小心摔倒在地，摔了个狗吃屎。

传说中，瞪谁谁倒霉的独门绝技真不是盖的。

他家小姐打小就被衰神附体，不仅她自己倒霉，连带身边的人也都不走运。

小厮爬起来摸摸后脑勺，心想没准这太子就是瞎的也说不定呢。那皇榜上的选侍女标准简直是为他家小姐量身定制的呢，不试试也太可惜了。

但他绝对没有这个胆子直接说，只好采用迂回劝说政策：“小姐，这次太子选妃的标准可高了呢，一般人都选不上。”

唐二饼收了箭，也没有心思玩下去了，点点头，给他一个继续说的眼神。

“嘻嘻，我看了，全宁城，不，应该是全北辰国只有你符合太子爷的标准。”

唐二饼接过小翠递来的帕子，仔仔细细擦着箭身，不晓得有没有在听人讲话。

二狗子见她没有半分正色，不由得有些懊恼：“小姐，你就说吧，这东宫你是去还是不去？”

东宫？

唐二饼依旧没有回答他的问题，像是极其怜惜一般将手中擦拭干净的箭放进了一旁的盒子里，做完这些，她才转过身来，答非所问。

“以前我爹说，女孩子一定要练功夫，不为别的，就为了保护自己。唉，二狗子你说，若是我爹知道我现在这般窝囊，该有多失望。”

少女叹了口气，一双小眼竟是无比璀璨。二狗子和小翠都知道小姐想起了伤心事，不敢再说什么。

这天晚饭时候，小翠特意做了小姐爱吃的绿豆糕和红烧小排。二饼吃得口舌生香，可看那两人都不动筷子，她就知道这俩准是有歪点子。

果不其然，等她半碗粥下肚，二狗子就憋不住了：“我说小姐，你真的不考虑进宫吗？进宫多好，做太子的贴身侍女每月有二十两银子呢！要是做得好，将来顺利升级太子妃，那就是享不尽的荣华富贵，吃不完的包子油条。”

反正二狗子和小翠已经想好了，如今他们主仆三人流落到了宁城，能花的钱都花了，再不让小姐想法子赚点钱，就真的要去喝西北风了。

每月二十两？好大一笔！

可二饼又不傻，今儿下午她猫墙根，可是听到了二狗子跟小翠捣鼓的那些事儿，说是嫌弃她人懒嘴馋，对家庭没有一点贡献。嘁，这个世界哪里有小姐出去赚钱的道理？

她故意把骨头咬得咯嘣咯嘣响，捎带着吸吸骨髓，吃得满嘴流油，这才心满意足地说：“好意思？让本小姐去赚钱养活你们？”

眼看第一招被看破，二狗子接着诱惑：“讲真，这太子爷真心是天上有地上无的极品，这么近距离欣赏美男的机会，你不要？”

她家小姐平日里没啥爱好，就喜欢YY一下美男子。

唐二饼装出一副惊喜的样子：“哎哟，不错哦。”

小厮眼见美男诱惑有戏，激动异常，却见唐二饼下一秒变了脸，冷冷地说：“不去！宫里向来都是是非之地，我才不去呢，你们两个也太歹毒了些，为了二十两银子，居然敢把小姐我往火坑里推。”

小翠跟二狗子对视一眼，眼神一番交流，决定用最后一招必杀技。

二狗子换了个略带忧伤的表情，语重心长地说：“小姐，你不想嫁人了吗？”

当然想！唐二饼点点头，这句话简直点到了她的死穴。从二饼懂事起，她的人生理想就是找到男人就嫁了吧。

五岁之前，她觉得自己的男人要是盖世英雄，威风凛凛，踏着七彩祥云来接她。

十岁之前，她觉得自己的男人就算不是盖世英雄，最起码也要才高八斗吧。

十三岁之前，她觉得自己的男人就算不是才高八斗，最起码也要是一位秀才吧。

如今，她已经十六岁了。放在寻常人家，怕是说媒的人都要把门槛踩烂了，可惜竟然没有哪家公子能瞧上她的。无非就是嫌弃她人丑嘴馋还倒霉。

于是，现实的二饼把自己寻找男人的标准换成了最简单实际的：男的、活的。

饶是这样，她也没能找到一个合适的。

这几年为了找个合适的人嫁掉，她简直是丧心病狂，别说附近的男子，就连公老鼠，都快要被她抓来问一问是否婚配。

二狗子见她略微有松动，就说："你想想，咱们在宁城三年了，您都没有找到良人，说明这地方跟咱们八字不合，不如回洛城？说不定一回到洛城，您这桃花就来了。"

桃花？眯眯的小眼发出摄人的光芒，二饼啃着口中的红烧小排笑得一脸淫荡，内心变得泛滥而松动。

回去？或者不回去？已经不是一个问题了，一切都是为了嫁人。

好吧，洛城的小桃花们等着我，姐姐这就回去咯。不过，心里虽然这么想，她嘴上却一点也不诚实："回洛城啊，那里有很多我不想见的人，也有很多我不想碰触的回忆哎。"

小姐用这种令人汗毛耸立的语气说话，那就是答应了。既然已经答应了，也就没有必要再哄她。

二狗跟小翠毫不客气地把红烧小排拉到了自己面前，完全不顾自家小姐哇哇大叫。在红烧小排跟他家小姐之间，他们默契地选择了红烧小排！

唐二饼觉得自己大约是世界上最没有地位的小姐了。

这是一场说走就走的搬家，二饼家原本就不在宁城，前几年她家中发生了一些变故才逃难到了此地。在这里也没有什么亲戚，收拾行李只用了一天。

离开宁城的那天，还是有零星的几个人来送他们。

隔着一条街的大婶子颤抖着递给二饼一袋干粮，客气道：

“闺女，带着路上吃，你这一去不知道啥时候才能回来。”

明明是伤感的话，可是大婶子，你眼中那送瘟神的兴奋是要怎样？

“大婶子，你放心，有空我还会回来看你们的。”二饼顺口说道。

按理说，这都是一些客套话，谁知大婶子脸色变了几变，声音都吓直了，赶忙说：“这就不用了吧，我们会照顾好自己的，就不用你看了。你一个小姑娘家家的也要照顾好自己，咱们就相见不如怀念吧。”说完，大婶子脚底抹油溜走了。

剩下几人见大婶子跑了，也跟着纷纷逃窜。

看着人民群众的背影，二饼居然还能很诗意地说：“其实，这大约就是舍不得吧。”

二狗子很不懂小姐的脑回路：“从哪儿看出来的不舍？”

二饼假惺惺地抹了抹眼泪：“你瞅，他们都不忍心跟我眼泪蒙眬地对看呢。”

二狗子嘴角微抽，心想那是人家都不敢看你才对啊！

坐在临时组合起来的马车上，二饼心中又是几番滋味，她掀开帘子，再看了眼车窗外渐渐远去的宁城，心中一片茫然，回到洛城后，她的路要怎么走，还真是一点都不知道呢。

那时候，她带着二狗子和小翠刚到宁城时，这座民风淳朴的小城里，街坊邻里对他们还算照顾。只可惜，没过两三天，跟她对视过的人，不是家里的牲口得病了，就是媳妇出去偷汉子了，从那以后二饼瞪谁谁倒霉的技能再也隐瞒不住，渐渐没人敢跟她来往。

可是对于这里，她心里隐隐有些不舍。

唐二饼放下车帘子，觉得自己也不应该有啥难过，毕竟是要回洛城了，毕竟洛城里有大把大把的美男子在等着她，也许这次可以找到合适的男人嫁了。

想到这些，她又吃吃笑了。

唐二饼觉得自己的一生，就是不羁放纵不堪回首的一生，先从她那个让人无语的名字说起吧。

二饼的娘亲何小小曾经是一位酷爱搓麻的贵妇，没事儿就找谁谁谁家的夫人、谁谁谁家的小妾，凑成一桌来搓麻。唐家夫妇人到中年才有了二饼这个宝贝疙瘩，孕育初期，唐老爷就抱着夫人说："小小啊，咱就不要搓麻了吧，万一将来生下个孩子不会叫爹，先会搓麻怎么办？"

唐老爷的忧愁，唐夫人何小小是一点没有感受到，她咧嘴一笑，眼放绿光，满脸兴奋地说："那敢情好啊，俗话说搓麻从娃娃抓起，放心吧老爷，将来我一定把孩儿培养成麻界第一高手。"

唐老爷一口老血卡在喉咙处，差点没喷出来，他是一丁点都不放心。

可作为家庭地位只比仆人高一点点的唐老爷，他只能暗自担忧，日夜给唐家列祖列宗上香：保佑我唐家不要出来个小赌徒才好。

唐夫人照旧每日扶着肚子，嗑着瓜子，在牌桌上给孩子上胎教课。

怀胎九个月的时候，唐夫人的肚子疼了一疼，唐老爷就激动得上蹿下跳，给所有亲戚都通知了一遍——我唐某人就要当爹了。

也不能怪唐老爷这么激动，毕竟是快要四十岁的人了，第一次当爹也是不容易。唐老爷身边的小厮旺财见老爷高兴，立刻恭维道："老爷老爷，恭喜您喜当爹。"

唐老爷的脸当即冷了下来："混账，'喜当爹'是这么个用法吗？"

旺财撇撇嘴，灰溜溜地退下了。

可惜，唐夫人这疼，也就仅仅是疼了一下而已。当亲戚们提着鸡蛋，带着红包来唐府祝贺时，只见唐夫人又召集了几个好姐妹，兴致勃勃地奋战在牌桌上。而一旁的唐老爷，郁闷地蹲在树下画圈圈，忧伤地四十五度角望天。

怀胎十个月的时候，唐夫人的肚子又疼了一疼，这回唐老爷淡定多了，他早早请好了稳婆，做了十足的准备，就等着迎接孩子的到来。

可终究，唐夫人肚子里的小鬼也就是动弹了一下，没有闹出太大的动静。

怀胎十一个月的时候，唐夫人的肚子已经很大很大了，见着的人都说这必定是对龙凤胎。

唐老爷一喜，小胡子都抖了起来。

据说那天，唐夫人在牌桌上跟人杀得风生水起，大有指点江山的架势，在一张二饼自摸后，她肚子一疼，腚下一湿，竟是要生了。

幸好唐夫人的娘亲何老夫人刚巧赶到，老太太一边让家仆去通知出门在外的女婿，一边请来稳婆。

生二饼的过程很是费力，不为别的，只因她是个在娘亲肚子里赖了十一个月的巨婴。

唐夫人经过一番殊死挣扎，伴随着一声响亮的啼哭，唐家小姐诞生了。

看着躺在自己身边的小巨婴，二饼娘哇哇哭了起来。

二饼外婆见自个儿闺女哭，忙问道："丫头，哭什么啊，这刚生孩子不能哭的，对身子不好。"

二饼娘努力将眼泪憋了回去，又低头看看襁褓里的孩子，眼中泪光闪烁："娘，你说咱家孩子丑成这样可咋办，这要是个男孩也就罢了，偏偏是个闺女，将来嫁不出去，可不就砸手里了？"

二饼外婆努力看了眼外孙女，想要找个稍微过得去眼的地方来安慰下女儿，奈何在婴孩小脸上逡巡了一圈，这巨婴越看越像个皱巴巴的小老头。何老夫人一声叹息，后又拍了拍女儿的手。

"丫头别担心，咱唐家还怕这个？不就是长得丑嘛，咱家穷得只剩下钱，不行将来就给我这外孙女买个女婿呗。"

唐家早些年靠字画生意发家，而唐夫人母家何府更是几代为官，两家结亲，强上加强。

二饼娘泪眼蒙眬地点点头，心想也是，只要有钱还怕有嫁不出去的女儿吗，哦不对，应该是还怕有娶不回来的女婿吗。

等唐老爷风尘仆仆赶回家时，二饼娘已经接受自己生了个丑女儿的现实，二饼外婆感叹地说："这就是物极必反啊，女儿女婿可都是出类拔萃的人物。"

可俗话说，爹看闺女是越看越顺眼。初见自家夫人生了这么一只怪模怪样的小猴子，唐老爷也是虎躯一震，随之便淡定了下来，抱着二饼默默念叨："幸好幸好，没有天生自带搓麻技能。"

这么想着，这丑闺女是越看越顺眼，不搓麻的闺女才是好闺女。

抱着孩子在屋里走了一圈，唐老爷说："夫人，咱给闺女起个名字吧。"

唐夫人点点头，说道："我都起好了，就叫二饼，我是自摸二饼时生的她，她就是我牌桌上的吉祥物。"

唐老爷一头黑线，冷着脸说："你要是自摸三条时生的她，那她就要叫三条了吗？"

何小小居然很认真地想了想，然后又很认真地点点头："三条也不错呀，老爷你的品位提高了呢。"

"荒唐。"虽然平时听老婆话，可怎么能给女儿起个麻将名字呢。

见唐老爷面露不快，唐夫人杏目一瞪："闺女是我生的，就听我的。"

何小小一生气，唐老爷彻底萎了，立即说好话："好吧好吧，小名叫二饼，咱们再起个大名行不行？"

何小小点点头，勉强算是答应了。

二饼想，她爹真是个没原则的，咋就这么听媳妇话呢。还有当初在唐家老祖宗面前祈祷的时候，就不能顺便保佑她漂漂亮亮嘛。

刚满月的二饼，就被唐夫人抱到牌桌前，说也奇怪，自打有了二饼，唐夫人打起牌来手气好得有点难以形容，赢得其他几位牌友大呼肉疼。唐夫人从此更加确认了二饼是自己打牌道路上的吉祥物。

当然，唐夫人不打牌的日子里，大多是在这样教育二饼：“二饼啊，你长得有点寒碜知道不？”

“娘，啥叫寒碜？”五岁的二饼，眨着大眼，还没有明白来自这个世界的恶意。

何小小捏捏女儿的包子脸，笑得像只狼外婆：“长成娘这样的就叫美，长成二饼这样的就叫寒碜。”

哦，小二饼点点头，原来她长得很寒碜啊。

自打懂事起，她娘就不厌其烦地在她耳边唠叨，嫁人跟读书一个道理，都是要笨鸟先飞的。人家那种长得美的就好比先天优势，不用愁嫁人，而她这种长得赖的，就要好好努力，争取早日绑回家一个又白又好看的帅女婿。

于是，二饼早早就为自己制定了嫁人计划，只要是看到相貌不错的小男孩，都要笑嘻嘻地扑过去，问一句：“小公子，可有婚配？若无婚配，看我咋样？”

马车行进洛城，在路过一所破败的大院时，二饼掀开了车帘，外头阳光明媚。这大院占了城中较好的地段，此时街上行人不少，可这份热闹不属于这个大院。

两个中年汉子正蹲在大院门口歇脚，其中一个跟另一个说：“瞧着了吗？这就是盛极一时的唐家大院，据说唐家的柱子都是上好的玉璧，唐家的地都是拿大理石铺的，连下人们的衣服也是上好的绸缎做成的，吃饭都用的金盘子银碗，比宫里边还要奢华。”

“哦，原来这就是大名鼎鼎的唐家啊。”戴草帽的汉子侧过头看了看，啧啧了几声，“没想到，兴衰就在一夜之间，这唐府也是。”

“可不是嘛，那唐家的独苗小姐，我几年前倒是见过一次，长得那叫一个水灵灵哦，就是脾气乖张了一些。”

两个汉子还说了什么，二饼没有听到，马车的速度加快了一些，她嘴角带笑放下了车帘，坐在她对面的小翠隐隐担忧，说道：“小姐，你不要难过。”

二饼摇了摇头，提醒她：“我为什么要难过，虽然都姓唐，可我跟这家一点关系都没有不是吗，我只是宁城二饼。”

小翠哽咽了一下，低着头喃喃：“他们说的不对，唐家的柱子明明是黄金打的。”

二狗子办事还算利索，刚到洛城的头两天他们主仆三人是住在客栈里，第三天二狗子已经置好了宅院，家具齐全，几乎是拎包就能入住。唐二饼对他的办事效率很满意，拍拍他肩膀感叹一声：“好狗子。”

刚搬到新家，唐二饼就让狗子在门上挂了小小的“唐府”二字。

“小姐，这样不太好吧？”毕竟听说唐府是罪臣之家，他们这样会不会也被认为是唐家的人。

二饼毫不介意，她站在院子里的一棵大树下，觉得这棵树枝干强壮，叶子茂密，实在是偷懒睡觉的好地方。

“天下姓唐的多了去了，难道唐姓人都应该被抓起来？”

二狗子知道她打定了主意也就不再说什么，乖乖蹲门口，把那两个扭曲的字挂上了。

第二章
二饼进宫

太子爷想，自己才不会对个丑姑娘一见倾心。

TAI ZI FEI
JIN JI
JI

也许洛城真是她的桃花之地，刚回来没两天，住在二饼家后面包子铺的小哥就瞧上了小鼻子小眼睛的二饼，这不今日还专程来府上送了几个大白包子。

二饼这颗干涸了许多年的心终于得到了一丝丝滋润，也许这就是爱情的力量。

对此，小翠很是不屑："得了吧小姐，你跟包子哥前后就见了两次面，人家不过是见你每次都买那么一箩筐包子，所以才来府上送了几个包子当赠品的，别胡思乱想啊。"

哼，才不是呢，包子小哥就是喜欢她，二饼执着地这么认为。少女心的二饼，自打遇到了包子小哥，从此早上吃包子、中午吃包子，一天三顿都吃包子，对此两个仆人早就心存不满。

"喊，别做白日梦哦，省得梦醒了你又哭得一把鼻涕一把泪的。"小翠还在不遗余力地打击自家小姐。

趁机，二狗子小声在小翠耳边低语："就让小姐活在自己的世界里吧。"

唐二饼冷森森地看着他们俩，突然用力睁大了眯眯眼：

“再说，再说我瞪你们哦。”

小翠见小姐放了大招，捂着脸哭着跑了出去，曾经就有一个女孩子因为被她家小姐瞪了一眼，一夜之间脸上爆出了一脸青春痘，实在是令人闻风丧胆。

可是，二饼跟包子小哥的“恋情”仅仅维系了三天，第四天包子小哥就揣着两包喜饼来到唐府。

包子小哥长得就跟他卖的包子一脸，少年老成，一脸褶子，一笑就更像包子皮了。他把喜饼递给唐二饼，摸摸后脑勺露出几分羞涩：“二饼，谢谢你这段时间照顾我家的生意，这不，过几天我就要娶亲了，特意给你送了喜饼，希望你到时候去吃我们的喜酒。”

你们？吃喜酒？进展这么快？

不过这都不重要，重要的是新娘不是她！而是隔壁的豆腐西施！

二饼呆呆地接过喜饼，接受了自己一百零一次失恋的事实。在小翠和二狗子不怀好意的笑声中，她默默流着泪水，她的爱情为什么总是还没开始就已结束？

继包子铺小哥之后，唐二饼又瞧上了货郎担和卖肉小哥，可她就像是被诅咒了一样，简直是个绝缘体。屡战屡败、屡败屡战。

这天，二饼躺在树下的椅子上乘凉，二狗子兴冲冲地跑过来：“小姐小姐，我刚得到了消息，今天是太子选侍女的最后一天啦。”

二狗子锲而不舍，一心想让小姐进宫当太子妃。从宁城到洛城劝了唐二饼一路，这几日也不闲着，日日在他家小姐耳边唠叨当太子妃如何如何好。

奈何唐二饼就是个唐阿斗，扶不起来。她之所以答应回到洛城，纯粹是为了嫁人，而不是去当什么太子妃。

说起来，连太子这位全北辰最出名的剩男都要选侍女了，真是可喜可贺，不过……唐二饼秀眉微皱：“这跟我有什么关系？”犯得着惊她美梦吗。

二饼不再理会他的叫喊，双臂枕在脑后，舒舒服服躺回躺椅上，打算睡个回笼觉，把刚才被打断的美梦续上。

可她不知道，此时此刻，已经有人在悄悄算计着她。

梁航拿着一张画像，面上是一如既往的虔诚：“太子爷，最近城南搬来了一户人家，那家的小姐也姓唐，却不是洛城本地人，据说家在宁城，是近日才搬来的。”

傅承泽转身接过画像，只一眼就被画中女子那双小小的绿豆眼震惊了，他面部肌肉抽了抽，开口道：“这世间怎会有如此小的眼睛？”

眼睛确实是小了点，可这个女孩子样貌还算清秀，只那双眼睛小得让人心惊胆战，真真是跟绿豆有一拼。

梁航见着太子的反应，就知道又没有找对人：“臣还抱着一份她会是唐家小姐的希望，却让太子爷空欢喜一场。”

傅承泽看着画像良久没有说话。半晌，就在梁航准备退出去的时候，他缓声说：“鱼儿的眼睛很大很亮，跟画上的女子完全相反。”

梁航微微诧异，他没有亲眼见过唐家姑娘。可太子爷明明是要找那个又丑又倒霉的，但人家姑娘若是美丽动人又怎么能找到。

"爷，照你这么说，咱岂不是朝着相反的方向白找了。"

这一段时间，他们广泛搜索各种"有特点"的姑娘，难道都错了？

太子又看了看手中的画："可鱼儿深受她娘的影响，一直认为自己长得很丑很丑，所以我们并没有找错。这画上的姑娘与她虽然没有半分相像的，不过若是还寻不着，就抓了这姑娘进宫来吧。"

"这……会不会不妥？"

傅承泽其实有些自暴自弃，他找了唐家小姐很多年，甚至想出这么荒唐的法子在全国范围内来找她。若她还活着，抑或是还愿意见他，就该出现了。

眼下虽然没有找到当年那位唐家小姐，不过这个小绿豆也姓唐，干脆就抓进宫来，省得那帮老学究再揪着他选媳妇儿，之后再接着找人。

他承认自己这么做是有点卑鄙，可他就是这么一个卑鄙到底的美太子！

傅承泽摆了摆手，不耐烦地说："就她了。"

太后不是逼着他选妃吗，选了这么个女子他都迫不及待想要看看太后的表情了。

一句话，三个字，改变了某个少女的一生。

这天，二饼跟着小翠学了道新菜，说啥都要露一手，犒劳犒劳平日里辛苦伺候她的两个仆人。

谁知小翠和二狗子俱是泪眼汪汪，一人抓着小姐的左手，一人抓着小姐的右手，齐声道："求小姐饶命啊，您别做菜了，要不试着做做砒霜卖给药店算了。"

她做菜有那么吓人？

就在三人纠缠打趣时，几个穿着官服的人敲开门冲进了院子，为首的一个身材高大、相貌端正，手中拿着一张纸。

他三步走到唐二饼面前，跟画上的人对比了一下，对着手下做了个手势，吩咐："带走。"

这阵仗像是要强抢民女啊，二饼觉得自己平时里没有白白给两个仆人发月银，这时候小翠和狗子撒泼打滚、哭天喊地，说啥都不让把人带走，不知道的以为这家在办白事儿呢。

"军爷，为什么要抓我家小姐，我家小姐最近已经很少兴风作浪了。"

二饼满头黑线，她教出来的丫鬟怎么连求情都不会。这成语没学好，就不要乱用啊。

梁航对此时抱着自己大腿的女人很反感，这个女人说是替她家小姐求情，居然还时不时用手占他便宜，简直可耻。

梁航皱了皱眉，弹了弹腿，把人从自己的腿上弹下去，冷着脸说道："哼，当我们是土匪？我们看起来像是强抢民女的人吗？"

二饼努力睁大眼，想把眼中的讯息传递给他：难道你看起来不像吗？

梁航被她的小眼神闪了一下，解释道："恭喜你唐二饼，前段时间你报名参加太子侍女的竟选，经过层层选拔，目前你是最合适的人选。"

这意思是……被人出卖了？

二饼的嘴张得能装下一个鸡蛋，恶狠狠瞪着那两个还打算继续演戏的人。二狗子嘿嘿笑了两声。

没错，就是他帮小姐填写了报名表，还递交了画像。没想到他家小姐如此争气，居然就这么入选了，幸福来得太突然，他也是想不到。

这边还在大眼瞪小眼，那边几个人就准备把二饼抬走了。

唐二饼不甘心，做着最后的挣扎，对梁航说："帅哥帅哥，你可曾婚配？"

梁航一贯跟男的相处，没见过女子这么大胆的，俊脸微红，冷声说："并没有。"

很好，唐二饼虽是被几个人抬着，还不死一颗花痴的心："那你看我如何？"

梁航心想，看你不咋样。

二饼还想问些什么，却只觉得后颈一疼，眼前一黑，竟是被人打晕了过去。

眼见着未来太子妃晕倒，梁航责怪地看了眼自己的手下，小手下解释道："梁大人，这女子对您大不敬。"

算了吧，反正也打晕了，就这么晕着带回去也行。

于是，在太子选侍女的最后一天，唐二饼在一群竟选者中脱颖而出，打败了数百个大家闺秀，被几个侍卫抬尸体一般塞进马车，带进了宫。

一入宫门深似海，从此唐二饼就不再是唐二饼了。

望着渐渐远去的马车，小翠还是有些担忧："我们这样出卖小姐真的好吗？"

二狗子坚定地点点头："我看还不错。"

“可我咋觉得有点……

小翠的话被二狗子打断，二狗子双手抱臂，有些不屑：“咋的了？你还觉得舍不得？心疼咱小姐啦？”

小翠对天翻了个大大的白眼，用更加不屑的语气说：“怎么可能，我只是觉得有点小兴奋而已。”

可怜的二饼小姐，完全不知道自己在两个小伙伴心目中是这样的地位。

“就是这货？”

“嗯，就是她了。”

“呃，确实有点丑啊。”

二饼方才被打晕后，中途醒来过一次，奈何马车晃得太舒服就睡着了。这么一觉醒来，只听几个人在她耳边叽叽喳喳讨论着，心想坏了，八成是遇到人贩子要把她卖了，她打定主意先不睁眼，且听听这几个人贩子在打什么鬼主意。

“怎么还不醒？你们对她用药了？”这个声音听起来低低的，蛮有磁性很好听。

“爷，我们怎么敢，她只是……睡着了而已。”这个声音耳熟，好像就是刚才的带头大哥。

放屁！二饼恶狠狠地在心里呐喊：明明是你把我打晕的！

半晌，两个人都不再说话。二饼觉得有人向自己走近，紧接着热乎乎的气息扑在自己脸上，带着好闻的草药香气。那气息痒痒的，像是一只小花猫，用爪子轻轻挠人，二饼一时忍不住打了个喷嚏。

这下，她是再也装不下去了。

傅承泽不过是想仔细看看自己的贴身侍女、未来的太子妃是个什么模样，结果就被这半睡半醒的人喷了一脸的唾沫星子。他后退一步，瞪着二饼。

而二饼也无所畏惧地瞪着眼前这个看起来非常秀色可餐的小青年。然后咂吧咂吧嘴，这个小青年，是她唐二饼此生见过的最好看最漂亮的小青年了。

二饼不觉就有些呆了，嘴角居然还流出了哈喇子。

傅承泽跟她瞪视了一下，被她那双小绿豆眼闪到了，后退一步，捂着眼感慨："这是本太子此生见过的最小最小的绿豆眼了。"

从那天起，傅承泽就管二饼叫小绿豆，二饼没想到这一入宫，非但没有一丝的人身自由，居然连名字也被人改了，哪里还有半分的人权？

虽然被人叫作小绿豆，可对方是个帅哥，本着颜即正义的思想，二饼决定大方一次不跟他计较。

她从地上爬起来，披头披头散发，活像只刚刚还阳的女鬼，激动得一把抱住了傅承泽的腰，喊道："人贩子人贩子，你可有婚配？若是没有，看二饼如何？"

"你才是人贩子。"傅承泽嫌弃地将挂在自己腰上的人一巴掌拍到地上，没有一丁点怜香惜玉的想法。

若是寻常女子遇到这般扫人面子的事，一定嘤嘤嘤哭着跑掉了，可是二饼从小就是被拒绝着长大的。她从地上爬起来，拿出十二分的热情，朝着傅承泽生扑过去。

吓得傅承泽连连喊着"护驾护驾"，这退着退着就被二饼扑倒在地，不仅如此，两人的嘴唇还好死不死地紧紧地贴在了一起。

就这样，一向冰清玉洁、洁身自好的太子爷，竟被一个眼小如豆、只见过一次面的女子非礼了。偏这女子还是他自己选的太子妃，简直就是自作孽不可活！

傅承泽那天凄厉的呼救声，合着二饼扑倒美男的嗷嗷兴奋声，响彻整个东宫，随后又传遍了整个皇宫。

传到最后，连版本都变了。

宫女甲对宫女乙说："不得了，不得了，那位宫外带回来的未来太子妃可受太子爷喜欢了。"

宫女乙一副听八卦不要钱的兴奋："是吗是吗，姐姐你快给我讲讲，咋个喜欢法。"

宫女甲拉着宫女乙坐到隐蔽的花藤下："哎哟喂，你是不知道哟，听东宫的人说，昨晚那姑娘刚被带回来，嘻嘻，就被咱们太子就地正法了。再说也是个姑娘家，咱们太子爷就不能温柔些，当时那姑娘的叫声哟，真叫一个惨。"

就这样，宫女甲传宫女乙，宫女乙又传宫女丙，就这么传着传着，整个皇宫都知道了太子的"光荣战绩"，果然是一位热血的冲动青年！

可现实的情况却是这样的。

二饼在扑倒太子后，刚对那张红唇蜻蜓点水了一下，便被太子爷一脚踹了个狗吃屎，险些摔掉了两颗虎牙。

傅承泽一副被人占了便宜的模样，怒极一般从地上一跃而起，指向二饼的手都颤抖了："你你你……大胆刁民，你给本太子滚开。"

唐二饼依旧星星眼，太子爷连生气的时候都这么帅，真是好羞涩。她伸出手臂准备再次扑向太子爷，却被一旁衷心护驾的梁航一巴掌拍到了地上。

所以，二饼见过太子一面之后，就被灰溜溜地赶走了。

梁航奉命安排唐二饼的住所，因着二饼那番大胆的举动，他看二饼的眼神都变得有些不一样了。

这女子还真是一朵奇葩。

虽然太子爷刚才暴怒，但毕竟可能是未来的太子妃，梁航不敢怠慢，边走边跟二饼说："现在我要带你去见若姑姑，她会带你去住的地方。"

按照梁航的说法，这若姑姑入宫多年，一直掌管着东宫侍女的教化、分配工作，简而言之是一位人事小总管。

二饼还沉浸在刚才一亲芳泽的兴奋中，哪里听得到他说什么。只想着啥时候能再亲亲太子那张柔软的小嘴。原本以为进了宫是很无聊的一件事，看来能做的事情还不少呢。

看二饼一副满不在乎的样子，梁航难得热心地提醒她："若姑姑不算好相处，姑娘初初入宫学得机灵勤快些，总是吃不了亏的。"

话出口，他才觉得这分明是句废话。若姑姑再不好相处，也只能是与那些寻常的宫女找麻烦。只是这女孩本就是他抓进宫来的，提醒她也不算是多管闲事吧？

二饼点点头，谁对她好，她还是能分辨的。

两人走过一条长廊，梁航让人唤来一位三十多岁看起来比一般侍女品阶要高的女子。女子穿着一袭素色宫装，眉眼淡淡，格外娴静。梁航对着女子说："若姑姑，这位是唐姑娘，是……太子的。”

女子很是聪慧，一下就知道二饼是何身份，可到底还不是太子妃，她自然不能向二饼行礼，只微微点头示意，算是打过招呼。

梁航见人已经带到，自己的任务算是完成了。交代了若姑姑几句，他就急急忙忙赶回去安慰方才受了轻薄的太子爷。

这时，跟在若姑姑身边的小丫头见二饼傻乎乎站着，活像根木头桩子，说道：“见了若姑姑还不行礼？”

行礼？

二饼心想这位若姑姑身份果然不一般，她收起表情，微微屈身行了礼：“二饼见过姑姑。”

她话音刚落，刚才说话的小丫头就笑了起来，低声说：“这天下竟还有女孩叫二饼的，稀奇事。”

那位若姑姑瞪了小丫头一眼，责备道：“一点规矩都没有，还不快过来见过唐姑娘。”

小丫头撇撇嘴：“小品见过唐姑娘。”

二饼也对着她还了礼，心想小品这名字也没有比二饼好多少，暗暗翻了个白眼。

二饼虽说是太子的贴身侍女，但实则是北辰国的未来太子妃，暂不说这位太子妃的样貌如何，也不论这位太子妃的家境怎样，单是太子爷看中了她，就足够让宫里的人羡慕了。

若姑姑的目光在二饼的身上逡巡着，半晌满意地点点头，这丫头虽说长得不怎么样，但好看的总是靠不住的，以前那位唐家大小姐倒是倾国倾城，可惜到底是让太子爷伤心伤身了，足以见得漂亮的女人靠不住。

若姑姑跟在太子身边也有十多年了，算是太子身边的亲近人，她还有些不放心，问道："姑娘姓唐，家是哪里的？"

二饼见她并无恶意，也放了心来："我是从宁城来的。"

"宁城。"若姑姑点点头，知道那是个很小的小城，虽然知道此番盘问纯属多余，太子身边的人家世自然是被调查过的，可她问过之后才安了心，拉过刚才那个鲁莽的小丫头，推到二饼面前，"小品这丫头以后就跟在姑娘身边了，姑娘有什么需要只管跟她说。"

若姑姑又交代了几句别的，让小品带着二饼熟悉一下宫中规矩，便走了。

小品还算是个没心没肺的丫头，说起话来也毫无心机，十二三的年纪倒是别样纯真。等到若姑姑走了，她拉着二饼问："姐姐，你第一次进宫吗？"

"这是当然。"她想说要不是稀里糊涂让人给绑进了宫，她这辈子八成跟皇宫不沾边，也就见不着那么帅的太子爷了。

小品眼珠转了转："那姐姐的家境一定很好。"

"为什么这样说？"

"你第一次进宫却对宫里的规矩这么熟悉，一定是家里早早就请人教过了吧。"

每年有不少女孩子参加选秀，而其中一些家境好一些的，更是早早就教了女儿宫里的规矩。

二饼的心里一紧，面上却笑开，说道："哪里，不过是下午见着了那些姐姐们行礼，跟着偷学来的。"

小品也不再多问，只说："那以后姐姐要是有不懂的，就来问小品吧。"

二饼点点头，也不跟她客气："那你就跟我说说太子吧，今儿个下午我见着了他，长得白白净净蛮好看的。"

小品脸微微泛红："姐姐不害臊，虽然您是未来的太子妃，但哪里有这样说男人的。"

二饼嘻嘻笑着，痞气十足地摸了摸小品的脸，誓要把女流氓的形象深入人心。

梁航办完了事回去，见到傅承泽还在不停地漱口，隐隐有些好笑。

傅承泽红着脸，冷冷看他一眼："很好笑？哼，我就应该治你个护驾不周之罪。"

竟让那臭丫头占了他的便宜，可不是护驾不周嘛。

梁航忍不住打趣："若是二饼姑娘见您这般模样，怕是要伤心死了。"

提起那个小绿豆，傅承泽觉得唇边有股怪怪的味道，他懊恼地瞪了梁航一眼。

"殿下，下午二饼姑娘扑向您时，以您的身手明明可以躲开的。"

傅承泽愣了一下，他知道梁航所言不假，可是唐二饼扑过来的瞬间，明明带着股熟悉的气息，让他无法拒绝，可在犹豫的一瞬间，就已经被扑倒在地，白惜了他半生的威名。

"哼，你知道的倒是不少。"傅承泽肃着脸。

梁航不敢再造次，一本正经地说："殿下，照着您的吩咐，已经把小品留在了二饼姑娘身边。"

傅承泽点点头。他此时端坐在椅子上，手上把玩中一块玉石。那双手指节分明修长，肤色莹白，居然比手上的玉石还要引人眼球，只是手的主人此时还带着怒气。

“让小品看好了她，别给我惹事。”

见傅承泽情绪好了些，一旁伺候着的阿卫这才问：“殿下，您对这丑姑娘还真是上心。”

玩玉石的手稍稍顿了下，傅承泽眼中闪过一丝慌乱，随即掩盖下去，冷着声说：“你还真是越来越大胆了，敢揣测我的心思。”

阿卫忙解释：“哪里哪里，我只是好奇，虽然都姓唐，可这丑女比唐姑娘可差远了，您不会真是变了口味，对这丑姑娘一见倾心了吧。”

梁航趁着太子没注意狠狠瞪了他一眼，警告他别乱说话。

而傅承泽轻咳两声，不再理会他。太子爷想，自己才不会对个丑姑娘一见倾心。

唐二饼进宫的第二天，一大早醒来就听人说太子生病了，还是无缘无故毫无病因的高烧不退。

他人听到这样的说法怕是没什么反应，倒是二饼急得像热锅上的蚂蚁，来回走动。

小品见了她这模样，倒是格外有感触，她最近看了个话本子，本子里讲这男女之情就是你侬我侬，你生病来我着急，看这未来太子妃对太子爷多上心。

“姐姐，你别转了，你要是心疼太子爷，咱们一会儿瞧瞧去。”小品安慰。

小品跟二饼都是年纪相近的小姑娘，不过一晚上就姐姐妹妹相称了，此时见了二饼这副模样，以为她是在为自己的情郎着急呢。

眼见被小品误会了，二饼还没法子解释。难道要她告诉小品，我着急不是因为心疼你家太子爷，而是害怕别人知道是因为跟我对视过，所以太子爷倒霉了，才会一病不起。

她想，自己拥有倒霉技能这件事一定要牢牢藏在心底，不能被任何人发现。否则到时候没把太子爷泡到手，反而被扫出宫门，才是悲剧。

她解释不了，也就由着小品胡说了。

“哎呀，原本这东宫里的人知道太子爷选了您做贴身侍女后还有些不服气。”

这是自然，二饼点头表示认同，这宫里随随便便找出个女孩子都比她好看，甚至连刷马桶的那个老姑姑也风韵犹存，时不时冒出来勾搭一下老皇帝。谁知却让她这个丑小鸭跃上了枝头，难免惹得旁人眼红。

小品不知道二饼想了这么多有的没的，舒了口气，一脸欣慰地说道：“现在看来也是放心了，您这样对太子情深意重，想必就是话本里的两情相悦了。”

彼时二饼一口绿豆糕卡在喉咙处，差点没噎死。她想，这话本子不是一般的害人不浅，蚕食青少年的身心健康。

她对太子爷怕不是两情相悦，而是单相思吧。

玩笑是玩笑，虽然对这个太子的了解仅限于昨天的一面之缘，可是到底是太子，而且长得那样好看，跟她还有过一吻定情的美好。

他这一病不要紧，倒是让唐二饼找着个由头去欣赏那张俊俏的脸。

“看看，还说您不爱太子爷，我看您是把太子爷爱到了骨子里，这早饭都没吃完，就迫不及待要飞奔到太子爷身边了。”小品打趣她。

二饼忍着恶心，换了昨天若姑姑派人送过来的宫装。浅绿的裙子清清爽爽，及腰长发绾成两个小花苞，腰肢纤细，肌肤盛雪。小品一边伺候她穿衣，一边说：“姐姐，要是不看您的脸，您还是蛮好看的呢。盘虽不亮，条儿还是很顺的。”

二饼一头的黑线，这年头夸人都变得这么让人难懂了？

二饼收拾妥当，又觉得不能空着手去见太子爷，毕竟以后还要在宫里混日子，皇帝虽说是终极BOSS，但太子好歹也是个大BOSS，而大BOSS早晚会进化成终极BOSS，这点她还是懂得的，拍好了太子爷的马屁以后就吃喝不愁了。

于是，她从包袱里拿出一个白玉瓷瓶。

小品见这瓷瓶小巧可爱瓶体通透，瞪大了眼睛问：“姐姐拿的是什么宝贝？”

她这副好奇的样子惹得二饼有些扬扬得意，二饼晃了晃手中的瓶子：“这是我老家的特产，里面的药丸子含有薄荷，闻了能提神醒脑，太子不是高烧不退嘛，咱们把这个给他送去，兴许有点作用。”

小品点点头，那目光中满是看你还说不喜欢我们太子。

二饼住的是个小院落，离太子殿不远。按说太子也不是谁想见就能见的，但唐二饼身份特殊，也就没人拦她。

内殿门口只有阿卫守着，他看到二饼朝这边走来，忙进去告诉主子。

“太子，太子，丑女来了，丑女来了。”

傅承泽是真的发烧了，头昏眼花的，听到这句话再联想到昨天的事，一时怒气翻涌，下意识就要坐起来。

阿卫忙上前扶了一把，将枕头垫在他后腰让他舒服一些：“您有什么吩咐尽管说就是。”

傅承泽朝窗边望了一眼，其实什么也看不到，他咳了几声，声音虚弱：“让她滚进来，本太子要找她算账。”

再怎么说，昨日那个丑女也占了他的便宜，不能就这么放过她。傅承泽暗搓搓在心里想象着，等她一会儿进来，一定要狠狠惩罚她才能解气。

唐二饼进来时，看到的就是这幅病娇美人图。傅承泽一头墨发披散开来，有一缕挂在苍白的嘴角，更显得有些妖冶。半敞开的里衣露出一小截锁骨，让人想要伸出手去触摸，而那双墨色的眼睛虽没有平时那般神采奕奕，却又是一番惹人心疼，当真是美人如玉。

二饼擦了擦嘴角的哈喇子，傅承泽是她这辈子见过的最好看的美人！只是美人好像有些不开心，那看向她的眼神似乎能喷出火来。

二饼很清晰地听到吞唾沫的声音，她抬头，发现屋子里的人都看着她。

小品很小声地说：“姐姐你太丢人了，怎么能花痴到见了太子爷就咽唾沫呢？就算太子再好看你也不能这样啊。”

阿卫和梁航也很鄙视她，唯有半倚在床上的傅承泽，眼中多了一丝比昨天更甚的煞气，他朝着她招了招手，恶声恶气：

“你，过来。”

美色当前，二饼哪里还有半分的犹豫，就像是被人吸去了魂，一步步朝他走去。

本以为是一番和谐美好的场景，情郎生病，两人相依相偎，多么令人羡慕啊。谁知傅承泽竟是伸出修长手指拧住唐二饼的耳朵，凶巴巴地说：“你这个小绿豆，昨日居然敢那样对待本太子，看我不打死你。”

没人会知道，太子爷昨晚做了一宿噩梦，梦里都是小绿豆嘟着嘴要亲他，吓得他出了一身冷汗，今日便开始高烧不退。

太子爷下手快、狠、准，二饼疼得嘶嘶吸气，而剩下三个看戏的人大眼瞪小眼，不知道太子爷唱的是哪出。

阿卫：我们爷什么时候这么幼稚了？

梁航：难道不是一直这样吗？

小品：天哪，这跟说好的郎情妾意不一样啊。

再看傅承泽，耳朵拧着拧着，他脸上的表情先是解气，再是诧异，最后还有那么一点点的暗爽外加一点点的复杂。

总之，漂亮的脸蛋上一派纠结。

难道拧别人的耳朵有这么爽？看客们这下彻底迷茫了，不知道太子爷的八卦应不应该接着看下去。虽然内心是很想看的，但生怕受到牵连。

反观二饼却是几步逃到了门口，这一下拧得不轻，她眼里渐渐有了泪花。都说帝王家的人容易有特殊癖好，难道这个太子也有？

虐人癖？

原本还对太子抱有一腔的爱慕，这会儿因着这痛，二饼的爱意之火哗啦啦被熄灭了一半，她瞪着眼睛怨道："你太过分了，就因为我昨日轻薄了你，你就要这样打我？"

三个围观的人你看我我看你，一副我什么都没有听到的无辜模样，否则明日宫廷绯闻什么的太子又该上头条了。

傅承泽缓过神来，此时看着她像一只受伤的小鹿，惊慌地躲在门口，整个人都有些难以置信，刚才他拧她耳朵时，分明看到……

傅承泽拧眉，此时他眼中情绪复杂，又急于求证某些东西，难得耐心地朝她招招手："你过来，我不再掐你就是，也……不再怪你昨日的鲁莽。"

可二饼虽然是花痴，却是个有原则的花痴，方才已经知道这美男是带刺的玫瑰，这下是说什么也不往他跟前去。

两人就这么对峙着，一个哄着来，一个倔着站在原地不动。太子盯着二饼的眼神是执着的，而二饼的眼神却是闪烁的，这并不是因为她少女般的娇羞，实在是昨天跟太子对视了一下，这位爷就高烧不退，今天要是再对视一下，万一他一下子过去了，难免不会拉她去陪葬。她还没有泡过美男，万万不能就这么送了命。这会儿，无论傅承泽说什么，如何威逼利诱，她都埋着头，不吭声。

两人这么僵持着，倒是便宜了一旁站着的三个看客。

"小品，你说咱太子爷这是在做什么？"

小品双手托腮，眼带笑意，嘻嘻地说："这个我懂，这就是话本上常说的调情。"

"调情？"阿卫摸摸脑袋，一脸的迷茫。

小品用力点点头："就是调情，标准的调情。啊，以前这种场景我也就是在话本里看看，这次终于见到真人版的啦。”

真人版的两个人还在对峙着，傅承泽似是体力不支，咳过一阵后，对着门口的人依旧是那一句：“你、过、来。”

唐二饼犹豫了一下，挪动着脚步朝前进了一点点，正在她龟速前进时，外面有人进来通报：“殿下，太后身边的晴姑姑说要请唐姑娘去一趟。”

床上的人在听到这句话时，又是一阵剧烈咳嗽，那只伸向她的手却迟迟没有收回。

太子这么一咳，几个人都围了过去，有人招呼着去请太医却被傅承泽拦了下来，他的目光依旧盯着二饼。二饼这下不过去都不成，在众目睽睽之下，她不情不愿地走到了太子身边。

傅承泽伸手，却见她往后躲了躲，她以为他又要掐她了？傅承泽眼中闪过一丝落寞，伸手摸了摸她的花苞头，柔声说：“你跟他们去一趟吧，在太后面前可不要乱说话。”

太子的脸六月的天，说变就变！唐二饼此刻深深怀疑傅承泽是不是有精神分裂之类的，明明刚才还是一副恨不得捶死她的模样，自打拧了耳朵后立刻就温柔了起来。她想说，这深宫大院的，果然把好好一个太子逼不正常了都。

二饼走后，阿卫有些纳闷，他跟着傅承泽也有十几年了，自然也察觉到太子情绪的变化。

“殿下，您不会是思念过度把这唐二饼当成了当年的唐家大小姐吧。”

这差距可不是一般的大，简直一个地上，一个天上，但凡不瞎都知道这不是一个人。

傅承泽依旧有些虚弱，他躺在床上，眼睛盯着床幔，低声说：“你不觉得她们很可能就是一个人吗？”

“怎么可能，单就那双眼睛来说，唐家小姐的眼又大又漂亮，而这位二饼姑娘，呵呵呵，您也说了她是您见过的最小的绿豆眼，这眼睁着跟闭着都没啥大区别。”

傅承泽笑了笑，没再说话。

阿卫心想，既然太子爷愿意把二饼姑娘当成唐小姐，那就当呗，太子爷这些年为了找唐家小姐，就差把洛城翻个底儿朝天了。这会儿，难得他找了个替身，虽然这替身委实不称职，但也好过太子爷再折腾。

“您要真乐意把她当替身，我们以后也会像主子那样对她的。”阿卫忠心地说。

傅承泽没有说话，一直出神地看着自己的右手，那只拧过二饼耳朵的罪恶右手。

在唐二饼的想象中，太后应该是威风凛凛、拿鼻孔看人的模样。谁不知道，在这皇宫中地位最低的是太监和侍女，往上一点的是皇帝的一班嫔妃和皇子皇女们，在往上就是皇帝了，作为皇宫里最大的BOSS，皇帝他再大也大不过他亲娘吧。

只不过，此时这个握着她的手，笑得一脸褶子的老太太算是怎么回事？传说中太后不是心狠手辣、杀人如麻的女魔头吗？

方才这女子刚被人带进来时，太后她老人家的内心几乎是崩溃的。长成这副样子，就算是能过了太子口中的实习期成为太子妃，以后也是会影响他们傅家基因吧。

不过，太后在最初的震惊之后，渐渐平复了下来。她老人家一向不是个肤浅的人，绝不主张只看脸，还是要看看人品学识啥的。

再者，以前太子执意跟唐家小姐混在一起，那唐家小姐貌美如花，活像个小仙子，她那时就常常说唐家小姐妖女祸国，如今太子表面上顺从她选妃，实则用这么个相貌平庸的女子来对付她，诚心是要恶心她的，不是正应了她说的妖女一说。

太后心里明镜儿似的，不过毕竟是看过宫中风云快六十载的人，她很快淡定下来，换了一副笑面，拉着二饼坐下，吩咐晴姑姑倒了两杯茶，又叮嘱着："晴儿，去把陛下赏的那些个小点心拿过来，女孩子都喜欢吃甜的，想必。"

太后说到这里，才发现自己连这丑姑娘的名字都没来得及问。二饼倒是极有眼色，抢答道："太后，我叫唐二饼，是宁城人。"

太后在听到这个姓时，跟若姑姑一样的表现，明显愣了一下，握着二饼的手似乎也紧了紧。似乎大家对"唐"这个姓氏都有几分忌讳。她仔细凝视着眼前的女孩，在确定她跟当初那个姑娘没有一丝相像的地方后，这才放下了心。

"哦，二饼啊，这倒是个好名字。"

是吗？从小到大，但凡是听过她名字的人，都说她的名字庸俗搞笑，咋还是个好名字呢？二饼这孩子是个实心眼，心里想着嘴上就说了出来："太后，我的名字咋好了，二饼长到这么大太后可是第一个夸我名字好听的呢。"

这……太后抬眼看了下一旁的晴姑姑，希望对方能出来打个圆场，而晴姑姑一脸为难暗暗给了太后一个奴婢也不知道该怎么办的眼神。

深知队友靠不住，太后只有一本正经地编着谎话："二饼，这大俗即大雅，你以为你的名字不好，实则是个难得的好名字呢。”

大俗即大雅？二饼心想，太后不愧是太后，连她这么平凡乃至平庸的名字，她都能夸上一番，真心不容易。这北辰国若是人人都像太后这般会说话，那么多少邻里纠纷都会迎刃而解，多少泼妇不再骂街。

太后又问了二饼一些有的没的，二饼这个人别的不会，嘴上功夫倒是一流，溜须拍马分分钟就来。聊了大约一炷香的时间，太后倒是对这个小城里来的丑姑娘有些喜欢，满面笑意地听她讲那些个宫外的风土人情、特色小吃。

“太后娘娘，您要是喜欢呀，二饼可以回宁城给您买些黄金酥。”

这黄金酥是宁城的一种特色美食，虽然名叫黄金酥，实际上跟黄金没有半毛钱关系。而是将和好的面皮裹陷，炸制而成。老师傅对擀面的力度掌握极好，面皮酥软香嫩，馅料经过特殊腌制入口即化，出锅后再撒上一层香喷喷的白芝麻。总之是老少皆宜，广受大家喜爱的小吃。

太后悄悄吞了下口水，心想这宫中的御厨怎么学不会做这么好吃的东西。虽然心里十分想让二饼回宁城带些来，可她不想一大把年纪却被人看穿爱吃的本性，只好说：“这人啊上了年纪还是少吃些油腻的好。”

二饼信服地点点头，叹道还是宫里的人讲究，懂得养生。

这时晴姑姑让人送来些花式小点心，摆在桌上，太后将一只翠绿的瓷碗推给二饼：“听你讲了这么久宫外的美食，不妨也尝尝这宫里的美食，看看哪个更好吃。”

瓷碗里盛着一小块膏状点心，晶莹剔透，看着就胃口大开。二饼也不客气，拿起一把银色小勺狠狠挖了下去，吃得满口生香。

看着她大大咧咧地吃紫米糕，太后笑着说：“以后二饼就叫我奶奶吧，别叫太后多生分。”

她是打心眼里有些喜欢这个孩子。

二饼瞪大眼点了点头，太后眼神示意了下晴姑姑，只见晴姑姑从荷包里拿出一个碎花小瓶子，恭敬地交给太后。

太后也不嫌弃二饼手上的点心渣子，直接拉着她的手，笑得活像是准备拐卖小女孩的人贩子：“二饼啊，太子既然选了你，那么早晚是要招你侍寝的。”

这种话题，二饼知道自己是应该适当羞涩一下，可是她实在是装不出羞涩来，因为太后她老人家淫笑着塞给她一样东西，正是晴姑姑刚才给她的瓶子。

“二饼啊，若是太子要跟你圆房，你记着把这东西吃下去，一定要记得。”

最后五个字，太后娘娘说得中气十足，一点都不像是六十几岁的样子。

在这宫里最不该的就是多嘴，可二饼作为一个初进宫，没有任何斗争经验的小菜鸟，还是忍不住问了：“太后奶奶，这瓶子里装的是什么？”

太后斜了她一眼，拍着她的手意味深长地说：“还能是什么，当然是能助你早日成为名正言顺的太子妃的东西。”

和太后畅聊了半个时辰，二饼走时，太后又赐给她一些首饰玉件儿，叮嘱她照顾好太子。

二饼总觉得太后在说照顾好太子时，有些意味深长，不过二饼见到这么多的金银首饰，眼都看直了，哪里管得了那么多。她歪着头问太后：“太后奶奶，这些东西我都可以要吗？”

太后不动声色，眼中却闪过一丝复杂，说道：“当然，只要二饼乖乖听话，奶奶还可以赏给二饼更好的。”

太棒了！二饼双手抓起那些闪闪发光的东西，一股脑全都塞进了自己的荷包、袖口里。

等到她们走后，晴姑姑方说：“太后，这个姑娘未免有些太过。”

晴姑姑的话只说了一半却没有再说下去，方才那个唐二饼在见到太后赐的东西时，眼睛险些发出了绿光，可见是个贪财的人，这种家世不好、长相偏下，又粗俗的女孩，怎么配得起东宫之位，但自己始终是个奴才，有些话不能说。

太后笑了笑：“晴儿，你怎么还不明白，越是这种人我们越好控制，只要她能顺利生下太子的孩子，别让北辰国后继无人，到时候留不留人只不过是我们的一句话罢了。”

话说到这里，晴姑姑也明白了太后的用意：“所以您刚才让我给二饼姑娘助孕药。”

太后点点头，没有了刚才的精明算计，叹息着说：“当年那唐家妖女把太子迷得神魂颠倒，太子曾发誓，如果我对唐家妖女赶尽杀绝，他就让我们傅家断子绝孙，此生绝不再娶。太子虽然不知道，可你我最是清楚，当年那唐家小姐，是我亲自下令逼她喝下毒药的。”

太后说着，又是一声长叹：“这一生我是杀戮太多，当初阿泽说得没错，这皇宫确实是个吃人的怪洞，若是有什么报应尽管朝着我来，千万别断我傅家子孙。”

晴姑姑见勾起了太后的伤心事，劝道：“您也别伤心，这不来了二饼姑娘吗，兴许太子爷这回能收收心呢。”

“哼，别人不知道，我却很清楚，那个唐二饼明明就是太子用来气我的，我不待见唐家人，他就找了个姓唐的，我当初嫌弃唐妖女长相勾人，他就故意给我找这么个眼小如豆的。唉，我这个孙子啊。”

太后一脸沉思，起初她对于这个来历不明的丫头也很是怀疑，毕竟就这么随随便便找来的人实在是不能让人放心的。她特意派人去调查，这二饼姑娘家世贫穷，父母早亡，往上数三代皆是小户人家，如此家世自然入不了眼。

可是国师说了，此女一脸福相，具有母仪天下的气质。如此，她便想着这姑娘是可以留在阿泽身边的。

太后虽舍不得让自己俊俏的孙儿娶一个丑女，可国师的话总不会有什么错的，这么想着，太后还有些不放心：“晴儿，你这就去把国师给我找来，有些话我还是要问问他。”

晴姑姑领命，转身去请国师。

国师在北辰国的地位很特殊。他原本只是北辰国的一个奏乐小官，听说很有几分才能，可是北辰皇宫里从来不缺乏人才，所以也不过是个无名小辈。那年北辰大旱，民不聊生。这位乐师自称会祈雨之术，北辰皇帝病急乱投医，于是便让乐师祈雨。巧的是，在乐师祈雨后的第二天，北辰天降大雨，使得干涸的土地得到了滋润，从那以后乐师成了国师，深得太后的信任。

片刻工夫，一身黑衣的国师悠然自得来到太后这里。

太后招招手让国师坐下："那女子我今日看过了，其貌不扬，俗里俗气，国师可看准了她有帝后之相？"

国师放下手中的茶盏，慢慢说道："回太后，臣已再三观察，无论是面相，还是生辰八字，此女子都是未来皇后的极佳之选。"

太后一颗心放进了肚子里，可还是有几分不服气："难道我那花容月貌的好孙儿，只能跟那么个女子相配？"

听太后这般说，国师心中了然："太后娘娘，其实您早已有了定夺，今日传唤我不过是吃颗定心丸，为臣愿意给您这颗定心丸。"

如此太后便彻底放下心，只要是有利于太子的人就好。

二饼跟太后谈话时，小品在外面的小亭子里候着，着实为她捏了把汗。生怕二饼一个不会说话，自己也会跟着倒霉。所以看到二饼蹦蹦跳跳从太后那里出来，她大大松了口气，连忙迎了上去。

"唐姐姐，太后可说了什么？有没有为难你？"之所以能够管理后宫，甚至是统治整个北辰国，没有几分手腕和狠劲儿又怎么能行。太后曾经用过的手段，小品也是有所耳闻。二饼这样的女孩子，比不得那些大家闺秀，对宫里的规矩又不甚了解，万一哪句话说得不对，连怎么死的都不知道。

可是事实证明，傻人有傻福。

二饼摇摇头，欢乐地把自己跟太后的友爱互动转述了一遍："太后还让我叫她奶奶呢，没想到我们北辰的太后这么和蔼可亲。"说着，她把自己怀里的一堆好玩意儿展示给小品看，“这些都是太后奶奶赏赐的，她老人家还说，以后没事让我多往她这里走动走动，讲讲宫外那些趣事儿。”

听唐二饼这么一说，小品也乐了。只要唐姑娘能受太后宠爱，以后必然会稳坐太子妃的宝座，而自己的日子大概也会好过很多。

这个小品据说以前是跟在太子身边伺候的，后来不小心打破了太子爷心爱的砚台，所以被派到了唐二饼身边。从伺候太子到伺候“实习太子妃”，无疑是一种降职。

所以现在的小品犹如惊弓之鸟，生怕被一贬再贬。

“唐姐姐，我要是再被贬，估计也就只能去后院刷马桶了。”小品对二饼还是有些不放心，只好以自己的悲惨经历来打动她。

“所以呢？”唐二饼不知是真不懂还是假不懂。

这时，小品神秘兮兮地靠近二饼耳边：“所以姐姐你一定要带我装逼带我飞！”

在宫里就是这样，只要主子富贵了，奴婢也能跟着被高看一些。

两人说笑着回到小院里。

小院子虽然只有巴掌大的地方，连太子爷的浴室都比不上。可是能在东宫拥有这么一席之地，也不是寻常人能办到的。往常小品只能跟着那些低品阶的侍女挤在集体宿舍里。如今能跟二饼一起住两人间，就觉得是天堂了。

对此，唐二饼表示深深不屑，认为小品就是被虐大的，稍微给她点甜头，就会觉得好开心呢。

另外，二饼觉得小品就是传说中的人未老心先衰，小小年纪就啰唆得像是村口的老太太。一会儿宝贝兮兮拿着太后赏赐的宝贝东看西看，一会儿又说太子爷多好多好。

最后，她还用无比羡慕的语气叹道："喏，唐姐姐，太子爷对你可算是宠爱有加的啦，还给咱们单独准备了屋子。"

这算是好？二饼就算是没当过太子妃，可也知道戏文里唱的那些，太子妃哪个不是吃香喝辣的，出门进门奴婢成群。

而自己……她环视一下光秃秃的墙壁，空荡荡的屋子，然后呵呵一笑。

就算是没有拜堂成亲，就算是还在实习期，可北辰国太子爷真的穷到了让自己未来妻子住在小破屋的地步？

看来，太子妃之路就是一条——生命不息战斗不止的路。早晚有一天，她要让那个小白脸太子跪下唱征服。

第三章
大内总管

我就不信睡了傅承泽他还不从我。

TAI ZI FEI
JIN JI
JI

太子选的贴身侍女失宠了！

唐二饼在宫里待了小半个月，除了刚来时被太子召见过两次，自打那次太后叫她去训话后，太子却再也没有召见过她。仿佛不曾见过她这个人，也不记得他们之间那个隐秘而伟大的“吻”。

起先，唐二饼还有些不开心，她的太子哟，才亲了一口的漂亮的太子，早知道失宠得这么快，她那时就应该多亲几口才对啊。

小品对她这么无耻的想法表示很鄙视，但其实是羡慕。

唐二饼想太子不想见自己，自己可以去见太子啊，什么女孩子不能主动那一套在她这里完全不管用。

“话是这么说，但是太子爷不召见我们怎么去啊？”小品可没有唐二饼那么乐观，急得如同热锅上的蚂蚁，生怕二饼的太子妃生涯还没开始，就已经结束了。

“嘻嘻嘻嘻嘻，放心好了，我有秘密武器，保证能搞定太子爷！”

那时，小品还是一个单纯善良的小姑娘，对二饼的话没有一丝的怀疑。

“是什么秘密武器？姐姐能拿出来让小品见识下吗？”

“既然是秘密武器，自然是一般人不能看的。”二饼小痞子般的眼神在小品身上扫了两个来回，笑得阴恻恻，“不过……你若是答应我一件事，我倒是可以考虑把秘密武器拿给你看。”

小品忙不迭地点头，为了看秘密武器也是拼了。

小品见她翻箱倒柜，赶紧过去帮忙：“姐姐秘密武器很厉害吗？很大吗？我来帮你抬。”

唐二饼摇摇头，也不说话，就是闷头找，小品一脸的庄严在旁边打下手，帮忙抱住那些纷飞的鞋子袜子。

又翻腾了半天，二饼才在箱底找到了自己想找的东西。于是，两个人，四只手抬出了一本巴掌大的黄皮小书！

“小……小姐，这是个什么玩意儿？”

说好的秘密武器呢？难道太子爷会因为这一本小黄书，重新对二饼姑娘燃起爱火？

“这就是姐姐的秘密武器。”二饼大笑三声，如获至宝地把书捧在胸前，“哈哈哈，我的小黄书，我又找到你了。今日我就带你重出江湖，希望我们一战成名。”

以前在宫外，为了能让自己顺利嫁出去，唐二饼利用闲时写过一本书，名字叫《追夫六十六招》。可以说，这一本小小的书，涵盖了追求一位男士应该做的所有努力，除此之外，书上还讲明了男女关系该如何相处，怎么才能让男朋友心甘情愿为自己赴汤蹈火，甚至还有一部分防小三儿专用技能。是一本对人生帮助巨大的经典书籍。

二饼左手拿着书，举到齐耳处，扬扬得意："看到了吗？这本书是我小半辈子的心血，对你们这些初出茅庐的黄毛丫头最有帮助了。只要有了我这本书，无论是王公大臣，街边小哥，都会对你暗送秋波。"

小品捂住二饼夸夸其谈的嘴巴："姐姐别说了，我买！"

宫里也经常有小丫头领了差事出宫办事，每次回宫都要带回来许多稀奇古怪的小玩意儿，也是这般兴奋地说啊讲啊。这东西如何如何好，不买会后悔十年！不要九百九十八两白银，更不要九百九十八两黄金，只要十个铜板就好！十个铜板买不了吃亏，十个铜板买不了上当……

这些……小品她都懂！

"不是不是，我真不是要卖书。"眼见着被误会了，二饼拉着小品要解释。

见状，小品立即从胸前的小荷包里拿出了几枚铜板："好姐姐，我知道你不是要卖东西，这些够吗？"

二饼嘴上说着不要，都是自家姐妹，一本书能值几个钱，可是手却诚实地伸向了那几个无辜的铜板，毫不客气地把它们归入囊中。

小品还感激涕零地说："姐姐，我知道你的辛苦，这些限量版的书都是你一个字一个字亲手写出来的，值这么多钱。"

二饼一脸便秘的表情，把自己实在不忍心要小品的钱，又不能不要小品钱的纠结心情演绎得淋漓尽致，让人万分佩服，以至于后来认识了她真面目的小品后悔万分。

两人一人手捧一本书坐在椅子上看。书上的内容有很多，一时半会儿也看不完，小品托腮问："小姐，这么多招数，咱们该用哪招才能让太子爷对你另眼相看？”

唐二饼神秘兮兮地摇了摇头：“要用的招数，这本书里都没有。”

“都没有？那我们看这书有什么用呢？”

二饼在心里暗笑三声：当然是因为我要卖书咯。

当然，二饼不敢这么直接地告诉小品，她信誓旦旦地说：“搞定太子爷，我们只需要用一招——主动追求！”

在知道二饼的追太子计划后，小品立即表示了自己的佩服之情：“讲真，唐姐姐，在你之前虽然也有不少世家小姐或明或暗让家里人往太子这儿送情信啥的，但是像你这样直接追上去的，着实是第一个。”

唐二饼点点头：“嗯，这就行。”说起来，她也是第一个打算对太子爷穷追猛打的女人，单是这一点也是够特别的。

她拍拍小黄书封面上的灰尘，猥琐一笑：“我就不信睡了傅承泽他还不从我。”

闻言，小品彻底倒地不起。

二饼姐姐，你的矜持呢？

在二饼的世界里，爱就要大胆表现出来。

反正她看太子是咋看咋顺眼，既然都进宫了，不把太子泡到手都对不起自己来的这一趟，再说自己可是未来太子妃，嘻嘻，反正太子早晚是她的。

不过，想到那天被太子殿下拧耳朵，二饼还是有些后怕地缩了缩脖子。疼，是挺疼的，但八成是太子爷别样的小情趣也说不定呢。

追太子第一招：人不过来，我过去！

按照二饼以往的作战经验，只要大胆主动得恰到好处，收到的效果也是很好的，当然这也只是在于她的想象中。

然而不了解唐二饼黑历史的小品听完后，信服地点点头，满是不可思议地惊叹："唐姐姐，你的情史可真丰富啊。"

二饼呵呵笑了两声，她哪里来的什么情史，不过就是想享受一下来自无知小妹妹的崇拜罢了。毕竟她追过的男人不计其数，可追到手的仍是零头这种事也不好讲出来哇。

等二饼偷偷摸摸、鬼鬼祟祟溜到太子殿已是夜深人静。殿中甚是安静，竟连一个守夜的人也没有？甚是奇怪！

可此时的唐二饼是猪油蒙了心的，哪里肯仔细去想这诡异的背后是什么，只默默幻想着征服太子爷后的喜悦。

傅承泽喝了药躺在床上。因为他常年喝药的缘故，身上总带着淡淡的药草香气，有些苦涩，又有些好闻。

二饼探头探脑了一番，发现伺候的人都被傅承泽赶了出去，这才轻手轻脚地进了内室。

太子房间的装饰可谓低调奢华，看起来朴朴素素的书桌、椅子实则都是上好的黄花梨，尤其是那张偌大的床，二饼心想躺在上边一定舒服。

傅承泽是面朝里睡的，留下一个背影对着她，二饼干脆脱掉了脚上的绣鞋软袜，轻手轻脚打算上前吓他一吓。

没等她俯身，傅承泽却从床上一跃而起，动作迅速，不等她看个清楚，他已经从枕头下抽出一把匕首架在她的脖子上。

一套动作行云流水，杀气十足，若不是傅承泽及时刹住，此时此刻世间便再无唐二饼。她吓得愣在那里。都怪她太大意，皇家的人哪个不是身经百战，斗争经验丰富，更何况是身居太子位的人。她怎么就这样冒冒失失地跑过来送死了呢。

傅承泽的目光没有半分初醒的模糊，反而寒光凛冽地怒视着她。这种表情的他是她没有见过的，她见过他千百种的样子，却独独忘了眼前这样的才是他真正该有的样子——北辰国太子，一人之下万人之上的王者该有的凶残和冷酷。

匕首光芒锋利，柄是由纯度最高的黄金打造，上面镶嵌着一枚猫眼般大小的红色宝石，看起来倒像是女子用来防身的。她知道这把匕首，异域进贡的，削铁如泥，此时只要傅承泽的手微微颤抖一下，立刻就能让她皮开肉绽、血流如注。

唐二饼吓得眼泪都快出来了，可怜兮兮地说："是我……我……我，太子殿下麻烦你把刀子放下，咱们好好唠唠。"

傅承泽皱着眉头打量她一眼，他自小浅眠，或者说，皇家的人大约都是夜不能寐，所以能听到她翻窗而入后刻意放缓的脚步声。他想，能混入东宫走到他床边的人，怎么说也得是个轻功强大的人吧，可是连屏息都做不到，喘气如牛的，也太菜鸟了！

来不及去想暗卫为什么没有拦住这个人，他下意识地抽出枕下的匕首，做出了被训练过无数次的反应。

却料不到，大半夜闯进他房间的居然会是唐二饼。傅承泽皱眉，满是嫌弃地看着她鞋袜凌乱，又在刚在的挣扎中搞得披头散发的狼狈相。

"半夜不睡觉，来我这里搞什么鬼？简直就是找死。"

傅承泽是真的有些后怕，他惯于那套自我保护，若不是刚才及时停下，这时候的二饼不过是剑下亡魂。

他的语气很重，让方才经历了生死的二饼委屈极了，眼泪瞬间涌了上来。两道刻意修饰过的眉拧在一起。

“我……我是……”

她是有口难言！所有解释的话语都说不出口，总不能说为了爬上您老人家的龙床，今儿晚上我特意洗得干干净净，还捯饬了一番，结果差点小命不保吧，这样说未免太掉架子。

她眼珠子一转，试着转移话题：“太子爷，你瞅瞅我今儿个化的妆美不美？”

傅承泽这才顾得上仔细去看那张脸，美个鬼啊！

说起二饼今晚的妆容……傅承泽恨不得去洗眼。浓妆艳抹的脸上，两道不知是不是用炭画出来的粗黑眉毛耀武扬威着。一张红唇愣生生画出了吃人血的效果。再看脸颊，两坨红红的大猴屁股，简直是惊悚。

看了第一眼，就不想看第二眼。

“呵呵，大半夜不睡觉，把自己打扮成这个模样就是为了来吓本太子？”

其心可诛，作为太子他不仅要时时刻刻为北辰国的子民们操持辛苦，还要努力外交，以后是不是还得防着眼前这货。

二饼自以为打扮一下的自己美美的，冲着傅承泽眨眨眼：“我可不是来吓你的，我是怕你做噩梦，特意来保护你的。”

她说得跟真的一样，傅承泽却懒得理她：“本太子睡得很好，现在你可以退出去了。”

唐二饼斜着眼瞥了瞥那张床，趁着傅承泽放松手劲儿的工夫歪着身子倒了上去。

这太子爷的榻，果然跟想象中的一样舒服。

二饼在床上滚了两下，这才捂着自己的小细脖子，连娇带嗔地说：“太子殿下你把人家都弄疼了。”

到底是女孩子，白嫩的颈子上果然留下了红红两道印记，傅承泽打眼扫了一下便不再看，说道：“哼，自找，谁让你半夜来这儿的。”

二饼吐了吐舌头，一本正经地说：“我是你的贴身侍女，未过门的太子妃，不来这儿还能去哪儿？”

她话音刚落，听到声响前来护驾的梁航生生在门外停住了脚步，一时不知是该进去，还是不该进去。算了，还是由太子去吧，毕竟憋了这么些年也是不容易。

傅承泽抖了抖鸡皮疙瘩，忍无可忍，一脚将她从自己的床上踹了下去。

于是，华丽丽的第一招失败，太子爷的床没爬上，居然还摔了个屁墩，简直是莫大的羞辱。当晚，唐二饼被梁航和阿卫一起抬了回去。

追太子第二式：为太子做饭！

“俗话说，抓住一个男人的心，就要先抓住他的胃。嘿嘿嘿，尝过我唐二饼的手艺，我不信太子殿下他会不喜欢。”

小品对二饼更加崇拜，简直就是奉为女神：“二饼姐姐，你还会做菜？”

她……呵呵！

以前家道没有中落的时候，她是十指不沾阳春水的大小姐，即使后来漂泊无依也还有二狗子和小翠。别说是做饭，连壶水她都未曾烧开过。

不过虽然没有实战经验，好歹也吃了十六年的饭。菜不过就是切切炒炒罢了，不会很难的。

抱着这样的心态，唐二饼带着小品，悄悄溜去了厨房。正值饭点，御厨们一个个忙得恨不能三头六臂，这只手持勺，那只手还要洗菜。

唐二饼双眼一亮，屁颠颠跑到大师傅身边，接过他手里的菜篮子。

“大师傅辛苦了，我帮您洗菜吧。”

唐二饼在这东宫里也住了几日，人也见了不少，因为爱吃常常来厨房里开小灶，跟大师傅混得还算熟悉。

在宫里的人也都是极有眼力见儿的，眼前这位虽然还没有正式册封，好歹也是太子爷亲点的，貌似太后也很喜欢，尽管厨房是重地也就睁一只眼闭一只眼让她进来了。

圆乎乎的大师傅慈祥地笑着：“唐姑娘啊，这可使不得，菜让小全子洗就好了，您且一旁歇着，想吃什么我给您做。”

唐二饼摇摇头：“别别别，我今儿个可不是来讨吃的。”

大师傅惊疑，皮笑肉不笑着说：“那是来做甚？俺们这厨房小地儿太过脏热，姑娘有啥吩咐叮嘱一声便是了。”

唐二饼并不介意，抢下他手里的菜篮子，哗啦啦地洗了起来，不一会儿工夫，就把白菜叶子洗得七零八落、粉身碎骨。

大师傅这时才真诚一笑：“别说，你这孩子性情还真有点像鱼儿姑娘呢，怪不得讨太子爷喜欢。”

二饼正打着自己的小算盘，想着如何才能借来厨房试一试，大师傅的话倒是没用心去听。

“嗯？师傅您说啥？”

大师傅手上的菜刚好到了火候，他爆炒两下，就盛出了锅，却是刻意回避了二饼的问题。

“唐姑娘，您到底是有何事？”

厨房这地方不比别的，一般人没事也不会来。

唐二饼也不再跟他兜圈子，笑着说：“大师傅，我想给太子爷做点吃的，可否借厨房一用？”北辰皇宫里的厨房不止一个，而这个是专为太子爷服务的。

大师傅抹了把汗，净了手，才去切菜。只见刀光闪过，胡萝卜丝儿就切得跟线一样细了。大师傅一边切菜，一边打量着二饼。心想，到底是十来岁的小姑娘，长得又这般……如今，可是走了狗屎运才能进宫。帮她吧心里过意不去，不帮她吧心里也过意不去。

“算了算了。”大师傅挥挥手，“就借给你用用吧，不过先说好，太子爷要是怪罪下来……”

女孩拍拍胸脯，直接揽过来：“我扛着。”

说罢，唐二饼欢天喜地蹦跶着，还顺带帮大师傅洗完了剩下的菜。

看着二饼的笑脸，唐师傅想到印象中的另一张脸，那个女孩若是还在，也该如眼前人这般年纪了吧。

今日的菜色比照昨天倒是换了花样，可味道大同小异。中间那道脱骨猪蹄，若是鱼儿在一定会抱起一只啃起来。这般想着，傅承泽勾了勾嘴角。

一边伺候的阿卫忙冲侍女绿儿使了个眼色：瞧，咱们太子爷露笑脸了。

可是下一秒，太子却笑不出来了。

因为在饭桌的角落里，有这样一道菜，它遗世而独立，跟周围所有的菜色都不搭调，却保持着自己的风格。它占用着一个巨大无比的盘子，却只有那么黑乎乎的一小坨。

傅承泽打量了下，伸着筷子指了下，问："这是什么？"

绿儿忙解释："可能是厨房的新菜色，殿下可要尝尝？"

傅承泽点点头，这样黑的颜色大概是拿芝麻做的吧，他自认为山珍海味吃过不少，却从未见过如此神奇的菜色，连原料都看不出来，大概是极珍贵的吧。

阿卫帮傅承泽盛了一勺，傅承泽想也没想就吃了下去。

那天，据说仅仅只是一小勺而已，就让太子殿下蹲了一下午的茅房！

当时的场景也是震撼人心。

"听说了吗？太子殿下中毒了，不晓得是谁那么大胆在饭菜里下毒。"

"唉，总之是惨了，殿下正在大发雷霆呢，卫大人还在调查中。"

听到这般对话时，二饼正跟小品在花园里溜达，她想既然太子病了，不如去瞧瞧？在她心中，构造的场景是这样的：病中虚弱的太子半靠在床上，温柔地对她笑一笑。不用说话，一切情意尽在不言中。

可实际却是这样的。

唐二饼刚进了太子殿，就被阿卫拽到了傅承泽面前。太子的脸色很不好，他原本就体质虚弱，这趟折腾下来，整个人像是又消瘦了一圈。

二饼看着他，竟生出些心疼来。唉，瞧她是个多么体贴的太子妃，还给他带了些治腹泻的灵丹妙药。

谁知，傅承泽居然毫不领情："你还敢来，我还没有去找你，你倒是送上门了。"

二饼一惊，想不出自己又是哪里得罪了这位爷，还有些些委屈。一旁的绿儿见她没有悔过的意思，说道："唐姑娘，殿下变成这副样子，都是因为吃了你中午做的那道黑乎乎的炒菜心啊。"

说她做的是炒菜心，简直是对菜心的侮辱，那么黑黢黢的一团谁能看出来是个什么鬼。

傅承泽吃过午饭就觉得不太舒服，起初没太在意，可后来腹疼加剧，立马传了太医来。

为太子把脉后，太医说是食物中毒，大家再一想中午那盘味道奇葩的黑暗料理，就明白了是怎么回事。

阿卫立刻派人去调查厨房，若是有小人混迹在厨房中趁机给太子爷下毒，那么其心险恶至极。

厨房里一共有十余人，每个人都是精挑细选的好厨子，一番盘问调查之下，中午只有可疑人物唐二饼到过厨房，而这道黑暗料理正是出自二饼之手。

傅承泽一副痛心疾首的样子："你真是太让本太子失望了，本宫对你用情至深，可你却这般对我。"

二饼张大了嘴，哪里来的用情至深？自打两次见面后，他明明没有再见过她。哪里来的情？哪里来的深？

这皇家的人说话果然一个个的不靠谱！

"万万没想到，最毒妇人心，不就是那天你要亲我，而我拒绝了你吗？犯得着这么报复？"

至此，唐二饼不仅有了毒害太子的罪名，还是个妄图侵犯太子爷的浪荡登徒子。

太子爷又是一副痛心疾首状："枉我对你一片真心，对你一见钟情便无法自拔，不惜将你从宫外接进东宫之中。你若是如此，我也只能……"他说着，还附带摇了摇头。

那叫一个入木三分、痛心疾首，在场的侍卫太监侍女，都纷纷抹着眼泪，为自家太子的痴情不值得。

而二饼却是被雷劈了一样，谁来告诉她发生了什么？

"罢了，我也不追究你了，自己去领二十大板，以后你不要出现在我面前就是。"

二饼被阿卫他们拖出去的时候，分明看到傅承泽面上闪过一丝狡黠的笑。

好吧，这分明是对她那天亲了他的报复吧！

唐二饼这次自认是轻敌了，回到小院后她趴在床上，捂着屁股，日日反思。最后终于知道自己错在哪里了。

"都是我的错，我怎么就没想到呢，这男人就跟蘑菇一个样，越是漂亮越是有毒，这回我算是栽了，以后再也不找这些漂亮男人了。"

小品一头黑线，心想这难道就是唐姐姐反思几天的结果？

二饼自打被拖出太子殿，众人纷纷变了脸色。

原本宫里人见了她还挺客气的，现在都觉得太子只是贪图一时新鲜，这会儿定是瞧不上这丑姑娘了，而且这丑姑娘还犯了这么大的错，怕是难以翻身，也就把她当个普通侍女了，时不时还交给她点活儿。

连小品也觉得灰心丧气："姐姐，你是我在宫里见过失宠速度最快最迅速的，简直无人能敌。"

唐二饼彼时正在把玩从树上掉下来的一只小松鼠，小松鼠毛茸茸的很可爱，一对小眼睛清澈圆润，怯怯地盯着她。她手里有干果，一点点喂给小松鼠。

二饼看着，半晌笑了笑，说道："真傻。"

小品丈二和尚摸不着头脑，说道："姐姐，我在跟您说大事呢，您就不能上点心吗？再说，这松鼠有什么傻的。"

唐二饼喂完了手里最后一点东西，一松手那小家伙倒是机灵地蹿回了树上，她这下拍了拍手上的残渣，笑着说："怎么能不傻呢，别人给它一点点好吃的，它就心甘情愿地让人捏在手心里，跟我当初一样傻呢。"

"哎呀，管它松鼠傻不傻，姐姐，你还是想想怎么能让太子爷回心转意吧。"小品似乎比她还在意失宠这件事，急得团团转。

唐二饼逗完松鼠，起了逗弄这小丫头的心思："小品，你以前还伺候过别的主子？"

说到这里，小品倒是有些忌讳，她朝周围看了看，幸好她们住的这院子虽然小了点也偏僻了点，倒是清静，平时也不会有人过来。

小品这才放下心来，她也在石凳上坐下，一边绣花一边说："以前最早时候，我伺候过何贵人。"

二饼的手指微微蜷缩，小品却没有注意到她此时的不自然："何贵人？"

"嗯，对，就是何家的人，说起来也是我倒霉，我伺候何贵人不过几天，那何贵人就失宠了，不久还被皇帝关进了冷宫。你说我咋就这么倒霉呢。现在您又刷新了失宠的极限，不过是跟太子爷见了两面，就被扔在这里不闻不问，姐姐你说我们该怎么办才好？”

皇宫不比别的地方，女子若是失了宠，只有被人欺负的份儿生不如死。

唐二饼也不甚在意所谓的失宠。

“那何贵人现在身处何处？”

小品神秘兮兮地说：“何贵人前几年就疯了，一直说胡话，还是太子爷仁厚求了情将她送出了宫。”

二饼低头，她知道饶是疯了的贵人妃嫔，除非死，要不余生都要在冷宫度过。大约也只有傅承泽求情，何贵人才能顺利出宫。

小品见她也不急，说道：“姐姐，再这么下去，怕就有麻烦找上来了。时间久了，大家都知道你不被太子放在眼里，也没有什么品级，日子可怎么过。”

唐二饼不懂她在着急什么，唯一的担忧是，这宫里的男人也就零星的几个，不是传说中的那个老皇帝，就是太子啊皇子之类的，偶尔还能碰上几个大臣，其余的都是小太监，照这种状态发展下去，完全背离了她当初回洛城、找美男、嫁人的初衷，真是着急。

这时，她又想起了替她报名参加太子妃竞选的二狗子和小翠，等她回去后一定要打断二狗子的狗腿。

“对，我们不能这么干坐着，必须得想想法子啦。”

小品见刚才二饼还是一副不甚在意的模样，这会儿又斗志昂扬的，以为她是听了自己的话，一时感动得眼泪哗哗的。

谁知二饼下一句："嗯，就这么愉快地决定了。既然扑不倒太子，那么来个将军太医什么的，也是不错的。哈哈哈，花美男们，等着本姑娘来扑倒你们吧。"

她这句话刚说完，奉命来替太子送信儿的阿卫就到了门口，他脚步一顿，神色讶然，这年头人心不古啊，一个小丑女，居然也这么花心。

这信儿他也不送了，连二饼的院子也没有踏进，直接马不停蹄回去跟太子爷汇报啦。

"她当真这么说？什么太子不行，太医将军也不错？"傅承泽把茶杯重重地磕在桌子上，嘴角下沉，已是生气的模样，"还有呢，那小绿豆说什么了？"

阿卫点了点头，接着火上浇油："这二饼姑娘还说了，再不济小太监也可以啊。"

从二饼进宫开始，阿卫就不喜欢这个丑丫头，她哪里比得上鱼儿姑娘一丝一毫。

傅承泽冷哼一声，吓得阿卫缩了缩脖子。

"本太子好心好意让你去给她送创伤药，谁知她竟如此不知好歹，既然她这么喜欢太监。不如别让她去做什么女官了，就封她个太监头子做做好了。"

傅承泽本想既然都把人家姑娘搞进宫了，既然做不了太子妃，做个女官也是挺不错的，他是一直有这么个打算的。可没成想这个小绿豆倒是蛮花心的。呵呵，作为北辰国的太子爷，他有一百种方法把小绿豆折腾得死去活来的。

阿卫茫然地说："殿下，太监头子都是太监，二饼到底是个姑娘。”

北辰国有女人做官的例子，所以封官什么的倒是常见。只是二饼的这个官职就有点奇葩啦。大内总管？

“怎么你有意见？要不你去做大内总管？”

阿卫顿时只觉得裆下一凉，哪里还敢说什么，立刻就去办事了。

那天，因为太子殿下一个不高兴，就封唐二饼做了大内总管——所有太监的头头。

历来太监头子都是老太监，而二饼凭借着女儿身，开创了北辰国的新历史。

当阿卫一脸幸灾乐祸，把这个“不幸”的消息告诉二饼时，二饼却是兴奋异常，而一旁的小品一脸苦涩，这算是失宠了还是升职了呢。

从那天起，二饼就成了宫里人的笑柄，所有人都知道太子爷是彻彻底底不喜欢二饼了，甚至有点厌烦她，哪里有让女子去做太监头子的。

连阿卫也有些想不通，明明二饼刚进宫时，太子还是一副蛮有兴趣的样子，这太子的脸果真是六月的天，说变就变呢。

傅承泽听了这话，也不生气，只问他：“我表现的对她很感兴趣？”

“哪里哪里，您现在可是告诉了全皇宫的人，您对她二饼是一点兴趣都没有。”

傅承泽点点头，说了一句：“这就好，本太子才不能这么没品位，让别人觉得我喜欢一颗小绿豆。”

阿卫挠挠头，这太子爷也是够傲娇的。

自打二饼当了这大内总管，日子过得是风生水起，她迅速跟一帮小太监打成一片。

太监这种职业可谓是高薪高危行业，要是做得好薪水虽然不高，但是赏钱什么的却不少。

比如说，哪家的小姐想趁机接近太子了，就会偷偷给她些打点，那她就会在不经意间安排一场御花园偶遇。

甚至，她利用职务之便，通过手底下的小太监，搜集太子的兴趣爱好，卖给那些大家闺秀。

反正自从被傅承泽打了二十大板，她是彻底跟那个太子爷决裂了！出卖他的基本信息，她可是一点愧疚都没有呢。

因此，自打二饼走马上任，傅承泽艳遇的机会莫名就增多了。动不动就有美女投怀送抱，一次两次就算了，次数多了傅承泽心里难免有疑虑，这烂桃花委实多了一些。

不光如此，小太监们常年跟在主子身边，难免会打听到点宫廷秘闻，而二饼作为八卦爱好者，这职业简直太适合她。

比如什么，六皇子的狗和十一皇子的猫打架了。

太医院捣药的小随从跟洗衣服的小花搞破鞋啦。

……

真是八卦天天有，每天都不同。

日子久了，连小品也不再催二饼去勾搭太子，知她志不在此，也就顺着她帮她治理她的太监大业。

这日，二饼正躲在一棵树上偷得浮生半日闲，只听得她徒弟在树底下寻她不着，一遍遍喊着："师父师父。"

这场景，让二饼很想回他一句："八戒，又有何事？"

可她只是轻轻翻了个身，将自己隐在树叶间。

等到树下的人离去，她才又找了个惬意的姿势开始睡觉。

“你倒是会享受，宫里都忙成一团了，大总管却躲在这里偷得浮生半日闲。”来人的声音带着陌生的嘲讽，让她想要装睡都难，二饼无奈地半蹲在密密麻麻的树叶中，透过那忽明忽暗的小缝隙看下去。

太子傅承泽长身而立，站在树下，星目朗眉，嘴角挂着千年不变的笑，眼中却是一点笑意都没有。能把似笑非笑练到这种程度的，都是高手，她这种菜鸟级别的自然斗不过。

真是稀客。她的小院子怎么还吸引来了这尊大佛。

二饼掏了掏耳朵，从树杈子上一跃而下，其身姿之挺拔，动作之潇洒，简直帅爆了。

“太子殿下，几月没见，您又英姿勃发了不少呢。”

她的这句话倒是说得真心实意，刚进宫时太子还一副病恹恹的样子，这段时间看来调养得不错嘛。

傅承泽见她从树上跳下来，下意识向前走了一步怕她摔倒，可她稳稳落地，一看就是常年爬树的调皮鬼。

想到这里，太子殿下又难得地笑了一笑：“哦，是吗？你是从何看出我又英姿勃发了不少的？”

这就为难人了不是吗？

人家夸你的时候，不一定是真的夸你，有时候是为了阿谀奉承，而有时候则是溜须拍马，可是遇到太子这种非要追着你问个一二三四的人，简直就是违背了他们夸人界的规矩。

唐二饼尴尬地挠挠头，眼珠子一转，立刻发出崇拜的目光，撒谎不眨眼："殿下，您从头到脚，从头发梢到假指甲尖都是英姿勃发的。"

这马屁拍得人挺舒服的，傅承泽也懒得跟她计较，就势在她院子里的那张石桌前坐下。

"你对本宫赐你的这个官职可还满意。"

他这几日一直忙于政事，也有好多天没有跟这个小绿豆聊天了。

唐二饼背着他翻了个白眼，她要是说不满意的话，能给她再升升？她看太傅那个职务蛮好的，偶尔还能修理教导一下太子爷。

"满意满意，相当满意。"

听她这般回答，傅承泽心里又是一番滋味了。

唐二饼原本应该是侍寝的侍女，甚至会是太子妃，若换了别的女子，没当成太子妃反而当了大内总管，不定要怎么闹呢，可她这副模样，倒像是大内总管比当他的太子妃好似的。

这么想着，傅承泽心里越发不好受，冷笑着说："不当太子妃很爽吧。"

那是那是，谁愿意当太子妃谁就去呗，反正她现在是有大把美男子啦，虽然严格意义上，她的那些徒儿不能叫男子。

那二十个板子已经让唐二饼明白了，眼前这只漂亮的毒蘑菇她是不敢再招惹了。

二饼整了点唾沫沾在眼角，欲哭无泪惹人怜爱："怎么会呢，殿下，不能伺候您是二饼一生的遗憾。"

"是吗？"傅承泽装出吃惊的样子，"我还以为你现在无拘无束，撒着欢儿地开心呢。"

二饼痛心疾首，其实心里点了一百个头，想着殿下您真是太了解我了。

"哪里，我每日以泪洗面，就是希望太子殿下您能召见我，让我能给您掐腰捶腿，偶尔端端洗脚水。奈何二饼知道自己犯了大错，这辈子也就不敢奢望您的原谅了。"

实则，她心想您可千万别原谅我！

噢，傅承泽点点头，感动道："实在是没想到，在这小角落里，你竟有这般心思。好了，以前的事本太子既往不咎，你不用愧疚。"

从未愧疚过！

傅承泽又仔细打量了她一眼，看她似乎比刚入宫时更加能说会道，调侃道："大总管的嘴倒是日渐油滑了。"

他身着一件紫色长袍，浑身上下无一饰物，那头乌黑柔顺的长发洋洋洒洒披散着，只用一根丝带束起一部分，既高贵又飘逸，仿若一只修行千年的妖孽。

二饼吸了吸鼻子，不敢再去打量他。

"嘻嘻，面对殿下您，二饼句句都是肺腑之言，哪里敢有半分的油嘴滑舌。"

初来时，她倒是还能装装样子，这入宫不过几月却是藏不住那些小聪明。傅承泽不禁冷了脸："哼，别人日日都想着如何冲着我献殷勤，你倒好，躲在这小院子里快活不知时日。"

说着，他环视一圈这小院子，院落虽小，但被主仆二人收拾得很舒适，从别处移来了几盆小植物，为这院子增添了不少姿色，倒也有几分田园风光的滋味。

"唐大总管一定是认为当个太监头子，也好过给本宫侍寝吧。”看到她日子过得如此惬意，傅承泽心里有些不舒服，那种莫名其妙的烦躁，让他的话脱口而出。

二饼没有错过他嘴角一闪而过的讽刺，心头有股酸酸的感觉，就像是吃到了极酸涩的红果。明明是他罚她永远不要出现在他面前，这般倒打一耙，委实让人不爽。

二饼心里有两个声音，一个声音叽叽喳喳：俗话说输人不输阵，做人要有骨气，要反抗，怼他！而另一个声音则冷静多了：俗话还说了人在屋檐下不得不低头。他是主子，你只是个奴才而已，不能怼。

小眼珠子一转，二饼笑嘻嘻地迎上去，狗腿地替他拍了拍没有一丝灰尘的长袍：“像您这样的大人物，每天不知道有多少人排着队给您献殷勤，哪能轮到我这种小人物。”

“小人物？既然知道自己是个小人物，那就夹着尾巴做人，省得被人抓去了把柄。”说到底，他是对她不放心，二饼不过是从宫外找来的普通女子，他有私心，为了应付太后和大臣的逼婚，将她置于东宫这个危险的位置，一时之间所有人都将目光投向这个相貌平平的女子。

若不是那天阿卫在无意间提醒了他，可能连他自己都忘记了，任何一个被他多看一眼的女子，都可能会成为众矢之的。

对二饼虽然有利用之意，但他也不愿伤害这个无辜的女子，所以他才会利用上次的炒菜心事件惩罚她不再进入太子殿，还不咸不淡给了她一官半职。这就是告诉全皇宫的人，他傅承泽并不在乎这个小丫头。

二饼听他这样说，一副乖乖听教训的模样，但心里却很是不屑，这宫中除了他以外，谁还有那闲心思来故意找一个奴才斗嘴，还真是有闲情逸致。

傅承泽瞧见了她撇嘴的小动作，扬眉说道："怎么，说你你还有意见了？"

"没有没有，小的哪里敢有意见。"

"哼，今日你在树上偷懒被我抓了个正着，往日也是大错不犯小错不断的，你说说本太子怎么罚你好呢。"

二饼上前一步，恨不得把脸凑到他面前让他看个清楚明白："太子爷，我心可鉴，我哪里有偷懒，我那是坐在树上思考呢。"

他像是听到了极不可思议的事情："连你这种人都晓得思考，看来进化这种事情倒是真的。"

皇家为了普及所谓的素质教育，正在派发各种生物、物理知识，听说最近太傅大人奇思妙想竟然说什么人类是猩猩进化的。擦，信他就鬼了。

"你可以侮辱我的相貌，你可以侮辱我的身高，但是你绝对不能侮辱我250的智商。"二饼愤愤然说完，自以为很高冷地转过身去，不再理他。

谁知那个贱贱的傅承泽竟在她背后说着贱贱的话："别用你宽阔的背影对着我。"

这二饼要能忍，那她就是忍者神龟！

二饼怒气冲冲地转身瞪着他，他也瞪着二饼。不知怎的，瞪着瞪着，傅承泽脸一红，轻咳一声别过头去不再看她。

二饼心想自己的双眼不仅有了让人倒霉的功能，居然还有让人脸红的效果，实在是甚好。

"殿下，您的脸红扑扑的真可爱。"

她是说真的，这会儿宫里有从宫外采购来的大红柿子，像是一盏盏的小灯笼，皮是极薄的，一揭开就用唇去吸，又香甜又软糯，就跟此时太子白里透红的脸一样。

天哪，二饼赶紧捂住了自己的眼，她怎么能把太子比作柿子呢，竟然还敢认为这“柿子”很好吃？

这要是让傅承泽知道她心里的龌龊想法，还不得再赏她几个板子，二饼虽然花痴过度，但是小命才是最重要的，借她个胆子她也不敢觊觎太子殿下的美貌。

她说完，傅承泽的脸更红了一些，他瞪了二饼一眼，恶狠狠地说：“你倒是好自为之。”说完这句，他看也不看二饼，就忙慌走了。

此时树下的二饼既迷茫又凌乱，这个太子是不是人格分裂啊，好好说着话，怎么就劝她好自为之了呢，还落荒而逃？难道她做错了什么？

傅承泽今日只是无意中听到有人议论，说新来的大内总管怎样怎样的，他听到这些下意识地皱眉。当初不让二饼留在他身边，就是为了告诉所有人他不喜欢这个臭丫头，可是如今她倒是自己回到了大家的视线里。

傅承泽走出去好远，却又忍不住回头看了看那处小院子。她的那双小眼睛居然把他盯到脸红，实在是太不正常。

第四章 竹马大将军

将军一笑，果然是百媚生。

TAI ZI FEI
JIN JI
JI

太子走后，去厨房里拿鸡腿的小品这才回来，听闻太子来过之后，她惊得下巴都要掉下来。

哎哟个乖乖，太子大大到她们这偏僻的小院子来，还不是为了唐姐姐。小品突然觉得失宠这件事，或许可以实现逆袭了。

她将烤得香喷流油的鸡腿递给二饼："小姐，既然太子爷都主动来找您了，为何不跟他和好如初？"

和好如初?

这是一个绝妙的词，但并不适合用在她跟傅承泽之间。

因为，首先他们要有初，再次他们要有好，这才能称之为和好如初。

很显然，她跟傅承泽之间，只有初，没有好。

甚至那个初还是那样的糟糕。

二饼仰头，对着天长长叹了口气，然后双手托腮问小品："若是你，你会对那个打了你二十大板的人抱有好感？"

小品摇摇头。

"会对第一次见面就说你丑的人抱有好感？"

小品再次摇摇头。

“会对把你当替身的人抱有好感？”

当然不会！小品觉得到了自己站队的时候，立刻表态：“放心好了唐姐姐，小品永远站在你这边。”

二饼悠闲自得地躺在摇椅上，嗷呜嗷呜啃着大鸡腿子。自打上次的“太子中毒”事件后，大师傅兴许觉得二饼这闺女不错，一个人把责任扛了下来，所以对二饼的态度更加友好。每次她和小品去厨房拿吃拿喝，大师傅也都是睁一只眼闭一只眼。再者，好歹她如今也是个太监头子，在宫里太监才是最庞大的队伍，她也算是个小小小官了，所以最近真是吃了不少的油水。

油腻腻的鸡腿吃下肚，二饼拍拍圆滚滚的肚皮，想起那天在花园溜达时无意听到的一段对话。

在太子手底下伺候的菊花姑娘跟在太后身边伺候的小宫女嘀嘀咕咕着，她只当是在说些八卦，也就没太在意。彼时，她蹲在花丛里偷偷摘花瓣，准备把花瓣洗个干净，让小品做成香喷喷的花瓣糕点。

“那个二饼还不是被太子爷赶走了，长得那副模样，居然还有胆子勾搭太子爷，勇气可嘉。”

八卦的对象还是她。二饼一把抓掉了几片花瓣，心想要不要趁着她们讨论热烈的时候冲出去吓一吓。

“小兰，你在宫里这么些年，三年前的事儿不该是很清楚嘛。咱们太子爷当初那般爱那唐家小姐，结果呢，哼，唐家小姐还不是一个人逃走了，扔下咱们太子在雨地里跪了三天三夜，落下一身病。唉……纵是如此，太子怕也是难以接受其他女子。”

那个太后宫里叫作小兰的女孩子脆声说：“姐姐说的是，到了如今太后找了那么多名医，太子不还是个病疙瘩嘛。”

蹲在花丛里的窃听者，附和着点点头，原来这傅承泽竟是个痴情的太子。唐二饼的胸口有些闷闷难受，却不知道自己在难过个什么劲儿，兴许就是中午吃多了撑的。人家痴不痴情关她什么事，瞎心疼个什么劲。

两位不好好干活，却在偷偷八卦的侍女似乎要走了，菊花姑娘的声音远了一些：“那个什么二饼的，顶多算是唐家小姐的替身，不过都是因为姓唐，太子对她怜爱了一些。替身到底只是替身，有什么用呢，如今还不是被踢到了一边。”

说完，两人俱是一笑。

蹲在花丛中的人，拍掉试图爬上她裤腿的一只蚂蚁，站起来揉了揉有些酸麻的腿。

偷听这活儿，她还算是在行，以前在家时，她很喜欢悄悄躲在爹娘的窗户下面偷听那些悄悄话。

可是听到别人议论自己，还不能跳出来反驳，实在是太憋屈了。

唐二饼提着一篮子花瓣，有些愤愤，心想今天出门一定是没有看皇历的，花瓣没有采到几个，反而被人说了一串的是非。纵使有些喜欢傅承泽，纵使他是她见过的最漂亮的贵公子，二饼也不愿被当替身。大约整个皇宫都知道她只是个被人嫌弃的替身吧。

“二饼姑娘怎么一个人在这里发呆？”

温雅的嗓音，却带着让人讨厌的语调。

唐二饼悻悻抬头，在看到来人时，换了一副好面孔，堆着笑意：“哪阵风把五王爷吹到了宫里来？”

北辰国的老皇帝共有五个儿子，当今的皇帝是大儿子。而面前这位风流倜傥，拿着把扇子，眼角上挑，面带桃花的小白脸是小儿子老五。老皇帝驾崩后，按照北辰国惯例，皇位应由他的一位皇子继承。

后来，傅承泽他爹顺利继承皇位，其余的几个兄弟，该去封地的去封地，只有眼前这位据说跟太子同岁的五王爷，因为年纪小，所以被皇帝大哥留在了洛城里，建了一处不错的宅院养着这位弟弟，一时间还传为北辰国的美谈，好一位重情重义的皇帝！而对于当初这美谈，民间一直流传着另一种说法，当初皇位本应该传给颇受先帝宠爱的五皇子，却被大皇子霸占了。之所以留这位五王爷在洛城，一是为了堵住悠悠众口，二是为了更好地监督他，任谁都明白，一个大活人，再没有比放在自己眼皮子底下更安全的。

五王爷傅竟意摇了摇他那把，据说价值一座大宅子的名家山水画折扇，一派风流不羁："小饼子，皇宫是我家，卫生靠大家，我不过是日常回家而已，还用得着大风吗？"

说的也是，人家是土生土长，实打实的皇家子嗣，她个狗屁太监头子啰唆个毛线。

二饼对着傅竟意作了一揖，说道："欢迎五王爷回家，祝五王爷玩得愉快，小的就不碍您的眼了，这就撤。"

说完，她正要脚底抹油溜之大吉，领子却被人一把抓住。傅竟意竟像老鹰拎小鸡那样，一把将唐二饼提了起来，提溜到自己面前，仔细地打量了一番，这才说："嗯，长得确实是有些碍眼，不过，本王倒是认识一名有名的整容大夫，可以介绍给你。"

整容大夫？

二饼被这个词吸引了，挣扎着从五王爷的手里溜出来，双脚落地。

“整容大夫是什么？跟易容一样吗？”

傅竟意想了一下，答道：“二者差不多吧，反正都是改变容貌，还你一个自信的青春年华。”

二饼点点头：“哦，原来如此，可我挺自信的啊。”她眼里的认真让傅竟意忍不住大笑，这个小丫头果然不一般。

“这整容的好处可是有许多的，现在已经风靡整个北辰，无论是大家小姐还是小家碧玉，皆以整容为时尚。”说到这里，傅竟意想到了一件事，他看向二饼的目光意味深长，让人想要闪躲，“据说，不仅有姑娘想要把自己整得漂亮，还有人想要把自己往丑里整。”

二饼努力睁大自己的小眼睛，拼尽了全力表现出一脸震惊：“世上居然有如此傻人，真是太造孽了。”

傅竟意又跟她打趣了一会儿，见时候不早了，便跟她告别，去太后那里请安。

一路上，傅竟意的随从阿奇有些好奇地问：“王爷，这二饼姑娘并无特别之处，您为什么还交代小的盯住她？”

傅竟意笑了笑，没有特别之处吗？如果当真没有特别之处，傅承泽大可以任她在宫里自生自灭，又何必把自己一手培养的杀手之一安排在唐二饼身边？

想到这里，傅竟意叮嘱道：“我让你查的事情怎么样了？唐家小姐的去向到底如何？”

“回王爷，我派兄弟们查了数个月，却依然没有找到这个人。”阿奇回道。

他这般说，傅竟意心里倒是有了个底，这个世界上能让一个人消失的，或者说能让一个人无声无息消失的，大约就是他要去见的这个人了吧。

看着傅竟意走远，二饼瞥了瞥嘴，这个五王爷先前也在宫里见过几次面，妥妥一个浪荡子，每次见了她都要毒舌一番，可见平日里调戏个小姑娘那可是家常便饭，也是够够的了。

唐二饼最近的日子很好过。后宫的女人为了那一夜恩宠，不知道送了她多少的好东西。琉璃珠子她都当弹珠打的，珍珠粉什么的都是用来敷脚丫子，燕窝啥的也就漱漱口吧。

对于她这样的行为，小品表示痛心疾首：“唐姐姐，你这就是骄奢淫逸，是堕落的开始，是走向犯罪的前奏。”

唐二饼眯眼一笑，如果堕落的感觉这么爽的话，那就让她堕落到底吧。

小品见多说无益，也就不再费嘴皮子啦，只是每次对待二饼收礼物这件事，她都格外小心。什么样的该收，什么样的不该收，她分得清清楚楚的，这个十三岁的姑娘做起事情来倒是仔细。

二饼观察了她一会儿，也没说什么。

主仆二人这天刚喝了下午茶，二饼新近收的那个徒弟小安子，巴巴拿着几盒点心来孝敬师父了。

小安子也是跟在太子身边伺候的，不过是个小小的不被人正眼看待的小太监。可是自打二饼来了，他又对生活充满了希望。连这样的人都能当上大内总管，说不定他也是有机会的。

“亲爱的师父大人……何时我才能坐到您这么高的位置呢？”小安子谄媚得很。

小安子带来的点心是洛城最有名的肉记蛋黄酥，外皮烤制得金黄酥脆，内里裹着一层细密甜软的枣泥儿入口即化，最里面是一颗咸咸的鸭蛋黄，烤制师傅将火候掌握得刚刚好，蛋黄吃起来沙而香咸，却不干巴。如此冲击味蕾的蛋黄香得让人恨不得一口吞下去。

为了展现自己还算个矜持的人，二饼压住了左手一个右手一个的冲动，而是一口一个地“细嚼慢咽”。

眼见着二饼七八个蛋黄酥下肚，小安子问道：“师父，您要是有什么官场升职的秘笈，一定要教教徒儿啊，徒儿我从小最大的梦想便是能够成为太监中的佼佼者。”

看到小安子对自己崇拜得五体投地，二饼内心深处那种澎湃的感觉，简直爽到无法形容。此时此刻，什么深宫花美男，都变得无关紧要，甚至还不如手里的蛋黄酥来得真切。

她像安慰小狗一样轻轻拍了拍小安子的头：“安心，早晚你也会是大内总管的。”

小安子听到这话，犹如受到了莫大的鼓舞，整个人都振作了起来，临走时，还告诉二饼，过几天给她送些卤鸡爪过来。

“小姐，你这样真的好吗？前些天你不是说，等你退休，就会把这大内总管一职交给小陈子嘛？”

二饼吃得肚子里饱饱，打算去大师傅那里再扫荡一些吃的，敷衍道：“嘻嘻，到我退休的时候再说吧。”

北辰国还算是一个比较人性化的国家。入宫无论是做宫女，还是太监都有一定的期限。女孩子一般到二十岁就可以根据自己的意愿出宫，出宫时还能领到一笔钱，而男子则是到三十岁，如此便被称作为退休。

一路走来，今日的宫中颇有些热闹，像是在欢迎什么人，一大早就听见外面吵吵闹闹的。二饼也没有多想，只当是皇帝他老人家又要搞什么庆典吧，反正傅承泽他爹有钱任性，隔那么两三天总要这么热闹一番的。而宫里的这些娱乐活动一般都是由掌管乐师的大臣负责。

她蹦跶着，心心念念要去试试大师傅的新菜，没成想这么一激动，没看眼前路，竟然一头撞到了来人身上。

这人高大威猛，好似一堵坚硬的墙。二饼被那股力道反弹，直接坐到地上，摔了个屁墩儿。

二饼摸着被摔痛的屁股，也不管这是不是在宫里，气呼呼地说："哪个不长眼的，走路不知道看路吗？"

被撞到的人一身戎装，两道英眉浓密而挺拔，一双炯炯有神的大眼里有些愧疚，他上前一步打算扶起二饼，却听身后人说道："季泽，你去扶她做什么，不过是个太监头子，让她自己爬起来就好。"

二饼愣了一愣，呆呆地说："季……季将军好。"

季泽再看看眼前的女子，并不认识，于是说道："我们可是在哪里见过？"

"并没有。"

"那你怎会知道我是谁？"

二饼就是再傻，也知道季泽季将军，是北辰国大将军之子，而季泽将军身后站着的，可不就是几日不见的傅承泽嘛。

二饼悻悻地从地上爬起来，拍了拍屁股上的灰。

不见傅承泽还好，见了傅承泽倒是想起了替身一事，不禁有些恼火。可转眼再看这英俊挺拔的季泽将军，二饼的眼睛里立马冒出两颗心。

她眨眨眼，崇拜地说：“北辰国上到八十老妇，下到闺中少女，哪个不知道季将军您的威名。”

要知道，傅承泽、季泽、傅竟意并称北辰国三大美男。据某低调不愿透露姓名的组织问卷调查，傅承泽被排为北辰国女性最愿意嫁的人，季泽次之，傅竟意第三。

二饼看了这威风凛凛的季泽后，忽然觉得也许傅承泽能排第一，不过仗着自己是个太子吧，毕竟这是个拼爹的时代。

兴许是常年待在边关，整日与将士们在一起的缘故，听到一个姑娘如此大胆说话，季泽的脸上浮现两坨淡淡的红晕。

而一旁被华丽丽忽视了的傅承泽，看到这两人的互动很不舒服，他上前一步，拉过唐二饼，说道：“季将军刚从边关回来，没时间跟你插科打诨，唐总管要是太清闲，不如去皇祖母宫中陪她聊聊天。”

话说，二饼自从当了大内总管，太后时不时都会找她聊天，因为她讲的那些粗俗的小段子，太后她老人家居然很喜欢。虽然二饼俨然已经变成了“下堂妃”，太后的曾孙子变得遥不可及起来，不过能找个陪聊的解解闷，也是很好的。

二饼嫌弃地抚开傅承泽的手，心想昨天你对我爱答不理，今天姐要让你高攀不起。她屁颠颠凑到季泽面前，这威武不屈的季将军的脸更红了一些，一看就是个不常接触女孩子的纯情少男。

季泽跟傅承泽年纪不相上下，跟傅承泽的肤白如玉相比，他显然是属于精壮硬朗型的，不管是哪种型，只要好看，都是二饼喜欢的类型！

“季将军看起来英俊异常，堪称大北辰第一帅，敢问季将军可有婚配？若无婚配，看小女如何？”

傅承泽捂着脸，恨不得不认识这个丢脸的货。

可这个丢脸玩意儿，说起来也算是他的未来太子妃，虽然已经很有下岗的嫌疑。不过他还是尽职尽责地上前，试图将唐二饼拉回自己身边。

却不想，二饼在美男当前，连力道都大了一些：“太子殿下，您就不要拉着我啦，别耽误我好事。”

好事儿？

傅承泽额头上青筋暴起，不知怎的他想起了和唐二饼之间那个误打误撞的“吻”，他这些日子一直在为那个吻而闹心，可眼前的人却像是什么都没发生过一般，还有心思跟别的男人打情骂俏。

傅承泽想了这么许多，便有些恼怒地说：“唐总管看清楚自己的身份，季将军岂是你能高攀的？”

二饼听罢，非但没有一丝不悦，反而有些不服气。哼，太子她高攀不起，季将军她也高攀不起？她偏偏不信这个邪！

一个拦着，一个死活要上前搭讪。两个人竟不顾一群宫女太监的围观，众目睽睽之下打闹了起来。

这时，一身铠甲的季泽终是受不了这两人，以拳掩唇，轻咳一声：“阿承，你何时弄来了这么好玩的一个大总管？”

那天，傅承泽狠狠瞪了二饼一眼，不过很值，因为季泽对着她笑了笑。

将军一笑，果然是百媚生。

随后二饼才知道，今日宫中之所以如此热闹，正是太后为了迎接班师回朝的季将军特意设下的晚宴。据说这季将军能文能武，年纪轻轻便跟着他父亲当朝大将军上了战场，几次战役中屡建奇功，可谓少年英雄。

太子傅承泽和季泽幼年便已相识，还是交情很深的友人，此番季将军回朝，虽说是太后安排的这场晚宴，可是东宫也出了不少的主意。

唐二饼被傅承泽支开，季泽忍不住打趣："阿承，我这不过些许时日不回来，你这口味重了不少。不过我见那唐总管倒是有些意思。"

傅承泽翻了个白眼，再想想唐二饼的小绿豆眼："嘁，纵使我眼神不怎么好，可我总也是有几分眼力，怎么会看上那个小绿豆呢。再说，鱼儿至今下落不明，我定是会找到她，此生再不负她。"

听他提及唐鱼儿，季泽面上也有隐隐的难过："鱼儿还是没有消息吗？"

傅承泽摇摇头。

"那边可有什么消息？"

傅承泽知道季泽所说的那边指的是太后那里，说道："皇奶奶一直以为鱼儿已经死了。如此也好，最起码无论她在哪里都不会有什么危险了。"

"那便好。"

心里的话也只能跟季泽说说，这些年来季泽驻守边关，傅承泽竟少了个说话的人。犹记得年少时，自己还曾因为吃醋而跟季泽闹别扭，怨他与鱼儿走得太近。可是如今，他与季泽却成了无话不说的朋友。

趁着宴会还没有开始，傅承泽拉了季泽打算到书房避一避外头的喧哗。

东宫的书房大而恢宏，珍贵的孤本处处可见。二人席地而坐，就在这书本之间侃侃而谈。

季泽随手拿起一本书，漫不经心地翻看："我在边关时便听人议论，说是太子从民间纳妃，可是没过几日便又听人说太子妃变成了太监。阿承，你若是在洛城待着太闲了，不妨跟我到战场了走走。"

傅承泽疑惑："此话怎讲？"

季泽笑笑："你此番也太过折腾了一些，难不成你还真要娶了人家姑娘不成。"

季泽明白，傅承泽对唐鱼儿的感情至深，这一生除了唐鱼儿，不会再娶别的女子，如今这番行为可不就是折腾。

傅承泽手握空拳，打在季泽的肩膀上，调侃道："季将军驻守边关的这大半年，怎么还落下了八卦的毛病，离开洛城时你还是一副不食人间烟火的模样，如今倒是如同那些爱说闲话的宫女了。"

"论起八卦，我可比不上太子爷殿下。"

打趣是打趣，季泽还是觉得很奇怪。傅承泽做事一向是很靠谱的，他身边的人无一不是有特定的位置，特定的作用，断不会将一个寻常女子放到自己身边。加之如今皇帝身患疾病，纵情声色，北辰的天可能说变就变了，在这个节骨眼儿上，他定当是思虑再三，免生事端。

季泽闪过一个大胆的想法："阿承，那女子莫不是与鱼儿相关？"

傅承泽正从书架上找一本兵书，听他这样说，手上的动作顿了一下，故作镇定道："怎么可能，你可真是糊涂了。"

"那你又为何将她留在身边？"

傅承泽一副季泽应该了解的表情，语带抱怨："我想你应该懂得，难道大将军没有催你娶亲？我不过是被皇奶奶吵烦了，随便找了这么个女子罢了。"

季泽心中还有些疑惑，不过傅承泽话已至此，他也不便再说些什么，配合地笑了笑，调侃道："原本听说你纳妃，我还有几分好奇，想着你这头倔驴怎会转性，没成想你却是拿人家姑娘做挡箭牌。如此这般，也是对那位姑娘的不公平。你可曾想过，今后如何安顿那位姑娘？"

傅承泽皱眉沉默。

见他如此，季泽却是真的有些气了："你就是如此，做事不会考虑他人的感受，到了最后害人害己，自食苦果。"

傅承泽已经从地上站了起来，他望向季泽的目光有些嘲讽的意味，而季泽也丝毫不回避地回视着他。

电光石火间，傅承泽突然想起了一些往事。

那时候，唐家的事情刚被人揭露出来，几位大臣联名上书，请求重罚唐家以儆效尤。他一得到消息就着了急。他晓得鱼儿，自小没有吃过苦头，被保护得像是一朵最温柔的花朵。他无法想象接下来要发生的事情会让她受多大伤害。

傅承泽急得团团转，才蓦然发现自己竟然没有一个可信的人来商量此事。情急之下，他召见了季泽进宫。

那时候都是年少气盛，也是在这间书房里，季泽抓着傅承泽的衣领，恶狠狠地说："当初若不是你说会好好保护她，我凭什么把她让给你。"

原本，唐家一直有意将已经成年的女儿嫁给门当户对的季家公子，是自己心中有爱去求父皇赐婚，也是太后有所图谋，才断了季唐两家的婚事。

时过境迁，原来他们两人，竟都活在当初，无法自拔。

傅承泽终是败了下来，终究是他的错，他没有保护好她。

他颓唐地靠在书架子上，一双眸子暗淡无光，问道："季泽，我只问你当时确实不是你将鱼儿救走的吗，你确实没有将她藏起来吗？"

虽然知道季泽把鱼儿救走藏起来的可能实在是微乎其微，可他还是要问个清楚明白，这才能死心。

季泽冷笑了两声："我一生只后悔过两件事，一件是顶不住她苦苦哀求，让父亲解除了季唐两家的婚约，而另一件便是没能救得了她。"

"好。"傅承泽点点头，说不上心里是个什么滋味，"那么这次呢，你又为什么回到洛城？"

季泽为什么在这个节骨眼上回来。他常年驻守边关，自从鱼儿失踪后，更是三番五次主动提出驻守边关，这些年来，除了探亲，几乎没有回过洛城。傅承泽想，他是不是得到了什么消息，知道了关于鱼儿的事情才会回来，毕竟季家军的眼线绝对不会比自己少。

“阿承，这北辰的天下虽是你们傅家的，可我要回洛城倒也是可以的吧。”

傅承泽起身，脸上又挂了笑意，在季泽左肩打了一拳，笑道：“瞧你说的什么话，我自然是欢迎你回来的。”

到底过了年少时光，有了君臣之戒，也有了隐藏。

这皇家的晚宴，简直了，就是一出出争奇斗艳的戏码。

太后特意允许大臣们带上女眷来，那些小姐什么的，一个个打扮得倾国倾城。可惜大约是傅承泽给发的月俸少了一些，否则这些个大臣家的女儿怎么连一整块的布料都买不起，又是露胳膊，又是露大腿，恨不得将自己扒拉个精光。

“姐姐，你就没有一点点的危机感吗？”小品悄悄跟在二饼身后，进了这大殿，躲在不起眼的角落里看歌舞。

大殿正中，几位番邦女子身着轻纱，腰肢扭动露出一截细滑的皮肤在灯光下有种诱人的光泽，身上的铃铛发出悦耳的声音，不经意间都是风情万种。

二饼啃着从良妃娘娘那里顺来的一包花生，说道：“姐姐我不是那种靠脸吃饭的人，我靠的是内涵。”

她话音刚落，一旁传来几声浅笑。二饼暗骂一声倒霉，拉着小品要走，却被人拦住。

傅竟意摇着扇子，半靠在大殿的柱子上，活生生像一只老妖精：“怎么着，本王是怪物吗？每次见了我，都迫不及待想逃跑？”

眼见躲不过去，二饼默默感叹今儿个真是点背，面儿上大大方方地行了礼：“哪里，小的这不是眼睛小，所以没看到您这尊大佛吗？”

傅竟意一笑，也不与她计较。方才一进来，就发现这小丫头穿着不太合身的太监服，躲在角落里偷吃。那些个平日里吃惯了的糕点小吃，她怎么就吃得那样香甜，犹如仓鼠一般两腮鼓鼓。

傅竟意不自觉地向她靠近，离得近了才发现她在说些有意思的。傅竟意以往很少见过如二饼一般可爱率性的女子，一时兴起，逗她：“二饼姑娘每次见了我都要躲，怕不是爱上了潇洒多金的本王吧。”

口中的花生米飞射出一道漂亮的弧线，直直射向傅竟意，在离他脸只有一毫米时被两根修长手指拦了下来。

傅竟意看着指间夹着的“暗器”，妖孽一般冲二饼眨了眨眼睛：“就算是被本王说中了心思，也用不着这么激动，这定情的信物我就勉强收下了。”

说着，他竟然眼带笑意，面带挑逗，当着二饼的面把那粒花生米装进了衣服里。

唐二饼惊得下巴都要掉下来了！

跟傅竟意初次相识，二饼就觉得这位五王爷不怎么正常。每天嘻嘻哈哈，撩猫逗狗，一副全世界我最帅最时尚的模样。

一句话形容，狂妄自大加骚贱。

可人家是皇家子嗣，虽不是当今太后所出，但论辈分是皇帝的亲弟弟，傅承泽的亲叔叔，也是北辰国的一朵大奇葩。

这么想着，二饼情不自禁脱口而出：“奇葩。”

山水画扇子缓缓收了起来，这朵奇葩凤目微挑，神情竟与傅承泽有几分相似。二饼晃了晃脑袋，努力把任性太子从自己大脑里晃出去。她是有病才会想到那个人吧。

“你在骂我？”

二饼赶紧摇了摇头，辱骂皇家子嗣的罪名太重，她可担待不起。

傅竟意得意地笑笑：“那你就是喜欢我咯。”

二饼仔细回想了一下方才两人的对话，到底是哪一句让五王爷产生了这么不可思议的误解呢?

“不不不，我怎么可能喜欢你。”

眼见着傅竟意神色变了几变，二饼赶紧皮笑肉不笑，嘻嘻两声：“我不是那个意思，我是说五王爷风度翩翩，有的是大家闺秀送上门，二饼顶多就是仰慕仰慕您，不敢想别的。再说这一粒花生米怎么配被五王爷您当作定情信物呢。将来多的是大户小姐用上好的玉佩做定情信物相赠。”

她说话时一双小眼微微闪动，竟有些撩人。傅竟意拿起手里的扇子，在她脑袋上轻轻拍了两下：“你这话说的不假，本王确实是人见人爱。”

这力道不轻不重，又暧昧极了，让坐在上位的傅承泽不过是扫眼间，就把这一幕尽收眼底。哼，这个唐二饼白天刚勾搭过将军，夜宴时又开始聊骚五皇叔，她可真够忙的，看来不想个法子好好整治小绿豆一下，她是不会觉悟的。

“殿下，您慢点喝，这么灌着喝容易醉。”

阿卫原本站在傅承泽身边伺候着，见太子爷猛地灌了几口酒，连忙劝阻，顺带黑二饼：“您也是瞧见了，唉，这二饼姑娘真不是个安分的主儿。”

那头傅竟意不晓得说了些什么，唐二饼笑得嘴都要咧到耳朵根了。傅承泽恶狠狠又喝了一杯，将杯子重重放在桌子上。

笑笑笑，有什么好笑的！没看到他五皇叔牙上的菜花子都笑出来了吗。

太子心里想着，不知怎的一口气堵在胸口，觉得自己要是不发泄一下就会不舒服似的。

堂堂的太子妃，哦不，是下堂妃，怎么能过得这么嘚瑟呢。被他抛弃后不是应该哭哭啼啼，整日以泪洗面吗？哪能像现在这样混得风生水起呢。

傅承泽眼睛一眯，一个好主意跃上心头。

而此时的唐二饼完全不晓得自己已经被太子爷在心里狠狠教训了一番，还在跟五王爷插科打诨。

傅竟意一向自诩风流倜傥，主要是会讲小段子，他讲的段子，曾经把铁大人家的那个面瘫小姐逗笑过，自那以后铁小姐的面瘫痊愈。铁府一家老小对他是感激涕零。

可是强中自有强中手。

遇到了二饼后，傅竟意才明白什么是段子小能手，自己的说段子人生遭遇了前所未有的滑铁卢。在二饼姑娘的强大段子下，他不得不服。听她说了这么久的段子，傅竟意居然还听上了瘾："二饼姑娘，你就再给本王说一个吧。"

二饼摊手，做出一副无奈的样子。心里想，这些皇家人果然都不正常，要不就是像傅承泽那样毫无预兆说变就变，要不就是像傅竟意这般阴阳怪气，可她能怎么办，毕竟她只是一个太监啊，只能屈服在主子的淫威下，讲段子。

"话说，有一只白白胖胖的馒头，从篮子里滚了出来，滚着滚着不小心摔到了台阶下，变成了一张饼。”

唐二饼面无表情，跟对面那个笑得直不起腰的人形成鲜明对比。

“哈哈哈，太好笑了，二饼姑娘你讲得太好笑了。”

好笑？二饼僵硬地扯了扯嘴角，问道：“五王爷。”

她指了指头，用那种饱含同情的语气说：“您老人家小时候是不是……撞过树？”

要不咋能抽风成这个样子？

傅竟意笑够了，倒还是那副风流倜傥的模样，丝毫不介意二饼的唐突，眼中闪过一丝揶揄，说道：“算了算了，本王不笑了，不如咱们再接着聊聊定情信物。”

说起这定情信物，傅竟意倒是想起自己的荷包用得有些久了。作为一名只知道吃喝玩乐的闲散王爷，他努力把奢侈腐败进行到底。无论是衣衫还是配饰，一定要在洛城最有名的店铺里专门定制，这不最近忘了及时去选款式、布料，以至于还用着自己的旧荷包。

他坏心思起来，看了看唐二饼那双葱白般剔透白嫩的手指，贱笑着：“花生米不能当作定情信物，不过有样东西倒是可以，就看二饼姑娘愿意不愿意给了。”

当然不愿意！唐二饼心想，这货开口要的，必然是她给不了的。

傅竟意像是看出了她的心思，又赶紧补充了句：“姑娘也是个聪明的人，最知道这宫里主子说一句话对奴才的影响。”

威胁，这就是赤裸裸的威胁！可她堂堂一个二饼只能心不服，而力不足，这就是当奴才的悲哀。

傅竟意讨要的东西是一枚荷包。

这对一般的姑娘来说还比较好完成，毕竟在北辰国未出嫁的姑娘都是整日在家里学习女红。可二饼从小到大，学的最多的便是调皮捣蛋，女红什么的根本就没有认真做过。如今要做一个荷包，还真是没有把握呢。

“你要是不愿意也就罢了，不过回头我去太后那里说了什么不该说的，你可别怨我哦。”

说着，他眼神示意了下坐在首座的太后，满是不言而喻的深意。

威胁！又是这种熟悉的赤裸裸的威胁！

此时丝竹声起，周围一片歌舞升平，只有这个小角落里酝酿着不和谐的气氛。

二饼咬牙切齿：“五王爷，您这么欺负我这个弱小女子，不是大丈夫所为。”

傅竟意也不与她计较，用扇子敲了敲她的头，转头间却恰好与傅承泽偷偷望向这边的目光对上了。他一时起了坏心思，想要捉弄一下二饼和自己那个怪侄子。

再想到刚才来的路上，恰好遇到了巧儿。巧儿是宫中的舞女，平时傅竟意就喜好吃喝玩乐，跟这些姑娘歌姬走得近。那巧儿原本今晚得了命令要去领舞的，偏不巧扭伤了脚，害怕上面怪罪下来，只好想办法拦住了傅竟意的路，求五王爷给自己指条明路，免去责罚。

傅竟意见美人在怀，哭得我见犹怜，立马答应了她。此时，他倒是有一个计谋上了心头。起初，唐二饼进宫的时候，他也没有太过在意这个丑姑娘，毕竟自己那个大侄子做出多么奇怪的事他都不会觉得怪异。可是后来，傅承泽不晓得因为什么，竟然把这女孩子捉去做了太监头子，这倒让他感到有些不对劲儿。

傅竟意早就想试探一下，看看这其中到底有些什么秘密。于是，他故意把早上巧儿拜托他的事情添油加醋了一番说给二饼听。

“哦，五王爷要英雄救美，可是这跟我有什么关系？我可没有什么爱心，不会同情她。”更犯不着为了这么一个不相干的姑娘抛头露面吧。

“怎么没关系。”傅竟意笑了笑，“你不是常说，在这宫里你最佩服本王我吗，既然如此，我的忙就是你的忙，我答应了巧儿姑娘，就等于你答应了巧儿姑娘。今晚这舞你是跳也得跳，不跳也得跳。”

他这样子不像是说笑，难不成还真的想让自己去跳舞不成。二饼用食指搓了搓鼻子，打着商量：“要不让小品上，她铁定跳得比我好。让我爬爬树还成，跳舞什么的太难。”

小品见自己被主子推了出来，忙往后躲了躲。傅竟意看了她一眼，神色不变，扭头对着二饼别有深意地说：“她？我看你让她舞刀弄棒还差不多。”

唐二饼只顾着怎么把眼前的大麻烦解决掉，也没有仔细去追究这句话的深意。

“反正我不去。”二饼是铁了心地要把这麻烦推过去的，她瞅着傅竟意长得也是唇红齿白的妖孽相，坏笑着说，“五王爷，既然您这么替巧儿姑娘着想，不如您上？”

试想，北辰国堂堂五王爷，妙曼扭动在舞池中央，这种场面光是想想都让人好激动呢。从今天起，五王就要变成“舞王”了吧。

“本王如此英俊潇洒，岂能白白给大家看了去，二饼姑娘你还是早早做准备吧。本王有一百种方法能让你跳舞。”

二饼心想，自己不跳五王爷还能逼她不成？可她低估了傅竟意不要脸和说白话的功力。

歌舞升平中，只见傅竟意走到乐师身边，不晓得嘀嘀咕咕了些什么，只见那老乐师看向她，脸上露出复杂的目光，没等二饼仔细体会下这目光的含义，便有几个身着轻纱的姐姐不由分说地拉着她要走。

“哎哟喂，你们这是要把我拉去哪儿啊？”难不成因为自己不愿意跳舞，丧心病狂的傅竟意要杀她灭口？

见二饼一脸惊恐，一个轻纱姐姐笑着说道：“您就不要不好意思了，既然想加入咱们舞蹈队，只管来就好了，干啥还要羞羞答答呢。”

“我什么时候想要加入舞蹈队了？！”

虽说在宫廷里跳舞唱歌是能挣不少银两，说不定还有机会被达官贵人相中，从此跃上枝头变凤凰，可她完全没有这个意思啊。

“您就不要害羞了，方才五王爷已经跟我们师父说了，听说您对乐师歌姬崇拜得很，从小到大的志愿就是能够站在万人瞩目的地方翩翩起舞。”

二饼一头的黑线，自己都不知道自己还有这么“宏伟”的志愿呢，别的东西可以忍，但是志愿这回事必须要讲清楚。

二饼停下脚步，说什么都不肯走，很认真地解释：“二位姐姐，我唐二饼从小到大只有一个志愿，执着而专一，那就是泡尽天下美男子！所以这中间肯定有什么误会。”

轻纱姑娘听完她这番话，露出一副很为难的表情：“可是五王爷已经吩咐了下来，二饼姑娘若是执意如此，可让我们姐妹二人怎么向五王爷交差？”说着，还冲另一个姑娘眨眨眼，拉同盟，“你说对吧，妹妹。”

不愧都是学表演的，被唤作妹妹的女孩立刻做出一副欲泣的可怜表情：“谁说不是呢，二饼姑娘若是不跟我们走这一遭，只怕五王爷会生气。五王爷若是生气了，势必会责怪师父。师父若是生气了，势必会责怪我们姐妹二人办事不周。”

当姐姐的立刻点点头，附和道：“对对对，师父若是怪罪下来，轻则罚我们半年俸禄，重则将我们二人驱逐出宫，从此流落成无业游民，进而导致上养不起父母，下养不起弟妹。啊，我们这一大家子好苦命啊。”

听着二人说双簧一般，二饼已经几近崩溃，仿佛自己就是她们家门不幸的罪魁祸首。

实在是被这姐妹吓到了，二饼哭笑不得地说：“得了得了，我跟你们二人走这一趟便是了。不过丑话说在前头，若是今晚丢了丑，你们可不能再埋怨我。”

姐妹二人一边一个，热络地挽着二饼的胳膊，变脸如此之迅速。

“二饼姑娘放心好了，我们姐妹俩定不会埋怨于你呢。”说着就要拉二饼去换衣服，既然难以推拒，不妨就接受吧。

巧儿要跳的那支舞，是整个晚宴压轴的舞蹈，是在最后出场。轻纱姐姐将一套衣服放在二饼身上比画了一下，说道：

“这衣服倒是很合身啊。”

不出片刻，二饼就被人折腾出了另一个模样。这二饼虽说其貌不扬，可是打扮打扮还是能见人的。

此时，艳红色的纱裙裹在她的身上，衬得肌肤如雪，让人心生怜爱。略施薄粉的脸颊粉嫩可爱，而那双只有绿豆般大小的眼睛发出熠熠光辉，竟像是天上的星子一般灿烂。

轻纱姐妹俩对自己给二饼做出的装扮很满意，将她拉到镜子前，说道：“二饼姑娘您瞅瞅，多美的人儿啊。”

二饼看了看镜中人，眼中闪过略微的不耐，眉头微微皱了一下。

“二饼姑娘对这身装扮有何不满吗？”轻纱姐姐察觉了二饼的变化，小心翼翼地问。

二饼摇摇头，不再说话。

这时姐妹俩拉着她去见五王爷。傅竟意见着换好服装的二饼远远走来，竟一时有些痴了。

他轻咳两声，拿过宫女手中的红色纱巾，轻轻缚在二饼的脸上。

她的睫毛很长很长，像是一把小小的扇子，一下下扇进人的心里。人无论如何伪装，眼神总是不会骗人的。傅竟意想，这样清澈纯净的眸子，自己此生竟然有幸能再次看到。

他勾了勾嘴角，笑着用手去碰了下那浓密的黑睫：“你呀，果然还是遮上面纱会比较好看一些。”

二饼气得头顶冒火，这家伙果然损得不行，啥叫戴上面纱好看？不就是间接说她长得丑吗？

看出她心理活动的小品在一旁很友善地插刀：“姐姐，人家不是间接说你丑，明明很直接啊。”

二饼卒。

傅竟意简单交代了几句后，径自转身离开，连个反抗的机会都不给她，就这么走上了不情不愿的舞娘之路。

可是，如果二饼知道这支舞会挑出那么多是是非非，打死她也不会跳的。

一整晚，傅承泽都黑着个脸。那个死太监明明前一刻还站在不远处跟五皇叔嬉皮笑脸的，这会儿又不知道去了哪里。哼，人丑而不自知。太子爷这般想着，不自觉就露出了绿帽脸，好像自己老婆出去偷汉子一样，吓得整个御膳房战战兢兢，以为是今晚的菜色不够好，不符合殿下的胃口。

宴会接近尾声时，乐师们训练有素地停下手里的动作。只听得一阵清脆悦耳的铃铛声，伴随着小皮鼓嘭嘭的韵律，一排轻纱红衣的女子鱼贯而出。这番异域风情，很快吸引了大家的目光。

连太子爷也不由得放下了筷子，眼神犀利地盯着舞队后面那个笨手笨脚的家伙。这个怎么看怎么不和谐的舞娘，怎么那么像那个丑太监呢?

这时，消失了一整晚的傅竟意出现在太后面前，他手上拿着一个掐丝的墨色盒子，笑得神秘兮兮。

在太后的一众亲生非亲生儿女中，老五傅竟意最是会哄她开心，常常找一些稀奇古怪的小玩意儿给她把玩欣赏。有一年太后生辰，老五竟然孤身前去东海寻找夜明珠。总之，这厮就是中老年妇女之友，最懂得讨上到八十岁老妪，下到六岁丫头的欢心。

太后本端坐着，仪态万方，见着老五，佯装责怪道："你这孩子去哪儿了？今日季将军班师回朝，你却整晚都寻不着影子，宴会都要结束了才出现，你说该不该罚。"

坐在太后附近的尽是一些公主皇子，大家纷纷附和着，拿老五打趣。

"皇奶奶说的对极了，五皇叔你来晚了，是该罚的，几位姊妹说是不是啊。"

说这话的是傅竟意一位表哥家的昭雯郡主。

他平日里跟这帮小兔崽子混得熟了，此时他们你一句我一句的，竟连点长辈的尊严都不给他留。

老五弹了吵得最欢的昭雯郡主一个脑瓜崩，说道："小丫头片子，眼见着到了嫁人的年纪，还是这般疯疯癫癫，看到时候哪家的公子敢做你的额驸。"

这么一打趣，大家倒纷纷调侃起昭雯郡主来，连坐在一旁似乎与世隔绝的太子爷也笑了笑。傅竟意看他一眼，收了扇子，故意道："雯雯，还是你太子哥哥好，多稳重。"

昭雯这下不乐意了，这个五皇叔真真是讨厌得很。她跺跺脚，嗔道："五皇叔，今晚你可是惹了皇奶奶生气，别想就这么糊弄过去了。"

傅竟意知这小丫头从小就仰慕傅承泽，就想打个趣把自己的麻烦解决掉，谁知这丫头倒是聪明机灵了不少。

傅竟意摇摇扇子："五皇叔什么时候糊弄过？对咱们家的老福星，五皇叔更是真诚。"

听儿孙这般逗趣，太后脸上带着慈爱的笑。然而，她的目光更多地投放在傅承泽身上。这个看起来病恹恹的孩子，是她一手教导出来的，是她唯一所出的儿子的孩子，叫她怎能不关注。更何况，傅承泽幼年丧母，她不免会多加疼爱。

跟一众姐妹兄弟打过招呼后，傅竟意慢悠悠晃到太后身侧，将手中物品奉上。

太后收回目光，眉开眼笑："昭雯说得对，我家老五就是会糊弄人，这是又给哀家找了什么好东西？"

傅竟意俯身，伸臂半环着老人家，一脸的人畜无害："母后打开看看便是，看儿臣准备的这礼物是否能让您老人家展露笑颜。"

他这么一卖关子，不光是太后，在场的人都很是期待。连傅承泽也不由得将目光投向这处，想看个稀奇。

盒子打开，里面赫然躺着一枚拳头大小的琉璃珠子，这珠子晶莹剔透，微微透出些粉色光华，再看却是玫色，再往里红色、深红色、暗红色……

一层层颜色交叠着、变幻着，顿时照亮了整个大厅。

琉璃珠子不少，可像这般让人惊艳的却是不多，尤其是个头这么大的。

混在舞队里的二饼，隔着老远的距离已经被闪瞎了眼，不自觉地咽了下口水。这么大一颗珠子，得够她和二狗小翠吃一辈子了吧！估计还能养得起十几二十几个小白脸让她一一疼爱。

"喂，你踩我脚了。"

这么一分神的工夫，二饼不小心踩到了队友的脚，她连连道歉，继续拗造型，没多久又被别人踩了一脚。

再看大厅中央，太后她老人家笑得脸都要皱成包子了，饶是一辈子见惯了荣华富贵，这般稀有的也是少见，想必花了不少心思来寻，连连夸赞："我家老五就是会惹人开怀，可惜啊，老五这本事用在了哄我老太婆子的身上，若是放在旁的姑娘身上，这会儿早就妻妾成群了。"

傅竟意与傅承泽年纪相仿，却是同样没有娶妻，给北辰国的广大少女留下了不少做梦的机会。当然，这普天下的长辈们都是一个心理，见到未婚晚辈，难免会催促一番。尤其是老五这种万花丛中过片叶不沾身的主儿，更是要敲打敲打了。

傅竟意不比傅承泽，油嘴滑舌："母后，儿臣就乐意哄着您，姑娘什么的哪里有母后这么重要。"

太后被逗得乐开了花，而傅承泽冷冷看着，不屑地想，这货可真够厚脸皮的，哄女人连年龄都不分。此时的他丝毫没有意识到自己微微泛酸的心理。

二饼觉得自己是真倒霉，临时被抓来凑人数也就罢了，好死不死的，还被人踩掉了半只鞋，只能拖着腿走路，生怕鞋子掉了当众出丑。整个舞队里，她就像一只特别呆笨的企鹅，慢腾腾挪着，想不引起别人的注意都难。

尤其是……来自太子爷的目光。

她不自在地将自己努力缩小，默念着看不到我看不到我，可是很显然，傅承泽的眼神告诉她，她是有多么显眼。

唐二饼努力地回忆着方才临阵磨枪学来的几个动作，加之本来她所处的位置就是正中心，并不需要多少舞姿，只用安安静静摆个姿势，再跟着走下位就好。正常情况下，这个位置就是个花瓶，摆着好看就成。可惜，她这个替补队员连花瓶都称不上。

红纱轻舞飞扬，腰肢扭转间她抬头与那人的目光对上。

有意，或者无心。来不及想，也不愿意想。

只不过转瞬间，她便低下头去。

傅承泽举到唇边的酒，迟迟没有喝下去。方才那眼神，熟悉得让他差点丢掉了酒杯，那么一双小小的绿豆眼，为什么会频频跟自己记忆里的那双大眼睛重合？

身边傅竟意还在哄太后开心，讲着那些并不好笑的烂俗笑话，觥筹交错间，傅承泽觉得自己果真是魔怔了吧，他闷闷地放下酒杯，倒要看看今晚这个二饼又能玩出什么花样。

只是这个胆大妄为的二饼，不好好做她的太监头子，怎么又混到舞队里了。他再看看一旁带着笑意的傅竟意，心下了然，却又觉得哪里不对劲。二饼临时上场一定是傅竟意特意安排的。这个五皇叔平日里虽说爱胡闹，可也没见他对哪个姑娘如此关注的，如今为何对二饼“另眼相待”？

傅承泽目不转睛地看着场中央。如果不去看那张脸，或者说如果将那双绿豆眼换成大大的杏眼。他有些不敢想，一个大胆的想法跃上心头。

那次，在寝宫里，他有失分寸地拧痛了二饼的耳朵，不为别的，只因看到那只圆润如玉的耳垂上有三颗小小的痣。而鱼儿也有！他曾经怀疑过二饼就是鱼儿，这世间可能会有容貌相似的人，却不可能有连痣都长得一样的人，可她为何换了容貌，又为何入宫？

震惊过后，他派了梁航去调查，结果却发现唐二饼的过往简单得不能再简单，普通人家的女孩，父母早亡，给她在宁城留下一处院所和两个仆人。不是大富大贵的人家，却也算得上家世清白。

虽说失落，可傅承泽还是接受了二饼不是鱼儿的事实。

如今想想，也是有些蹊跷。

他目光直直地盯着场中间的人。这舞姿虽然笨拙，可是功底还在，那些花前月下两情相悦时，她也曾经为他而舞，怎会辨认不出呢？傅承泽难以描述自己此刻的心情。

傅承泽极力按捺着自己的情绪，而一旁的傅竟意将目光在傅承泽和唐二饼之间流转，暗笑有趣。

这一招棋虽险了一些，可到底还是有用的。他这大侄子再能隐藏情绪，也藏不住那眼底的几分惊讶。

一舞结束，二饼颤颤巍巍跟着前面几位姐姐走，却一不小心被过长的裙摆绊住了脚，一下子摔倒在地，脸朝地成青蛙状，面纱也随即落地。

这下，全场的目光都被她吸引。

"咦？那不是二饼姑娘吗？"

"是啊是啊，她不是去当大内总管了吗，怎么又跳起了舞？"

"别说，那舞姿还真的像螃蟹过街呢。"

……

作为皇宫中的公众人物，免不了被人议论，可是说她像螃蟹，这就不能忍了。当大内总管就不能跳舞了？大内总管是门技术活，不仅要拍得好上司的马屁，还要八面玲珑，各种技艺几乎无所不能，跳舞自然也不在话下了。想来也只有她这种高智商的才配得上大内总管的称号。

她拍拍衣服上的灰，孤零零看着队友散去，知道自己是没机会开溜了。

高位上，太后奶奶一脸的慈爱，三分真，七分假：“二饼丫头也要给奶奶制造惊喜吗？”

一句话，无非是告诉在场所有人，她唐二饼虽然跟太子爷闹了些别扭，没能成功入住东宫，但也还是太后宫里的人，算是极其庇护了。

唐二饼爬起来，赶紧拣着好听的话说：“太后奶奶，二饼想着这宫中的舞蹈跳来跳去无非就是那几种，您早已看得厌倦了。今日季将军回朝，皇奶奶又极其高兴，不如我变换个样式给奶奶助助兴，没想到二饼愚笨，扫了奶奶的兴。”

听到这番话，太后笑得眼角都能夹死一只苍蝇，说道：“我们二饼果然是个好孩子，来奶奶身边坐着，好些时候没见了，听说你这总管当得有声有色。”

听说？

唐二饼下意识看向傅承泽，发现这厮今晚不知道是怎么了，一直用那种冷冷的眼神看着她，直看得她心里发毛。

二饼收回目光，说道：“承蒙太后奶奶的照顾，二饼能当上这大内总管都是沾了太后奶奶的福气呢。”

可不是嘛，要不是当初太后逼着太子找媳妇儿，太子能火急火燎地派人把自己扛进宫吗？本以为进了宫吃香喝辣，还有美男看，结果呢……每天沉浸在公公群里，也是醉了。说起来，倒是要归罪于眼前这个老太太了。

显然太后不知道二饼脑补了这么多，她老人家就喜欢听人家阿谀奉承，不管是真心的假意的，只要是好听的话，就能逗得老太太哈哈笑。

这时，不知是哪位皇子多了句嘴，以至于后来二饼屡次想把他找出来，问问他跟她什么仇什么怨。

此时这位无名皇子本着看热闹不嫌事儿大的心态，提议：“既然皇奶奶这么喜欢二饼，二饼姑娘不如再高歌一曲，为这宴会助助兴？”

噗……

没等二饼露出个天真烂漫、惊讶夸张的表情，那边太子爷先喷出了一口茶，引得众人纷纷关注。

太子爷喝水呛住了！端茶的，倒水的，捶背的，揉腿的，一时之间乱成一团，让人暂时忽略了小人物二饼。她不知道是不是该感激太子爷这口热茶，缓了她一时危机是极好的，可不偏不倚这茶正好喷了她一头，难道真的不是借机报复？

唐二饼摘掉挂在刘海上的一片茶叶子，顺便附赠给太子爷一枚大大的白眼。

太子那边惹得大家一阵忙乱，可忙乱过后，大家也没有忘记还有唐二饼这个家伙可供观赏。二饼怀疑自己平时是不是太过缺德，到底是怎么得罪了这帮皇子皇孙，以至于他们热烈地要求她必须唱首歌。

其中咋呼得最厉害的当属太子的表妹，易柔小公主。只见这位平时就在宫里横行霸道，没事儿喜欢找碴的公主，穿着一身艳红色衣裙，活像是一朵娇嫩的牡丹花，微微嘟着嘴跟太子撒娇：“太子哥哥，这唐二饼虽然是从你宫里出来的，可是如今她不过是个太监头子，让她唱首歌总也不算过分吧。”

当然不算过分。二饼若还算是东宫中的人，哪怕只是给太子暖床的，那么就不该这样抛头露面，供众人起哄玩闹。可是如今她算是被赶出了太子殿，自然会受到不少的欺负奚落。

这般一想，傅承泽又觉得心里有些不好受，他的视线触及恭恭敬敬站在下面的那个身影。她始终低着头，任由那些皇子皇孙打趣，面带微笑，没心没肺得让人心疼。

他不知自己干吗平白无故要心疼这个家伙。明明是她大言不惭，说是当太监头子比当他的太子妃要好，那么此时此刻，管她如何作死呢，都是咎由自取。

可是怎么就不忍看到她那副模样呢，是因为那三颗痣，抑或是由于今晚那似曾相识的舞姿？

傅承泽默默叹了口气，就当是自己对她的补偿吧。

他淡淡看向一众弟妹，不怒自威："罢了，今晚是季将军的欢迎宴，将军他一向不喜欢这些乱七八糟的，不妨让乐师们换一曲丝竹来听听。"

季泽听傅承泽这样说，附和道："太子说的极是，小臣一向喜欢清静一些，况且太后平日也最喜欢丝竹，听说宫里新请了一名乐师，我在边塞的日子过得可谓是毫无乐趣，不如就让这新乐师奏乐一首吧。"

太子与季将军都这样说了，别人也没法说什么，一旁的易柔公主更是暗咬银牙，十指紧紧攥在一起。

倒是太后仿佛看到了希望，眼神在二饼与太子之间转了两转，透露出八卦之光。啧啧啧，嘴硬心软的乖孙子。老太太眼中精光一闪，突然觉得抱曾孙子这件事大概又有些苗头了。年轻人嘛，虽说有些小摩擦小误会，可是只要多制造一些相处机会，还是有无限可能的。

“嗯，哀家倒是觉得你们的提议甚好，二饼一向聪明古怪，想必唱起歌来也是不同凡响，经过你们这几个机灵鬼打岔哀家也甚是想听她一展歌喉。”

作为当事人的二饼，为自己做出了最后的力争：“回太后奶奶，二饼倒是觉得太子爷说得好！这是季将军的欢迎宴，若是我扰了季将军的雅兴怎么说得过去呢。”

这明明是欢迎季将军班师回朝的宴会，这群熊孩子咋咋呼呼算是怎么回事？人家季将军明明还一脸淡定地坐在那里，浅浅饮茶什么的。

说着，二饼还朝季泽递去一个求救的眼神。奈何这眼神看在季泽的眼里有了别的意思，再加之此时傅承泽的黑脸。季泽瞬间倒戈，默默在心里叹了口气：二饼姑娘对不住了，谁让朋友妻不可欺呢。

季泽回以二饼一个微笑，这笑是鼓励的笑，是安抚的笑，更是心有余而力不足的笑。

可是二饼却理解成了，季将军答应了自己，会帮自己解围。

事实证明，二饼还是把人生想得太简单了，就在她以为季泽会婉拒太后美意时，没想到那个看起来冷冰冰的季将军，在看了她几眼之后，居然说：“好。”

好什么好？哪里好了？

你不是气势凛冽，威风八面的大将军吗？说好的不苟言笑呢，眼下跟着这群熊皇子皇孙添什么乱啊。

二饼此时的内心是咆哮的，恨不得抓起季将军的领子问一问他：什么仇什么怨。

当然，季将军不知道自己全家都被二饼问候了一遍。

二饼窘迫地在原地站了好久好久，众人皆是看热闹的表情，没有人站出来替自己说话。二饼想，今儿个的脸是丢定了，干脆放开来，众目睽睽下，她樱唇轻启。

“在山的那边，海的那边，有一个北辰国，那里富饶而美丽，那里神秘而新奇……”

自此，二饼在北辰国彻底火了起来，以前只是在皇宫里，而这一次，因为这首《北辰国小调》歌词简单，朗朗上口，旋律动听，所以一时之间广为流传，甚至一度成为北辰国国歌。

当下，她一曲高歌，醉倒了一帮大臣，连白胡子太傅，都颤抖着说：“早知今日要听闻如此噪音，老夫不如早一些聋掉罢了。”

再看坐席上的其他人，太后奶奶似笑非笑，太子爷则是悠闲饮茶，而一旁的五王爷明显是看热闹的眼神啊。得了，要不是这罪魁祸首，她也不至于出这么大的糗。

……

大家一时之间沉浸在方才的“天籁之音”中，久久不能回神。趁着这会儿工夫，二饼寻了个由头退了出来。

然，那首被太傅鄙视的歌，还是非常不幸地流出了皇宫，流向了坊间，从此之后红透北辰半边天。

第五章
就这么红了

难道这太子不仅有恋童癖，还有世间最为变态的癖好——一妻多夫？

TAI ZI FEI
JIN JI
JI

这天，胖大婶和瘦大婶又一起买菜，依旧是八卦兮兮的。

“喂，阿瘦你学那首《北辰国小调》了吗？”

瘦大婶摇摇头，她倒是想要学习，奈何五音不全，她要是一张嘴，街坊四邻都要去衙门举报了。

胖大婶一脸的鄙夷，好像瘦大婶不学这首歌多么落伍，她扬扬得意地开始哼哼，在瘦大婶羡慕的眼神中，扭着水桶腰，走了。

那天，唐二饼一曲高歌之后，再次成为了宫里的红人儿。以前太后爱找她说个段子，如今则是找她编小曲儿，当然她并不负责演唱部分，只单纯地写词作曲。

毕竟无数个同床而眠的日子里，小品就曾直言不讳：“唐姐姐你别唱歌了，只要你不唱歌我给你两文钱。”

瞅见了吗？人家靠唱歌挣钱，而她唐二饼更厉害，靠闭嘴挣钱，也是没谁了。

那天唱歌事件过后，二饼在宫中的人气急速上升。她早已明白了人情冷暖，当时她出丑时怎么不见这些人救场，这个时候倒是挨个儿来她的小院子里道喜了，有何之喜？

御膳房的小梁子说：“二饼姑娘，您还不知道呢吧，您啊又得太子的宠爱了。”

二饼一口鸡汤喷了出来，太子爷对她哪里有过宠爱？

小梁子一副八卦兮兮的模样：“二饼姑娘你还不知道呢吧，我有个老乡在太后身边当差，据说太后娘娘有意让您到太子爷身边照顾。您说这是不是天大的喜事啊。”

听完小梁子的话，二饼嘴里叼着的半个鸡腿掉在了地上，瞬间连吃肉的心情都没有了。

第二天，二饼就接到了来自太后的懿旨，让她当即到太子殿去报到。

二饼到傅承泽那里时，他正在画画，头也没有抬。

“不是我找你回来的，是皇奶奶，我不想惹得她老人家心里不痛快。”

唐二饼点点头，她当然不会自恋到认为是傅承泽让她回到太子殿，这点觉悟她还是有的。

傅承泽完成了手中的画作，放下毛笔，这才抬头似是在打量二饼，片刻后说道：“大内总管的职务你就不要再做了，毕竟你是个女孩子，整日与一些太监混在一起，成何体统。”

二饼觉得自己太冤枉了，当初还不是他让自己去做大内总管，如今又是一副自己不守妇道的模样，太子心深如海，果然不是一般人能搞明白的。

傅承泽看出了她的不满，问道：“怎么？难道你还舍不得那大内总管的职务了？哼，别以为我不知道，你在当大内总管的这些时日里，可没少为自己谋福利吧。”

二饼听他这样说，赶忙跪在了地上。

“回殿下，二饼没有。这些日子，二饼虽然远在角落里，可没有一日不是心系殿下的，整日想着殿下是否吃好了，穿暖了，手边的笔用着可是顺手。我这颗为殿下着想的心，日月可鉴！”

“呵呵，若不是了解你的秉性，本王差点就要被你打动了。”傅承泽指了指一旁的椅子，“你坐下，我又不是怪物，怎么你现在见了我这么害怕。”

二饼小声嘀咕：“你被人打板子，看你会不会害怕。”

她声音太小，傅承泽问：“你说什么？大声一点。”

二饼摆摆手：“没什么没什么。”

傅承泽一副了然的表情，起身走到二饼身边，斯条慢理地说：“我知道你心里在想什么，兴许是这当大内总管的日子过舒坦了，不想回到本王身边了是不是？”

他整个人要比二饼高出大半个头，两人距离挨得这样近，像是要把她笼罩住一般。二饼屏住呼吸，生怕自己的一呼一吸都惹来这个人的不满。

“我……我只是怕伺候不好太子爷，我觉得太后娘娘应该派个更加稳妥的人来伺候您。”

听她这样说，傅承泽心里有些烦闷，说到底她还是不愿意到自己的身边来。

“看来我这里确实比不上你在外头的自由快乐了。”

二饼见傅承泽面露不悦，解释道：“并不是，我……我是知道又要回到太子殿，高兴得不知道该说些什么了。”

傅承泽冷哼一声：“不过也无所谓。你不是喜欢当大内总管吗，你可知道你在当大内总管期间已经犯下了大错。”

二饼一脸懵然。

“你利用职务之便，替那些女子寻找机会接近本王，你以为我不知道？你私下里收受那些小太监给你的孝敬钱，你以为我不知道？还有，你居然没事儿还去调戏小太监小宫女，这一条条罪状足够再打你一顿板子了。”

二饼听完十分怀疑傅承泽是不是有三只眼，而那第三只眼就长在了她身上，为啥自己的一举一动，他都一清二楚。想着腚之痛，二饼有些委屈地做着保证：“我一定会好好伺候太子爷，没有人比我更适合伺候太子爷。”

二饼这次重新回到傅承泽身边，跟上次比起来大有不同。以往她是太子妃的候选人，而这次她像是一个小宫女。

每日里陪着傅承泽看书习字，有时候也会陪着他练剑下棋，当然大多数时候傅承泽都在书房里跟几个进进出出的黑衣人嘀咕着什么。

二饼也不奇怪这些黑衣人的来路，她早已听说过，皇家人为了保障自己的安全会养一些暗卫，那些偶尔进进出出的黑衣人大概就是暗卫吧。

这日，季泽进宫，从御花园路过时，只见唐二饼独自坐在花园的石凳子上，嘴里还在絮絮叨叨着什么。

季泽想了想，还是走过去跟二饼问好：“二饼姑娘，上次我没能替姑娘解围，真是对不住了。”

二饼原本在吐槽傅承泽，没太注意季泽已走近，刚想行礼又被他抢了先。听他这般说，二饼反而有些不好意思，入宫这么久，季泽还是第一个对她如此客气的人。

二饼起身，行了礼：“季将军哪里话，当日的场景二饼心里清楚，季将军也有自己的难处。”

季泽点点头：“二饼姑娘若是明白就再好不过了，只是我还有一事不明，你跟太子殿下究竟是如何结缘的？”

唐二饼听他说完，将与傅承泽之间的故事讲给他听，最后耸耸肩膀：“就这样，我稀里糊涂就被人带进了皇宫。现在后悔得要死，当初若不是为了那点银两，我何苦进宫呢。”

再想想此刻，说不定狗子和小翠拿着她辛苦挣来的银两在哪里逍遥快活呢，二饼这么一想，心里更加难过。

季泽十几岁就跟着父亲上战场，平时相处的尽是一些粗糙汉子，也不懂得怎么去安慰女孩子，见二饼面色沉重，只好伸手拍了拍她的肩膀。

他的手很大，带着粗粗厚厚的茧子，是长期拿兵器磨出来的，可是那掌心温暖得有些熟悉，让二饼恍惚。

“你也别太难过，太子做事虽有些过分，可他还是有些分寸的，将来定不会相负于你。”

二饼撇撇嘴，心想这季将军怕是不够了解傅承泽，便说道：“我只希望能在这宫里平平安安，多挣一些月银，有朝一日顺利出宫。”

“可你起初进宫不是还曾觉得太子也是良人吗？”

“现在我可不敢这些想了，”二饼环顾左右，发现四周无人，压低了声音，“太子套路深，我要回农村。”

季泽被她逗得嘴角微勾：“本来我还很好奇，阿泽他为何会选了你进宫，现在我似乎是知道了一些。”

他的话有些莫名其妙，二饼拧着眉头。

“知道了些什么？”

季将军摇了摇头，不再理会她。

看着季泽渐渐走远，二饼在心里默默说着再见。

告别了季泽，二饼回到太子殿，发现傅承泽双手背在身后，来回走动，跟在他身边这么久，二饼知道这是他焦急时候的表现，正想悄无声息地退出去，傅承泽却已经冷冷看着她了。

“太子爷。”眼见着是撞在枪口上了，二饼只好行礼。

“你方才去了哪里？”

“我……”二饼有些迟疑，话到嘴边转了个弯，“方才我一直待在花园里。”

傅承泽看着她，不动声色：“一个人？”

唐二饼点点头：“是。”

傅承泽似乎是笑了笑，又或者说是没有笑，因为那笑比不笑更难看。

“罢了罢了，我又何必来问你，对我你从未说过真话。不过我还是要警告你，虽然你如今不是太子妃，但你的一言一行会有许多人关注。”

“你这是什么意思？”二饼觉得自己在这宫里还没有跟谁结过梁子，不至于被人盯梢吧。

傅承泽有些无语：“你还不明白？你是以候选太子妃的名义进宫的，自然大家都会关注你，当日我正是怕你风头太劲，又不知收敛，才罚你去做大内总管，可没想你又重新回到大家的视野之中了。”

唐二饼没有想到，傅承泽那时罚她去当大内总管原来竟是为了她考虑，心中一时之间有些百味陈杂。

不过经他这么一说，一切也就能够解释通了，宫里有不少人借机给她特殊待遇，时不时还有人给送些小礼物，以往她以为那是由于自己是大内总管的缘故，可仔细想想，怕是大家都还以为她能坐上太子妃的宝座，才会格外抬举她。

“今日你与那季泽在花园里小聚，不多时便有多嘴之人来告诉了我，怕是这会儿的工夫已经传到了太后那里。”

二饼一时慌了神，急忙解释：“我跟季将军不过是初相识，并没有什么的。”

傅承泽见她露出焦急的模样，暗暗出了口气，方才听人说她跟季泽在花园赏花时便觉得心口闷着一口气，这会儿倒是好多了。

“我不管你跟季泽的关系如何，但你要想在这宫中安稳，就要懂得宫中的生存法则。”

“什么法则？”

“低调。”傅承泽说道，“你跟我去一个地方。”

傅承泽带着二饼走到了皇宫的一个偏角，二饼看着这片阴阴暗暗的矮房子，顿住了脚步，心想他不会生气到要把她关进冷宫吧？

见她停了脚步，傅承泽回头，“你怎么不走了？”

二饼面上露出微微的胆怯：“太子殿下，你带我来冷宫做什么？”

傅承泽冷笑一声：“你这会儿知道害怕了？当众唱歌出风头的时候怎么不害怕？偷偷地收受别人给你的好处时怎么

不害怕？”

二饼缩着脖子，一脸委屈，她怎么会知道皇宫的套路这么深呢。

看她这般委屈，傅承泽憋在心里的火又被压了下去：“放心好了，冷宫现在超员了，轮不到你进来。”

超员了？二饼拍拍自己的小心脏，舒了口气，又好奇傅承泽带她来究竟是何意图。

傅承泽在一处矮房子面前停下来，早已有人推开了那扇破旧得吱吱乱响的木门，二饼看到有个女人面容呆滞地坐在床上。房间太过黑暗，二饼看不清楚她的长相，只觉得此人太过可怜了。

也许是先皇的宠妃，也许是有罪之人，无论是哪一种，被打入冷宫后，这后半生便只能在这小屋子里度过了。

想到这些，二饼不寒而栗。

傅承泽察觉到她的恐惧，问道：“你怎么了？”

二饼摇摇头，没有理会他。

“今日我带你来，是想告诉你一件事，你可知道这屋中是何人？”傅承泽用眼神示意二饼去看坐在床中央的女人。

“回殿下，我并不认识她。”

傅承泽点点头，似是有些无奈：“你觉得御膳房的大师傅待你如何？”

“大师傅待我挺好的。”时不时给她煮个夜宵，还会把一些稀奇的糕饼留给她吃。

“你只知道贪吃，可曾想过大师傅为何要对你特殊礼遇？”看她双目呆滞，傅承泽便知道她出门只带了嘴不记得带脑子，“这屋子中坐着的女人是先皇的妃子，因为一些罪行而被关在了这里。而那御膳房的大师傅是这妃子的堂兄，先皇仁慈，当日虽然贬了大师傅的官职，好歹留了他一条生路，让他在宫中掌勺。可他这些年来，想尽办法要救出自己的妹妹。救人之心可以体谅，可你差点就被平白无故利用了。”

二饼还是有些不懂：“我身上有什么值得他利用的呢？”

“当然有，宫里人都知道太后对你另眼相看，他们以为只要你在太后面前美言几句便能将事情办妥。”傅承泽故意吓唬她，“你想必也清楚，伴君如伴虎，倘若你真的替那些有罪之人开口，太后一个不高兴，说不定你也……”

傅承泽留下的那半句话让二饼心惊胆战，眼泪都差点流了出来。

她浑身战栗，似乎是对他的话感到恐惧，似乎又是对冷宫这个地方感到害怕。不知为何傅承泽有一种感觉，唐二饼像是来过这个地方一样。

她的身上有很多谜，让傅承泽百思不得其解。

正当二人准备离开时，太后宫里的公公急急忙忙赶来：“殿下，唐姑娘，太后娘娘小憩醒来，正找二位呢。”

傅承泽看着二饼，说道：“怎样，我没有说错吧，日后看你还敢与他人看花。”

他的话里有隐隐醋意，二饼无言以对。

等他们赶到太后那里，发现傅承泽的远房表妹沁儿郡主也在。这小郡主与二饼一向不对付，几次在宫中偶遇都是一番嘲讽捉弄。

看着唐二饼有些灰头土脸的样子，沁儿高兴得差点忍不住笑出声，表面上还要假装友好："二饼姐姐，你怎么这样灰溜溜的，难道灰色是今年的流行色？"

唐二饼还没从冷宫的惊吓中回过神来，无心跟她打嘴仗，乖巧地向太后行了礼。

"来来来，你们两个都坐到我身边来。"太后笑得很慈祥，问傅承泽，"方才你们去了哪里？"

纵使脸上满是笑意，可这位老人并不是一般的妇人，对于他们的行踪可谓是一清二楚。

傅承泽回道："方才二饼在宫中迷了路，我见她半天没有回太子殿，便去寻找她。"

"寻到了何处？"

唐二饼与傅承泽对视一眼，接话说道："我走到一处矮矮的房子，那里宫人很少，也没人为我指路，多亏了太子殿下找到我。"

太后满意地点点头，慈爱地拉着二饼有些冰冷的手："傻丫头，那是冷宫，那地方太过阴寒，尤其不适合女孩子去，以后你万万不可靠近那里。"

二饼乖巧地应和着太后，可一旁的傅承泽却从二饼的眼中看到了一闪而过的鄙夷。

"不过看到你们如今感情甚好，我也就放心了。今日我找你们来是有些事情要说。"

太后说这话时，二饼有种不好的预感，背脊微微发凉。

老太太这几日晚上总是睡不踏实，梦到先皇找她谈话，怨她没有替孙儿安排好婚事。她老人家翻来覆去一整晚都睡不踏实，这不就让晴姑姑找来了两个小冤家。

太后翻翻眼皮，左边瞅瞅二饼，一副漫不经心、吊儿郎当的二流子蠢脸。右边再看看孙子，万年别人欠他钱的欠揍妖孽脸。这么瞧来瞧去，觉得二人着实有些般配呢。

两个被盯着看的人，同属厚脸皮科，完全没有一点的不好意思，任人打量。

太后看了片刻，喊来晴姑姑赐茶："这是前几日，老五孝敬的，茶倒不是特别名贵，稀罕的是老五特意让人从西域带回来，配上清泉水，说是有养颜的功效。"

是吗？二饼捧着白玉茶盏，只见那淡粉色茶花一朵朵盛开在泉水之中，宛如亭亭玉立而又含羞带怯的二八少女，煞是好看。清嗅一下，竟不似一般茶水那般浓郁香醇，酸甜淡雅，果真特别！她心想，这五王爷别的不行，论起吃喝玩乐，若说他是第二，这世间谁人第一？

香甜茶水还没进肚儿，斜里插过来一只手，手倒是好手，指节分明修长，比起白玉茶盏还要扎眼三分，然而这手干得竟是缺德事儿。一想到今日他带着自己去冷宫，害得方才在太后面前差点圆不了谎，二饼就气得牙痒痒。

可谓是新仇旧恨了，她磨着牙狠狠瞪着那只该死的手。

傅承泽嘴角微勾，嘲讽道："小媳妇儿，你是饿极了吧，怎么还生出了磨牙的毛病？"

哼，当着太后的面，一口一个媳妇儿长媳妇儿短，私底下永远喊她二货。对此，二饼屡次纠正他虽是一字之差，可是二饼就是二饼，不是二货啊。可太后偏偏吃这一套，觉得小两口的感情培养得差不多了。

“嘿嘿嘿，才不是什么毛病，我啊只是想啃猪蹄子啦。”说着，二饼又特意将目光投在傅承泽的手上，强调道，“香喷喷的猪蹄子。”

傅承泽反击的话还没说出口，万年女N号沁儿一脸嫌弃地告状：“皇奶奶，你看二饼姐姐说的什么话。”

太后只当二饼是被阿泽抢了茶水而生气，以为这是小夫妻的情趣，笑道：“好了好了，都知道你们小两口浓情蜜意，别为这一盏茶争来争去了，一会儿你们回太子殿时，我让晴姑姑为你们多准备一些茶叶，你们俩爱喝多少喝多少。”

沁儿见自己说的话被皇奶奶无视，暗自赌气。而二饼此刻心里想的是，如何从傅承泽手里将这赏赐的茶叶全部卷走。

茶也喝了，点心也吃了，该唠的家长里短也都唠了。大家都知道太后这宫里可不是赏花饮茶的好地方，果然待吃饱喝足之后，老人家开了口：“二饼进宫也有些时日了，宫里头这规矩也熟悉了不少。不如挑选个良辰吉日，阿泽你们就把这婚事办了吧？”

“不！”

两道声音同时响起。

二饼一边揉着旧伤未愈的屁股，一边想是谁替自己答出了这响亮的一击，如此合乎她的心意。

只见那头表小姐提了提自己那条名贵优雅的裙子，鹌鹑般依偎在太后身边，稚嫩的声音撒娇道：“皇奶奶，沁儿不想表哥这么早就娶亲。”

喊，二饼看她那嘟嘴撒娇的样子，突然想到前几日在小花园里，傅承泽为了袒护这丫头而对自己凶神恶煞，不禁有些心头泛酸。虽说她早已知道自己跟太子之间绝无可能，可是那天……呵，不是早就告诉过自己不要在意嘛，可到底还是无法释怀。

小丫头在太后身旁撒完娇，又颠颠跑到傅承泽身边，拉着他的衣角晃了晃："泽哥哥，你不是说过要娶我的吗，你可是说等沁儿长到了十六岁就娶了沁儿呢。"

唐二饼仰天长叹，真是人心不古。她总算是知道自己为何一把年纪，到现在还没能嫁出去了，现在连这七八岁的小丫头片子都知道不吃也要先占着的道理，让她们这些大龄剩女情何以堪？

不知道今天是不是吃错了药，误把治疗伤口的药吃成了火药，二饼冷笑着说："对对对，让你的泽哥哥娶了你吧，祝你们白头偕老。"

听了她这番话，傅承泽抬头扫了她一眼，大约是责怪她说话鲁莽唐突的意思。他继而弯下身去安抚那个气得跳脚的小丫头，连眼神都是不同于看二饼时的温柔："是，泽哥哥是要娶沁儿的。"

小丫头得到了肯定的回答，心满意足地在傅承泽脸颊上亲了一大口，跟着伺候的姑姑去吃点心了。

见着那小魔女出去，太后才肃着脸教训傅承泽："你这傻孩子，沁儿年纪小跟着说胡话，你怎的也说起了胡话呢？当初我要为你选妃，你死活不同意，非说自己的婚姻自己做主，还要我尊重你的婚姻自由。如今你既然选了唐姑娘进宫，迟早是要跟她完婚的，不如……

老太太的话被傅承泽打断。

“早一日不如晚一日，二饼姑娘这么好。”他在“好”字上刻意加重了音，“既能替本太子解闷儿，还能给本太子做加了料的点心，如此贤良的好姑娘自然是个全才。而且她性格温顺，善良可爱，实在是不可多得。”

他说这些话时，面上带着特有的倨傲表情，丝毫看不出真心的成分。

然而太后似乎没有听出他话里的讽刺，满意地点点头。

这些话倒是说到了点子上，二饼纵使其貌不扬，仔细相处下来发现这女孩身上确实有不少的优点。

“我在这深宫中时常寂寞，你又不能经常陪在我身边，多亏了二饼，她时不时过来陪我说话解闷，还说了好些段子给我听，如此好的姑娘，你上哪里找。”

不过最让太后中意二饼的，当属几日前国师来她这里说的那番话。国师说过二饼有母仪天下之相，她将来诞下的孩子必然会成为北辰国唯一的王。太后一直对国师的话深信不疑，她怕夜长梦多，自己这个孙子脾气差又善变，除了从自己这儿继承的一副好皮囊以外，这孩子没有啥优点了。当然最让太后担忧的是傅承泽无心江山。这龙椅是她好不容易替儿子、孙儿拿下来的，如论如何都不能丢掉了。

傅承泽看看那边被夸成一朵花的二饼，她最喜欢听人家的夸奖，此时笑得小绿豆眼都眯成了一条缝。

太后见傅承泽默不作声，在他脑袋上拍了一下：“阿泽，怎么不说话了？”

傅承泽看了唐二饼一眼，而她眉头紧皱似乎在思考什么。

“皇奶奶，大婚不能过于草率啊。”

太后笑笑：“太子大婚自然不会是这么草草确定，我早已让国师掐算过一番，下月十五是个好日子。”

十五?

二饼的表情有些严肃，两道弯眉纠在一起，手心里隐隐有些冒汗。为何会定在十五？是那人等不及，迫不及待要让她行动了吗?

反观傅承泽，依旧是那副深不可测。他的目光从刚才起就一直看着二饼，看着她诧异，看着她锁眉，看着她微微露出的贝齿轻咬嘴唇。

傅承泽收回目光,像是从来没有关注过她的表情变化一般，只道：“孙儿……不能娶。”

一句话，听在太后那里是逆耳，听在二饼那里是嫌弃，可是说出这句话的人，狠狠握住自己的手，开口又是一片云淡风轻：“孙儿还不能娶二饼姑娘。”

“有何不能娶？你也说了，二饼姑娘有这样那样的优点，怎的就不能娶了？”太后真想一拐杖打死自己这个碍眼的大孙子，“你倒是说说二饼姑娘有哪里不够好？”

“好，她哪里都好，可是……这么好的姑娘，怎么能被本太子一人所拥有呢?”

唐二饼原本低着头听这祖孙俩一唱一和，听到这里忍不住抬起头，哎哟，难道这太子不仅有恋童癖，还有世间最为变态的癖好——一妻多夫?

“阿泽你这是什么意思？”太后也是搞不懂自己孙子的脑

回路，一会儿一出的。

傅承泽用手里的扇子点了点二饼的肩膀：“太子妃既是一国之妃，也有可能是未来的东宫之主。”

在场各位上至太后，下到小丫头，无一不是点头，看向二饼的眼神都变得崇拜了呢。

“所以掌管六宫是不是她最应该学习的？”

嗯，太后点点头。

傅承泽走到唐二饼身后，双手放在她的肩膀上，模样很是亲昵：“皇奶奶，您觉得在这皇宫之中要如何才能提升她掌管六宫能力的？”

小品觉得自打二饼姐姐中午从太后那儿回来后，脸色就不大好闷头倒在床上睡大觉，她也不敢问，只端了小点心给二饼吃。

“这是大师傅做的酸汤面，他知道您爱吃这口儿，打听到您回来了刚遣了人送过来。”

面条细白漂亮，用碧青瓷碗盛着，上面漂着一层绿油油的葱花令人垂涎欲滴。

可自打傅承泽中午说了那些话，二饼对这上好的面条难得失了好胃口，嘱咐小品：“往后大师傅送来的东西我们还是不要收了。”

小品有些诧异，往日但凡大师傅送来的东西，二饼照单全收，今日却不同了，见她有些悻悻的，小品觉得她是在太子爷那里受了委屈，劝解道：“小两口吵个架很正常，您就不要生太子爷的气了。”

“谁跟他是小两口，”二饼气呼呼从床上弹起来，凶巴巴地问，“你说，我上辈子是不是杀了傅承泽全家啊？”怎么这小子偏偏以折腾她折磨她为乐？

她话已出口，吓得小品连忙捂住她的嘴，脸色惨白道：“姐姐，这话万万不可说。”

傅承泽的全家？那可是包括了病危在床的老皇帝，以及高高在上的太后。虽是在这偏僻小院儿里，二饼身份本就特殊，不晓得被人安插了什么耳目盯着呢，这种大逆不道的话足够砍她几次脑袋了。

二饼后怕地吐了吐舌头，也知道自己一时失言：“我这也是气。”她拉开一把朱红色椅子，坐下，拿起筷子开始吃面，嘴里还嘟囔着，“那厮怎么就左右看我不顺眼呢，长得丑是我的错？”

虽说今日已经知道了大师傅对她态度大变是另有所图，可是面已经做好，不吃就是浪费。更可况，这酸汤面里，也特意给她煎了两个荷包蛋。

二饼用眼神示意了下，小品颠颠去柜子里拿出昨日太后赏赐的点心。

点心配着面条，大口大口吃出了一身汗。一碗下肚，连汤也喝得一干二净。

早已见怪不怪的小品还是有些担忧：“姐姐，宫里的女人都是拼了命减肥，您这么吃不大好吧？”原本也就身材还有点看头，要是吃成大水桶，这可咋整？

“唉，能吃一顿是一顿，吃成水桶才好，才能一屁股压死傅承泽那个毒舌男。”

小品又捂住了她的嘴："姐姐，你怎么又说起胡话。"

二饼拉开她的手，连声呸了几下，冲她翻了个白眼："还能让姐姐好好吃个饭吗？"

小品也觉得有些不好意思，看二饼又埋头吃面，她默默把到嘴边的话咽了回去。其实，她方才刷完马桶，还没来得及洗手……再看二饼吃得更加香甜，她想还是不说的好。

等二饼把面吃完，小品才问："你今日去太子殿之前分明还是好好的，还跟我保证以后再也不跟太子作对了，这才小半日的工夫咋就又变了呢？"

二饼躺在摇椅上晃荡着，心思百转。虽说初进宫时，抱着看美男养眼的心态，可是几番跟傅承泽的接触让她有了几分别样的感觉。今天听他那么果断地拒绝了太后的婚约，她心里多少是有些在意的。这么想着，她声音里不自知就带了点失望："他竟然在太后面前拒绝了我们的婚事！我好歹是个女孩子，他怎么一点情面都不给我留。"

小品瞥了瞥她身上的太监服，翻翻白眼："您还知道自己是个女孩？"

太过分太过分了，大内总管就不能是个姑娘了？这明显带有性别歧视。

"再说了，我今天去之前还特意梳洗打扮了一下下，怎么不像个女孩？"

说起这个，小品更来气儿。她原本大早上起来辛苦为二饼挑选了漂亮的衣裙首饰，可这货愣是要穿太监服去见太子爷，还口口声声要彰显太监本色。都太监了，还本色个毛线啊。

紧接着，二饼说出了更让人瞠目结舌的话："最最最过分的是，那个该死的傅承泽，他……他居然让我上学。”

小品听罢，有点懵逼，上学可是幼儿做的事情，怎么能让实习太子妃去上学呢。这大约只是太子爷拒婚找出来的蹩脚理由吧。

这样想着，小品几乎是绝望的，太子爷为了不娶二饼姑娘可谓是费尽了心机。如果说初跟二饼时，她还有几分跟着主子一起飞黄腾达的窃喜，那么此时人生几乎是绝望的。

“喂喂喂，你这是干什么？”看着小品匆匆收拾包袱，二饼赶紧跑过去拦住了她。

小品也没打算要真走，只是想要吓唬吓唬她，委屈地说：“小姐，你看看你都混到这一步了，看来进冷宫指日可待。你知道的吧，前朝的太子妃，就是因为跟太子处不好，然后被关进冷宫，紧接着平日里一些羡慕嫉妒恨她的小人买通冷宫嬷嬷，把各种小虫子、小耗子放进太子妃的房间里。”

“好了好了，你不要说了。”二饼天不怕地不怕，可是那些老鼠什么的她最害怕了，兴许是曾经，在那个黑暗的地方被那些小东西啃咬过脚趾。也不知是对当时的痛感留下了不可磨灭的印象，还是对当时的绝望无法释怀，总之，那段经历她怎么都无法忘记。

小品见她是真的怕了，赶紧把话题转移：“小姐，我跟你一样不想去冷宫，万一到时候太子一时兴起，真的把我们主仆二人贬去了冷宫，到时候真真是叫天天不灵叫地地不应了。”

“所以，我现在能怎么办，傅承泽不喜欢我，他已经有心尖尖上的人。”

二饼这段时间跟在傅承泽身边伺候，发现傅承泽把那唐家小姐的画像挂在房间里，不晓得一天要抚摸上多少次，愣是把那上好的画卷摸出了毛边儿。这样变态的宠爱，他只给了唐家小姐一个人，而自己只能哪儿凉快待哪儿。

“我觉得与其让我去勾搭太子，还不如让我们一起想办法跑路来的实在。”

“跑路跑路，小姐，你怎么一天到晚就想着跑路呢，能不能有点上进，有点进取心啊。”

二饼耸耸肩。她对着太子的冷漠嘲讽挖苦脸，实在是无法进取。

小品对着二饼眨眨眼：“您不是还有泡美男秘笈，不撑到最后怎么能认输？”

二饼赞同地点点头。

第二天一大早，傅承泽就让阿卫来接二饼。

“二饼姑娘，你怎么还没有好？难不成你要让太子爷和张大人等你？”

昨日，傅承泽跟太后提议，让精通宫廷礼仪规矩的张大人给二饼上课，倘若她在一个月之内学会了所有的规矩，他便承认她是自己的太子妃。

二饼觉得傅承泽是笃定自己学不会那些所谓的礼仪，可她偏偏不让他小瞧了自己。

“好了好了，别催我了。”

二饼出现的时候，还真让阿卫小小惊艳了一下。

她穿着一身粉色宫装，将头发全部扎起来，露出那张洁白小巧的脸，竟有几分可爱，肩膀上还斜跨了一只包包。

阿卫走近，拿起包包左右端详：“二饼姑娘这是什么？”

听他这样问，二饼有些小得意，冲着小品眨眨眼：“既然要上学，就要有个上学的样子，这是我和小品连夜做的书包，怎么样，是不是既好看又精致啊！”

阿卫跟二饼相处下来，对她也很有几分了解，揭穿她：“哼，怕是小品缝的书包，您只负责了穿针引线吧。”

二饼气得直跺脚，也拿他无可奈何。

阿卫也晓得适可而止，伸手做了个请的动作：“请吧，二饼姑娘。”

二饼到太子殿的时候，傅承泽和张大人已经到了很久。远远看见二饼一身粉衣，英姿飒爽，傅承泽不自然地别开了头。

这张大人年纪与太傅相仿，可看起来要比太傅老上很多，完全一副老学究的模样。

才讲了半炷香的课，二饼已经昏昏欲睡了，再看一旁的傅承泽，倒是一副淡然的模样，手中拿着一本书看得很是入神。

等到张大人终于讲完了今日的课，二饼已经打了一百多个哈欠，那个小老头还兴致盎然，笑眯眯的：“今日老夫就讲到这里，若是唐姑娘还有什么不懂的，尽管来问老夫。”

二饼一副睡眼惺忪，点点头，客气道：“今日承蒙张大人教诲，您所讲让小女子受益匪浅。”

张大人对这些恭维的话似乎很受用，笑得更加开心了，一副拉着二饼能够大讲三天三夜的吓人模样。

二饼跟着张大人学了大半个月的宫廷礼仪，简直无聊透顶，可她连逃课的机会都没有，上课的这一个时辰，傅承泽好像一个监督员，坐在一旁监督着她，还美其名曰为她加油。

这日，张大人啰啰唆唆讲了一半的课，说是要去园子里活动活动筋骨，二饼不情不愿地跟在张大人身后，而傅承泽一副无所谓的模样，也跟着他们二人往园子里去。

只见前面弓腰驼背的张大人咳了几声，在毫无预警的情况下吐出一口浓痰来。

恰好那日天气晴朗。

恰好那日万里无云。

恰好那日风很大。

这么多的恰好！

“你还笑？还笑！”

看着笑得直不起腰的傅承泽，唐二饼怒火更甚。张大人好端端的吐什么痰，这好端端的天怎么说刮风就刮风了呢。这老天爷真是不公平，明明她跟傅承泽并肩而行，这痰怎么就飘到了她的脸上？

对此，傅承泽厚颜无耻地表示：“老天也是看脸的，像我这样一张帅脸口水都舍不得飘过来。”

“我说傅承泽，你还真的不是一般的自恋呢。”

“实话实说而已。”傅承泽看二饼嫌弃地将脸上的浓痰擦了下来，憋笑憋得脸都红了，而张大人还不知道发生了什么，自顾自地朝着园子走去。

晚饭照例是白粥，一荤一素两道小炒，外加两个手工馒头。可是，今天二饼小姐很不正常。

平日里去张大人那里学完六宫知识回来，二饼总是嚷嚷着饿，吭哧吭哧能吃掉两个大白馒头。而今天，二饼一回来就让小品打水洗脸，这都洗了十遍了！

小品觉得不能再这么洗下去："小姐，您别洗了，再洗脸皮都要洗坏了。"

二饼从盆子里抬起脸，欲哭无泪："快快快，再去打一盆水来。"

完了完了，二饼小姐彻底魔怔了。

就这么又折腾了几十回，二饼这才算是洗好了。她面带水珠，坐在饭桌前，眼中满是生无可恋。

小品觉得好气又好笑，洗了帕子温柔地给她擦脸："小姐，今日你是怎么了？"

二饼闷闷地将白日发生的事说了一遍，当她详细地叙述那口浓痰时，小品憋不住笑出了声。

二饼气得直哆嗦："你你你，太过分了，你怎么能跟那浑蛋傅承泽一个样呢，你们都笑话我。"

"小姐，你……你原谅我好不好，我已经很努力地不让自己笑了。"小品一边笑得眼泪直流，一边安慰二饼。

二饼也不理她，任由她笑得犹如抽风一般。她气呼呼地夹了竹笋，入口鲜咸清脆，味道是极好，但总觉得少了点什么。她眼珠子一转，对着小品使了个眼色："别笑了。"

小品心领神会，擦擦眼角笑出的泪水，说道："小姐，你是要吃宋女神酱吗？"

宋女神酱！北辰皇宫里的另一个传说。据说北辰建国初期，人民还处在水深火热之中，为了节约开支，皇帝下令以节俭为美德，节约宫中开支。

那时候，御膳房有一个叫宋加薪的女大厨，她见平日里的肉菜变为素菜后，皇上的胃口减了不少，于是想方设法，终于有一天被她琢磨出了一道下饭利器。

用秘制作料熬底，加入辣椒、熟牛肉粒、豆子制成的一种特殊酱料，既可以用来搭配米饭食用，还可以用馒头烧饼蘸着吃，可谓是主食好搭档。皇上吃了此酱龙颜大悦，要不是当年宫里实在太穷，一定会给女厨宋加薪以示奖励。后来，这种酱的做法广为流传。为了纪念宋加薪，人们给此酱取名宋女神酱。

二饼是此酱的爱好者，不想吃饭的时候吃点女神酱，整个人都好起来了。当然她不想吃饭的情况少之又少，几乎为零。因着今日的事，她的胃口不怎么好，就格外想吃女神酱。

小品放下手里的筷子，急忙忙往外跑，边跑边喊："小姐稍等片刻，我马上回来。"

看她绿色背影一溜烟儿消失得无影无踪，二饼默默地叹了口气。二饼有些怀疑，教六宫知识的张大人是不是跟自己八字不合……

自打被张大人吐了一口浓痰，二饼的倒霉指数直线上升。

这日，她吹着小曲，拿着一本三流写手写的《你才缺爱》在厕所里放飞自我。万万没想到，好端端的茅房，怎么说塌就塌了呢。

二饼被人从粪坑里救出来之后，深深怀疑自己的人生。

之后的几天，每次被太子爷召见，傅承泽总是透着一股窃喜而奸诈的贱笑，总是做出捂鼻子的动作。

"听说，皇奶奶知道你掉进茅房之后，特意让人给你送了补品？"

“听说，拉你上来的那个宫女这几日都精神不振？”

“听说，你顶着一头‘米田共’绕着御花园跑了三圈？”

听说，听说，听说……每天他不刻意在她面前提几次茅房事件，好像他这一天就过不去似的。

见二饼面容愁苦，傅承泽假惺惺：“唐爱卿也不必难过，想想这大北辰，有几人能如唐大人这般轰轰烈烈把茅房都丑塌了的呢。哈哈哈哈……况且你也算是因祸得福，张大人主动申请不再教授你六宫知识，哈哈哈……”

笑笑笑，怎么不笑死他算了。扎你个小人腿，扎你个小人脸，扎你个小人胳膊。

“小姐，你在干吗呢？为啥对着一个白胖馒头扎扎扎。”小品见二饼表情凶狠地虐着那只无辜可怜的馒头，好奇地问道。

二饼将馒头放进嘴里，狠狠咬了一大口：“这大白馒头，好好的馒头不当，废话怎么这么多啊。”

啊啊啊？二饼姑娘是被茅坑熏疯了吗？这白馒头又怎么会说话呢？不行，明天还是找个大夫给她瞧瞧吧。

这日傍晚，小品见二饼还是闷闷不乐，连晚饭都比平日里吃的少了许多，只喝了半碗杏仁粥，她觉得二饼小姐最近太惨了，于是嚷嚷着要带她去看看花赏赏月。

小品见她蹲在树底下挖坑，试探着问：“小姐，小姐，听说花园里新近栽了几株异域进贡的花，花开时分外美丽，香气逼人，咱们要不要去看看？”

“哦。”不太关心的语气。

"姐姐平日里不是最喜欢看热闹了吗？今天各宫可都去看了。"想起今日听几个小丫头在讨论那异域鲜花，小品更加带劲儿了，"大家都说那是极其稀罕的花呢。"

"什么花？"二饼两只元宝耳朵一动，极其稀罕？这宫里不比别的地方，几乎全国的奇花异草都被移种到了这里，如今能引起众人观赏的必然是极其珍贵的。

小品见她稍微露出个笑脸，赶紧接着往下说："奴婢也不知晓那是啥品种，不过听说，是西曼国进献的，该是极其珍贵的吧。"

西曼国是依附于北辰国的一个更小的国家，国土面积只有北辰的三分之一，人口也不算多。但是由于土地极其肥沃，利于种植业，西曼国每年的粮食产量远远大于北辰国，所以两国之间素有贸易往来。传说，西曼国是受到神族宠爱的国度，西曼人手中掌握了许多奇花异草的种子，整个西曼都被鲜花笼罩着，远远望去美丽极了。

当然，美丽的事务向来不简单。西曼国也盛产各种草药，其中不乏一些毒药，这些草药被包裹在美丽的外表下，比鲜花还要娇艳三分。

"是从西曼来的花花草草啊。"二饼若有所思，"该不会是毒药吧。"

"二饼姐姐，您总是说些有的没的，怎么可能是毒药？谁敢把毒药送进宫里。"

一切能被送进宫里的东西都要经过层层把关的。

二饼只笑笑，也不说话，心里头却打着自己的小九九。皇宫里就没有毒药了吗？呵，怕这皇宫才是盛产毒药的地方。

经不起小品的死缠烂打，二饼还是跟着去瞧了瞧传说中来自西曼的花朵。

此时虽是黄昏，花园里的人却也不算少。二饼环视一周，没有去看吸引了众人目光的花，而是在花池的角落里，发现几株珊瑚珠般大小的植物拥簇在一起，看着像是一粒粒的红豆，却每一朵都绽开得生机勃勃，密密麻麻挨在一起倒是挺可爱，更为别致的是，这些小花的颜色竟是半透明。

二饼眉头微皱，心想这些不起眼的小家伙为何看起来有几分熟悉。

“这西曼国的花跟咱们北辰的就是不一样。”

说话的是太妃宫里的丫头，宫里来了这稀罕物什，来观看的人自然不少。各宫的主子丫头站了一圈，倒也没有人注意到二饼这个“大红人儿”。

饶是如此，二饼还是扯了扯小品的袖子，低声说：“我们走吧。”

小品有些纳闷，平日里哪有人被主子责罚了，谁谁又挨板子啦，哪次不是二饼开开心心拉着她去看，怎的今天倒是不愿意凑这热闹。

二人从人群里挤出来，回到小院后，二饼对小品说：“以后这花你还是少去看。”

“为啥啊？”

二饼目光微沉，拍拍她的肩膀：“我怕人多挤着你。”

说完，二饼又想起一事，问道：“好端端的，西曼国怎的想起来送花？”

这个小品倒是有所耳闻：“听说是当时为了庆贺季将军班

师回朝送来的，花师已经养了一两个月了。”

“嘿，无事献殷勤。”

二饼想到方才看到的花总有种不太舒服的感觉，好像是在哪里看到过。而西曼国突然如此热心，也不怎么正常，虽说西曼国依附于北辰，可是听说季泽曾经带兵平定过西曼边境的叛乱，对于季泽西曼国应该没有多大的友好。此次送花，对北辰又意味着什么？

秋千高高荡起，二饼扬脸看着碧蓝的天空，心想北辰怕是再也不能太平了。

第六章
采花大盗

这世间能救得了我的只有自己，哪里来的救命稻草。

TAI ZI FEI
JIN JI
JI

是夜，一个身影鬼鬼祟祟地从屋子里溜了出来，先是左右看了看，接着步伐轻缓地猫着腰，看着就不像是什么好玩意儿。这个黑影身姿灵活，片刻便走到御花园，扭身隐入一片草丛中。

黑影自以为伪装得很好，定不会被人发现，岂料这一幕俱被另一人收入眼底。

今夜傅承泽闲来无事，到御花园里散步，没成想皇宫大院的，还能遇到小偷？也是巧了。太子爷活动了下手脚，拉了拉筋骨，心想也有些日子没跟人练练手脚了，今儿是来了个现成的靶子。

他不动声色地跟着那个黑影，倒想看看是哪个胆大包天的宵小，敢在御花园中偷东西。

只见那黑影从胸前口袋中掏出一把银色小铲子，对着一株小苗儿极其认真地挖了起来，一边挖一边说："草儿啊草儿，姐姐可是用太后御赐的纯银小铲子来挖你，你这草生也算是值得了。"

草生？傅承泽嘴角微微弯了弯，越发好奇这三更半夜出来采花的究竟是谁。

他上前几步，屏住呼吸。

借着月色与灰暗的宫灯，傅承泽终于看清了采花大盗的脸。他的心头有些突突，应该能想到的，大半夜不睡觉出来采花的，这深宫大院里除了她，怕是没人能做得出来。

傅承泽不急不缓地靠在一旁的柱子上，阴森森道："我当哪里来的采花大盗呢，二饼姑娘好兴致啊。"

黑影抬起头，竟是白日还对这些花啊草啊不甚感兴趣的唐二饼。

她愣了一会儿，继而拍着胸口，看样子是受到了不小的惊吓："俗话说，人吓人吓死人呢，太子爷，咱俩往日无冤近日无仇的，您把小的吓出个好歹怎么办？"

二饼进宫这么久，听那些嘴碎的小太监讲了不少宫中轶闻，知道这宫里有不少孤魂野鬼，大前年还有个小丫鬟在这花园里跳湖自尽呢。原本半夜来这御花园已经够阴森了，如今再被这人一吓，三魂七魄差点错位。

傅承泽英眉半挑，一副泼皮无赖样："往日无冤近日无仇吗？呵，本太子不这么觉得。"

她是真的不想在此时跟他打嘴仗，一方面是这大半夜的冒出个人来委实有些诡异，另外……她将手里的东西往背后藏了藏，却还是没能逃过那双犀利的眼睛。

傅承泽抬了抬下巴，示意她将手里的东西交出来。

"御花园里都是些珍奇花卉，二饼姑娘不会穷到要拿这些花去变卖吧。"

他故意一激，唐二饼果然上当，气冲冲地把手里的东西举到眼前："我哪里有变卖，我只不过铲了两棵小草而已。"

他这才看清楚她手里拿的东西，的确是一种不太起眼的草类，一般人根本不会去关注。傅承泽从小记忆力便很好，他记得这草是跟相思花一起进贡的，是为了衬托花儿的绿草，确实算不上名贵。

如此这般，更加让他感到奇怪，寻常人的目光自然是被艳丽的花所吸引，这人为何偏偏要挖跟鲜花搭配的杂草?

太子爷的世界里从来没有做错事，或者判断出错这一说，就算不是偷花，偷草也是不对的。

"咳咳，二饼姑娘还算是有些自知之明，知道自己配不上鲜花，用草来自喻。"

啧啧啧，这不屑的小语气，怎的这大半夜来偷花，偏偏被这厮抓了个正着。二饼暗叫倒霉。又想起前些日子她在收拾书房时，不小心弄坏了傅承泽的一幅画。那画中一位二八少女手中拿着糖葫芦，坐在秋千上笑得开心。她当时也是鬼迷心窍了，手指抚上那姑娘的笑颜，没想到傅承泽这时却正好走进来，见她手中拿着画，大喝一声，吓得她将画卷扯了一道口子。而傅承泽活像是心肝宝贝被人弄坏了一般，若不是阿卫几人劝着，怕是能吃了她。

二饼想到这些，有些酸溜溜地说："是啊是啊，我们这些凡夫俗子自然是只能做那衬托别人的小草，哪里像那糖葫芦姑娘，可爱又美貌，宛如天人之姿。"

傅承泽的脸在一瞬间阴森得可怕，他狠狠瞪了她一眼。二饼也不服输，用自己的小绿豆眼同样回瞪着。

夜风阵阵，两人就这么站着瞪了有一刻钟，二饼败下阵来，哆哆嗦嗦捂住眼睛说：“算了算了，还是太子爷你的眼睛比较大，我认输。”

这么冷的天，谁要跟他像个神经病似的站在这里，再吹一会儿冷风说不定变成两座冰雕了。

“哼！”太子爷鼻孔出气，没有理会她。

二饼仔仔细细把那其貌不扬的杂草收了起来，哈口气搓了搓手。傅承泽瞥了一眼那冻得犹如两个小胡萝卜一般的手，心里竟有几分柔软。

“二饼姑娘，大半夜不睡觉你倒是有心情出来采花，也不嫌冷。”

二饼自顾自地将杂草装入衣服里，说道：“我们这些下人呢，一向是折腾惯了的，不像您这么身娇体贵。”

她的暗暗嘲讽让傅承泽火大，他冷笑着说：“也是，这段时间做了那么多丢脸的事情，是应该吹吹冷风好好反省下。”

这个人到了什么时候也不忘损她，好在二饼早在斗争中总结出了一套机智的经验，面对傅承泽这种黑脸黑面黑心的三黑毒舌男，只有比他更无耻更不要脸更无可救药才行。

“嘻嘻，太子此话怎讲，我一向觉得自己很优秀，不需要反省。”

傅承泽英眉半挑：“那你还真是过分自信了，就你那天的当众一歌也足够你反省个把月了。”

她觍着一张笑脸，卑鄙地用那日太后夸奖她的话回击：“太子殿下，太后她老人家可是封了我北辰好嗓子的光荣称号呢，还让我在下个月选乐师的时候把好关。”

“那又怎样？”他不屑，不明白这有什么好骄傲的，以至于那张丑不拉几的小脸上露出了点点笑意，而他竟然丧心病狂地觉得这样的二饼还有几分可爱？

唐二饼放下手里的小铲子，拍拍掌心的土，站了起来。两只手臂背在身后，绕着傅承泽走了两圈，那打量的神态像极了那个挑剔爱吹胡子瞪眼的太傅，让傅承泽不由得打了个颤。

谁都知道，太子爷天不怕地不怕，只怕自己那个啰啰唆唆的老师。

“那又怎样？当然是能证明我唐二饼一口好嗓门，想我北辰国内外还有谁的歌技能比得上我？我唐二饼若是第二，没人敢自封第一。”

宫里选乐师历来严格，不仅要求能演奏出精妙绝伦的曲子，更是要家世清白的才有机会入选。往年历次选乐师都由司乐大人来主持，那天二饼唱歌逗乐了太后，太后顺便给了她这么个差事。

不轻不重的任务，半真半假的喜爱，看在旁人眼里却是莫大的恩惠。

“哼，现如今这世道，吹牛皮都可以这么面不改色了？”傅承泽可不给她嘚瑟的机会，不怀好意地提醒，“说起来，你应该去太傅府上赔礼道歉才对。”

二饼疑惑，她干吗要对那个指责她其貌不扬、才疏学浅的老头子赔礼道歉。

“为什么？”

傅承泽笑得不怀好意，身子微微前倾，两人之间的距离骤然拉近，他的气息牢牢笼罩着她。

唐二饼看着近在咫尺的俊脸，悄悄吞了下口水，不愧是北辰第一美男子。不对，是北辰第一妖孽才对。这货的眼睛黑得像是能把人吸进去，二饼不敢再去看，仿佛看得久了，自己苦苦坚持的那些勇气都会流失一般。

她在心里告诉自己，再美也终究是个蛇蝎美人，沾染不得。

“你大约是还没有听说，那日太傅在宴会上听了你一曲之后，回去便卧床不起。宫里的御医去了几波，江湖郎中也去了许多，可惜太傅的病一点起色都没有，有人说……”

他故意把话停住，急得二饼连忙追问：“有人说什么？”

傅承泽看她微微变了脸色，心里有些暗爽。明明是一首跑了调又不知所谓的歌，却被她夸得此曲只应天上有，人间难得几回闻，他是真的想要打击她一下。

“有人说啊，太傅是受到了惊吓，才导致卧床不起的。二饼姑娘，你猜太傅是受了什么惊吓？”

唐二饼抹了把冷汗，只觉得这阴森森的御花园更冷了。

她水汪汪的眼睛看着傅承泽，极其认真地说：“难不成太傅是……”

傅承泽点点头，表示她的怀疑是正确的。

二饼“哎呀”叫了一声，脸上又抱歉又同情：“太傅真是太可怜了，没想到居然听了小人的一首歌就卧床不起。一定是因为太傅他老人家前半生根本没有听过如此的天籁之音，听过之后久久不能忘怀，毕竟此曲只应天上有啊。”

傅承泽投去一个鄙视的眼神，伸出食指点了点她的脑门，问道：“你是真傻？还是装傻？”

黑白到了她口中怎么就颠倒了呢。

“太傅明明是被你的鬼哭狼嚎吓得一病不起，你若是还有点心，就去太傅府上瞧一瞧吧。他曾经可是我们的……”

傅承泽没说完的话匆匆收住，他借着月光去看二饼，发现她的脸上没有情绪波动，这才放下心来。

二饼撇撇嘴，有些心虚地小声说：“贼，我明明唱得很好啊，最起码是我这辈子唱得最好的一次了。”

傅承泽又想起一事：“说起来，我改日可以给季将军提个不错的建议，下次出征完全可以带着你去，我军足可不费一兵一卒就将敌国打得落花流水。”

二饼这人最擅长顺杆爬，厚着脸皮说道：“是吗，我还是个吉祥物？”

“呵呵呵，你太看得起自己了，本太子的意思是，阵前，只需你在敌军面前高歌一曲，还不得把人家吓得屁滚尿流。哈哈哈……”

这人笑得前俯后仰可气坏了二饼，她眼珠子一转，朝着他贴近了几分，扬着下巴，露出那段雪白的颈子，在月色下竟然有几分奇异的美感。

“夸我唱歌好听的是太后奶奶，怎么？殿下你觉得太后奶奶在说谎？”

居然拿太后来压他，傅承泽有些恼，不耐烦地说：“一口一个奶奶、奶奶的，谁是你奶奶？”

此话说出口，两人俱是沉默。他并非有意，只是想要回击她，就像是两个孩子之间的斗嘴，可到底她已经不是个孩子了。有些话她可以笑脸应对，而有些话注定是心里的伤。

看她半天没有说话，傅承泽抬头望去，却发现刚才还嬉皮笑脸，一副天不怕地不怕模样的小人儿，此时低着头脸上的表情难过得像是要哭出来。

说不上来什么感觉，傅承泽只觉得心头闷闷的，也许是平日里见惯了她虎里虎气的样子，倒是见不得她这般突来的伤感。他降低了音调，竟带着些微微的宠溺：“怎么，我还不能说你两句了？平时也没见你在各宫那里少受委屈，到了我这儿倒是说不得了？”

他越是这样难得的温柔，二饼心里越是委屈，抬头狠狠瞪了他一眼。平时仗着太后的一点点恩泽各宫是甚少为难她的，毕竟宫里的人最是会看人眼色，懂得生存之道。

倒是他，从她入宫之日便像是跟她有深仇大恨似的，每天不找她点麻烦就浑身痒痒。这般想着，二饼更觉得眼前这人可恶极了，简直是把自己从小到大的委屈都想了一个遍，想着想着就更加委屈，说道：“我虽没见过奶奶，可我有个姥姥，她……很疼我的。”

二饼娘亲有了二饼后一点都没有为人父母的自觉，怀胎十一个月卸货之后，可谓是大任完成一身轻松，继续自己搓麻的爱好。倒是二饼姥姥每每到了换季，就操心着给外孙女买点漂亮衣服，见着了好吃的也要留心给外孙女送上一些。

可惜，老人家最后连个善终都没有。银牙微咬，二饼默默将心中的话咽了下去。若是可以，她倒是想问上一问，害得她孤苦无依，连声“奶奶”都没法叫的又是谁？

“你……干吗这样看着我？”

傅承泽被那双带着锋芒的眼睛刺到了，往后退了一步。不知怎的，他竟从那双眼里看到了痛恨？也不至于啊，他只是把她抓进了宫里，害得她做起了名不正言不顺的太子妃实习生，然后又罚她去做了大内总管……

这……也不至于恨上他了吧？

傅承泽越是细数，越是心虚，貌似自己是很对不起眼前的这个女孩。

不！傅承泽把自己那一丢丢的愧疚之意无情扼杀在脑海里。他有什么对不起她的？

能当他的太子妃，该是她三生有幸才对！

原本趁着黑夜来采花的二饼，已经完全没有了种草种花的心境。她把小铲子装进自己的布袋子里，说道："是是是，能当上您老人家的见习太子妃，是我三生有幸。可是，你见过哪家的太子妃还要当大内总管的？"

傅承泽看着她越说越可怜。

可怜？

傅承泽被脑海里浮现出的这个词惊了一下，他为什么会觉得她很可怜呢？她不该是可怜的人，又有什么可怜？他的鱼儿才是真的可怜，无依无靠，如今更是生死未卜。

可是，那天的意外之吻，还有后来磕磕绊绊的小摩擦，以及她前日当众唱歌，惊坏了一帮老学究的调皮可爱劲儿都让他想起了记忆里的人，让他不舍得再为难她。

一定是因为这样，他在心里不断地暗示自己，而不是因为别的什么乱七八糟的原因。

二饼往后退了一步，泥土是白日里园艺师傅刚浇灌过的，稀得很，她脚一滑，直直往后倒去。一只手伸向她，就在眼前，可她只是看着那只白玉般的手，硬生生地倒在了泥地里。

傅承泽又气又急，上前将泥土里的人拉了出来，责备道："你是天生反应迟钝吗？方才我明明伸出了手，你为什么不拉住我？"

泥土虽然松软，也是实实在在的一下。二饼龇牙咧嘴了一会儿，才极其认真地说："以前我就是太爱把别人当自己的救命稻草才会犯错，小时候我被人欺负了，回家找爹爹告状，爹爹素来疼爱我，总会将欺负我之人教训一番。后来……"

"后来怎样？"傅承泽不禁问道。

她看着他，用饱含深意的笑一直看着他："后来，我相信了那样一个人。我将全部的身家性命押在了他身上，即使在泥潭里，我也知道他总会救我出去的，可惜并没有。至此，我才明白，这世间能救得了我的只有自己，哪里来的救命稻草。可我知道得太晚，明白得太晚。"

她在说这些话的时候，傅承泽始终捂着自己的胸口，他患有顽疾，这些年来太后替他找来各种名医却始终医治不好，胸前时常灼热得难受，此时听她这般说，胸口痛得他咳了两声："是吗？那你……对那根救命稻草很是失望吧？"

二饼点了点头，又摇摇头："不，我是对自己失望，付出代价的那一刻，我怨恨自己，如果不是我又怎么会……从那天起，我告诉自己从此以后这世上我能够相信的只有自己。"

她笑了笑，眼中没有一丝波澜，在回忆曾经经历过的那些巨大伤痛时，她再也不会像当时那样锥心刺骨。可在傅承泽看来，这些平静更像是凶狠的惩罚，鞭挞着她口中的那个人。

唐二饼的话让他想起了鱼儿，当初他也没能救得了鱼儿。

鱼儿该是也如此恨着他吧。

大约是今晚的夜色让二饼有了倾诉的欲望，她歪着头突然问道："太子殿下，您这一生最快乐的一件事是什么？"

傅承泽愣了一下，最快乐的事？以前从没有人问过他这个问题，幼时，奶奶会问他学了什么、背了什么、老太傅又教了些什么，也会问他可是吃饱了、穿暖了，可不会问他是否快乐，至于父皇更是鲜与他交流。

最快乐的事？

他微微闭着眼睛，脑海里，有初遇时那个胖胖小小的丫头，有两人打架时的画面，有她跟在他屁股后面一把鼻涕一把泪地吵着要吃肉……最后竟然全部幻化成唐二饼的脸！

这一生，他的快乐太少，而他所有的快乐与她息息相关。傅承泽的表情如同吃了耗子药一样难看，最起码在二饼看来他的脸色比往日的苍白又加了几分绝望。

她又问："那么你最难过的事情又是什么？"

最难过？是当初眼睁睁看她落难？还是如今的无能为力？傅承泽觉得唐二饼的每个问题都像是对自己的拷问。

二饼看他出神，忍不住叫道："喂，太子爷，你是让人勾走了魂魄吗？"

有夜色的纵容，二饼胆大了起来，伸出手在他眼前晃了晃："回神了。"

傅承泽方才的难过在她的大呼小叫下烟消云散，他有些玩味地看着二饼，说道："深更半夜，你这么狼嚎鬼叫的，也不怕把侍卫引来。"

二饼立即捂住自己的嘴巴，有些懊恼方才的冲动之举。

傅承泽见她做出如此可爱的小动作，就想逗逗她："还是说你的本意就是引来那些巡逻的侍卫，好让宫里的人都知道，大半夜太子妃和太子来这小花园里幽会？"

"嘁，我才不要跟你幽会。"

"那你跟谁幽会？"傅承泽听她这样讲，脸色又暗下来。

唐二饼想着自己今晚的目的，说道："懒得跟你说。"她打了个哈欠，"我可要回去睡觉了。"

说完，她也不管他作何反应，自顾自走了。

身后的人，就在原地站着，看着她越走越远，不曾回头。

那夜，唐二饼将从花园里带回来的草样植物养在一个不起眼的小破盆里，并且叮嘱小品不要靠近。

二饼有一种不太妙的直觉。

果不其然，几日后，北辰国出现了建国以来最严重的一起集体中毒事件。

而引起人们更大恐慌的是，这次中毒的人竟然全部是王公贵族，人数多达近百人。几乎是一夜之间，大家纷纷出现了头痛呕吐的现象。病情虽不算严重，可是只有找到中毒的根源，太医们才能配出解药。

那几日，整个皇宫的人都处在一片阴云中，没有人知道自己会不会中毒，因为什么中毒。

而在宫中出现中毒事件时，傅承泽匆匆跑到二饼那里，送了一堆补药，说是强身健体方可抵御病毒。随后便再也瞧不见身影，整日为了中毒事件奔波。

居然有人敢堂而皇之地在宫里下毒，真是胆大包天，同时也让大家不寒而栗。

小品这几日吓得大门不出二门不迈，二饼倒是不顾反对出去了一趟。

宫里不似往日那样繁华，如今当差的小太监们一个个都戴着白色的面纱，见了她打招呼也是蔫蔫的。往日众人游玩嬉戏的花园小湖，如今也冷冷清清。

见了这番场景，二饼不由得叹了口气。

听说太后震怒，命人彻查中毒事件，这几日宫里到处都戒备森严。进进出出的人，吃穿用度都要被仔仔细细搜查上几遍。

庆幸的是，北辰国倒是不缺有才之人，没过两日便查出中毒的根源竟是花园里的一种小植物，由西曼国进献。

西曼国送来的这些花草入宫前是经历过严格检查的，可是这几株小植物并不是观赏重点，而是作为花朵的陪衬，所以就这么蒙混过关，被移种在宫中。

这些绿色小植物，看起来跟杂草并无太大区别，也没有特殊味道，可是它会长久在空气中散发出一种毒物，若是每日都闻，一日一日毒素积累，慢慢地会出现头昏眼花、恶心呕吐等症状。

听着调查官员讲述，傅承泽将那些被处理过的小植物拿起来看了看，他的眼神有一瞬间的阴郁。这些小草如此眼熟，他一下便想起那夜二饼在花园里采摘的正是这种不起眼的植物，当时他还嘲讽她有自知，知道自己只配做杂草。可是如今看来，她是否早已知道这种东西有毒？而她又为何不说？

傅承泽心中有无数的疑问。

找到了毒物根源，太医院很快就研究出了解毒方法，将解药送往各宫。这些药的效果还算不错，大家的症状纷纷好转。

此时，本该百忙之中的太子却出现在二饼的小院里。他径直走进房间对着小品使了个眼色，小品退出去的时候顺带将门关上。

“宫里这几日这么忙，你怎么还有心思来我这里？”二饼眼见这两人的互动，心里觉得好笑，他们也是不打算隐瞒了。

“我来你这儿什么意思你不知道？”傅承泽环视一周，在一旁的案几上找到了那盆草，脸色有些不太好，“你怎么还把这种毒物放在自己房间里？”说着他上前一步，有些着急地查看她的面色和脉象，还好一切如常。

她倒是被他这般急切又唐突的动作吓了一跳，想将手腕从他的大掌下挣脱出来。

没成想，他倒是越发来劲儿，执拗着不肯松手，肃声道：“看着我！”

二饼被他这态度吓到，加之两人之间力量悬殊，只得放弃挣扎，任由他发疯。

傅承泽的眼睛像是墨，黑不见底。

“二饼，告诉我，你没事。”

他是太子，是北辰国最尊贵的人，此时慌里慌张跑到她这里来，不是问罪，竟是这样近乎哀求地说了一句告诉我你没事。

二饼突然有些鼻酸，她低头掩饰自己心里的动容。

“你就算不是在调查中毒事件的始末，也要去关心你父皇的那些妃子到底怎么样了，怎么会……怎么会……有时间来我这里？”

傅承泽见她没有回答，有些着急：“回答我，你到底有没有事，有没有中毒？”

二饼却是恼了，冷冷说道：“我没事，我好好的，我能有什么事。”

傅承泽这才如梦初醒般地松开了她的手，两人之间俱是沉默。半晌，他才有些疲倦地开口：“说说吧，这些草跟你有什么关系？”

“没有关系。”二饼倒是格外淡定，她知道傅承泽一定是看到那日她在花园里摘草才会这么问。

傅承泽点点头：“很好，那么你又为什么要摘这些草，还要把这种毒草养在屋子里。”

“是毒也是药。这种草原本长在西曼国的草原上，别看它不起眼，实际上非常稀少。我每日用药你也是知道的。”

听她这般说，傅承泽眸色一闪。

“你一个姑娘家家怎么会知道这些草药的？”

二饼的脸色很不好看，她望着傅承泽，问道：“你一定要我说吗？”

傅承泽点点头。

二饼说：“我自幼便跟着父亲看医书，对于这些草药多少认识一些，有幸也在早些年见过这些草药。”

傅承泽表面上波澜不惊，可他花费了好大的力气才能让自己不那么惊慌失措。

二饼接着说：“小品应该向你汇报过我每夜都要饮药吧。而我的药最好以这种毒草作为药引，这些毒草用特殊方法处理后，毒性全无，反而对我来说有治疗疾病的效果。可是这些年，我断断续续只找到过三两棵，如今在宫中得见我自然要去采摘。”

傅承泽终于松开了她的手，喑哑着嗓音问：“你的病是何时落下的？”

二饼笑了笑：“何时？前尘往事，我也忘了。太子殿下，我明知这些草有毒，却没有禀明实情，你要如何治罪于我？”

他们俩离得那样近，似乎只要他稍稍向前就能够触碰到她，可是他不能。他有很多的疑问，有很多的话想要问她，可是他不能。

“治罪于你？”傅承泽喃喃自语，“还不如治我自己。”

让她难受，他只怕会更加难受。

她不是不懂，而是不想去懂。

傅承泽摇摇头：“罢了罢了，若是他日有人问起你，你万万不可像今日这般任性回答。”

他可以包庇二饼，因为他知道投毒的人不可能会是她。可是别人不会这样想，别人会觉得她是同谋，就算是知情不报，也够她吃一壶了。

二饼没想到这一关这么容易就过了，她心有余悸，却还是硬撑着问他：“你问完了，那么该我问了，你将小品安插在我身边是何意？监督你的见习太子妃？”

古人道，关心则乱，他方才顾不上许多匆匆冲到这里来，与小品之间的互动也让小品的身份曝光。傅承泽双眸略沉。

当初二饼刚进宫时，他只觉得将无辜的人牵扯进来实属不应该，也许是心里最后的一丝怜悯吧，让他将得力手下小品安插在二饼身边。一是为及时打探消息，那些个乱臣贼子必然会从二饼下手，而小品正好可以利用这个机会，获得更多的消息，二是为了更好地保护她。

可是后来……

傅承泽的思绪似乎有些凝滞，二饼不再说话，唯有窗外的几只鸟偶尔发出窸窸窣窣的声响来。

“我们也有这一天。”

他的声音又低又沉，二饼不禁问道：“你说什么？”

“二饼，”傅承泽忽而将目光转向她，“我们终究还是走到了这一步吗？”

唐二饼扭过头，似是不忍看他眼中的脆弱，嬉笑着说：“太子大人说什么呢？我知道你心地善良，定是不舍得我在这宫中受这么多的折腾，若是如此的话，放我出宫如何？”

这一遭买卖太不划算，本以为进宫之后既有美男可以养眼，又有银子可以拿，哪知这后宫之中有这样多的阴险狡猾，早已不是她料想的那般。

傅承泽没有半丝犹疑，回道：“我当初让你进宫，也从未想过要伤害你，你好自为之吧。”

他回到自已宫中之时，天色已晚，书房里还点着那盏木质的灯。灯是当年他跟鱼儿在集市上淘来的，那时候她还很纠结，一脸天真地问他：“泽哥哥，用木料来做灯，这店家定是傻了，也不怕灯被烧毁。”

可后来，她还是将这盏灯买了回来，在他的宫中一放就是数年，灯上刻着一对戏水玩乐的小鱼儿，她欢喜极了，将这盏灯放在他的案头，说让他夜晚读书的时候好看得更加清楚。

其实这盏灯比不得宫里御用的灯，有些昏暗。可是这么些个日夜陪着他的只有这盏灯，还有灯上的鱼儿。

有些事情，就跟这灯一样，明明知道她不是最亮最合适的，可还是舍不下。明明知道留下来会危险，还是不忍放手。

中毒事件在宫中渐渐发酵，得知原因的太后震怒，当即命人将还未来得及走出北辰国边境的西曼使臣“请”了回来，又将负责花草检查的官员们抓了起来。

这番举动等同于和西曼国撕破了脸，必然会引起一场轩然大波。

第二天下了朝，便有一众人等跪在了太后宫中。

当首的依旧是老太傅，其余四位也是当朝重臣。

太后端坐中位，旁边伺候的依旧是晴姑姑，其余几名伺候丫头在放下茶盏和点心后，一一退了出去。

“太傅大人和众大人都尝尝，这是今年新进贡的上好茶叶，泽儿那里留了两盒，我这里留了两盒。”

老太傅拿起茶盏，茶水入口甘甜，确是好茶，可他却无心品茶：“太后，今日与西曼国发生这般事情，还请再三斟酌。西曼跟我北辰紧紧相连，虽是小国，可毗邻我北辰，可谓是堵在了北辰的交通要塞上。两国关系若是交恶，只怕百害而无一利啊。”

太傅的话句句在理，西曼虽是芝麻大点的地方，可是交通位置却异常重要，若是跟西曼国处理不好关系，日后对北辰的发展大大不利。

“更何况，其他诸国蠢蠢欲动，只怕今日我们跟西曼撕破了脸，明日便有他国登门，跟西曼结盟。我知太后是护孙心切，当年太子因一杯毒酒便患上了严重的顽疾，今日又是因毒扰得宫中人人自危，您自然咽不下这口气。可是听老臣一言，此举对我北辰来说实在是不利。”

西曼好灭，可是灭了之后，又当如何处理呢，太后不是没有想过。

可太后一口拒绝了太傅的提议，或许每个人都有自己的软肋，太后的软肋便是太子，别的事她可以顾全大局，可如今这毒差点害到太子，那她就管不了这许多了。

“就这么着吧，此次若是不查个底儿朝天，他人还以为我们孤儿寡母，国中无人呢。”

太后话已至此，太傅只好说道：“太后说的是，老臣这就交代下去，无论用什么法子，定让那几个西曼使者招供。”

二饼这日找了个由头，哭着喊着求着非要跟御膳房采办的小师傅一起出宫，说是要去买点姑娘家用的。傅承泽被她烦了几次，也就允了她，只叮嘱了要注意安全，旁的倒也没说什么，权当是默许了。

可二饼前脚刚走，傅承泽便示意身边的暗卫跟上。

厨房小师傅大约十四岁上下，嫩生生的，一路上经不起二饼姑娘三番五次的“调戏”，干脆低着头、红着脸，不吱声。

出了宫半道儿上，二饼跟小师傅分开走，约定好下午在宫门口见。小师傅心里还是有些微的紧张：“二饼姑娘，你不会就这么走了吧。你要是走了，我就是有十条狗命也不够太子爷砍的。”

二饼拍拍小师傅的肩膀：“乖，放心吧，姐姐怎么会走呢，黄昏时分宫门口不见不散，接头暗号：天王盖地虎，小鸡炖蘑菇。”

说着，她脚底抹油，一溜烟儿的工夫已不见身影。

小师傅倒是长舒一口气，这二饼姑娘未免也太能说会道了些，一路上叽叽喳喳他还真是怕招架不住，又得罪了这位。

二饼在宫里关了这几个月也是憋坏了，她想念大街上的糖葫芦、肉串子、镜儿糕，以及这满大街的美男子。以前听人家说宫里多好多好，现在她只恨不得一走了之，可惜进宫容易出宫难。

她找了家衣服店，进去选了套男装，将身上的衣裳换掉。

她沿路打听，走了约莫一炷香的时间，在一处豪华宅院门前微微驻足，只见她欣赏般地点点头，却不进门，而是绕着这宅院转了几圈。

宅院门口两个常年乞讨的丐帮弟子有些晃神，四袋弟子对五袋弟子说：“大哥，这小伙儿看着不像是好人啊，他都在王府周围转了三圈了，不会是瞄准时机，准备来个夜盗王府吧。”

五袋弟子嘲笑四袋弟子没见过世面：“我看没这么简单，我怀疑他是看上了咱们这片儿地盘，搞不好是来抢饭碗的。”

……

这边丐帮弟子还在讨论，那头二饼已经悄无声息进入了王府中，如此身手令人叹为观止。

堂中人在喝完第二杯茶的时候，不禁有些不耐烦了，这时一道火红身影翩然而至，未见其人，倒先听到他骚气的声音。

“稀客，稀客，小丫头怎么今日跑来小王这里了？”傅竟意一边招呼着二饼，一边让人去拿上好的点心，“这回如此这般不小心，也不怕被小尾巴跟着？”

他们习惯将宫中的那些暗卫称为小尾巴。

二饼像是跟傅竟意十分熟悉，也不跟他客气，大嚼一口端上来的糕点，不满道：“哼，这就是五王的待客之道啊，我可是在这里等了半个时辰呢，这半个时辰，五王爷您去了何处？不该是找你的美娇娘去了吧。”

傅竟意一点不生气，反而笑得更加开心，用手中折扇轻轻点了点她的头，说道：“你这话，我当你是吃醋了。”

二饼白了他一眼：“想得美，吃醋也轮不到我，再怎么样我也不能吃一只火狐狸的醋啊。”

对于傅竟意的红衣，二饼想吐槽很久了。

二饼又与傅竟意贫嘴了几句，才说：“王爷这步棋走的可不妙啊。”

“不妙吗？”傅竟意手上的扇子又换了一把，“本王倒觉得不错。毕竟你已经知道了，在傅承泽眼里，即使你犯了滔天大罪他也愿意包庇你，不是吗？这就是我们最大的收获。”

二饼看他笑得得意，觉得口中的茶点甚是干涩，强说道：“我哪里犯了滔天大罪？我什么都没有做。”

傅竟意笑了笑，没有做已经是大罪了。二饼明明深知那些草的毒性，却不及时上报，导致宫里出了这么大的乱子，若是换成别的人，怕是早被傅承泽抓了起来，哪里还能让她像今日这般活蹦乱跳的。”

“你啊，还是不够了解我那个大侄子，他眼里几乎容不得任何一粒沙，偏偏纵容了你。”傅竟意笑了笑，若有所思地说，“这样好，也不好。”

二饼最害怕这人兜圈子，直接问道：“好在哪里？又不好在哪里？”

“好在你就是他的软肋，不好在本王又多了一位强有力的竞争者。”

傅竟意的话真假难辨，二饼给了他一个白眼，只当他是在胡说八道。

“不过你将西曼国暴露出来，对我来说倒是可以加快脚步。”二饼想到这里，有些高兴，“只是接下来还要仰仗王爷的计谋才是。”

“唐姑娘可真是一点不傻，任何一个时机都能被你抓住利用。你倒是说说接下来，我能为你做些什么。”

两个心知肚明的人，绕起圈子来也是累。二饼放下茶盏，说道：“说起来，二饼到底只是个愚昧无知的女子，王爷您自然知道要怎么做。”

“也罢。”傅竟意点点头，“今日我们不谈那些，说点你感兴趣的。”

“我府上新近来了一位厨子，烧得一手好菜，不如一起去尝尝？”

见她面露难色，傅竟意又说：“你放心，接下来的事我知道该怎么做，当初答应过你的本王一直没有忘。”

傅竟意难得这么一本正经，二饼听他这么说竟有几分伤怀。当初……似乎有些遥远，但又近在眼前，那时候的她可真是一只丧家之犬，若不是得眼前人所救，这世上怕是再也没有唐二饼此人。

想到这里，再看看傅竟意有些期待的眼神，二饼点点头。

得到了她的同意，傅竟意高兴得像个孩子，忙吩咐厨子去做准备。

能让傅竟意这种吃喝玩乐的人称赞的自然是好厨子，果然半个时辰左右，一桌色香味俱全的菜品被陆续端了上来。

二饼敲了敲盛汤的瓷碗，挖苦他："还是五王爷有本事，能让一代名家在饭碗上作画，还是美人儿图。"

只见雪白瓷碗上，一位位美女或是踏歌而舞，或是摆出各种婀娜多姿的形态，惟妙惟肖，竟要一跃跳出这瓷碗似的。

这种笔法一看便是出自北辰国著名画师张豆子老先生之手。据说这位先生为人极为清高，从不为名利折腰。他早些年间专为穷人作画，好让这些穷人拿着他的画作卖给求画的达官贵人来讨个生活。年老后，他隐居山中，一年半载也难见一幅画作流传于世。

"为了能让这怪老头儿给本王画美人图，本王也是煞费苦心。"傅竟意叹。

"哦？那你倒是讲讲你是如何让张老先生心甘情愿为你作画的？"

傅竟意笑了笑："我早跟你说过，这世上总有一个人会是另一个人的软肋。这人啊，哪怕再无懈可击，只要是遇到了自己的软肋，也只能举手投降。"

“张老先生虽然倔强，但他这一生却独独亏欠一人。”

二饼听到这里心中大约也知道个八九分：“女人？”

傅竟意点点头：“再强大的男人也有逃不过的绕指柔。张老先生早年便恋慕这位女子，可惜有缘无分，两人没能做成夫妻。这事一直是张老先生最大的遗憾，他一生未娶，好在前几年两个花甲老人又得以相见，这老奶奶竟也一生未嫁。两人决定在山中度过余生，奈何老奶奶得了一种怪病，这世上只有一种药能解。”

“这药在你府中。”

“嗯。这药只有我王府之中才有。”傅竟意点点头，“我外祖父早些年间跟张老先生有些交情，说起来他也算是我的长辈。那日，他来我府上苦苦相求，我想这一生他都未曾求过别人什么事，只是为这一人他什么都不管不顾。”

二饼可以想象出那种画面，一个把面子看得比什么都重要的清傲老头，为了自己一生追寻的爱人，而去求一个晚辈……

“你把药给了他？”

傅竟意这人行事诡异，怎么看都不像是那种善心的人。

“本王岂会做这种赔本买卖，他不是一画难求吗？本王就把这王府中的碗碗盆盆都找了出来让他挨个儿给我画美人儿图。”

看傅竟意笑得前俯后仰，二饼给了他个白眼：“真缺德。”

这一桌子饭菜果然很好，其中有几道更是深得二饼青睐，二饼忍不住多吃了一些。其实单从这菜色就能看出傅竟意的用心，全部都是她喜欢的。

饭罢，天色也不早了，二饼要走，傅竟意回房取了个盒子送给她。

“这是什么？”

小小的锦布盒子，掂起来倒是有些分量，傅竟意用眼神示意她打开。里面是一只小巧的摆件，看起来像是浓缩版的屏风。触摸上去冰凉润滑，竟是用上好的玉石打造的。只见这小摆件上画着一幅生动的少女放风筝图，二饼的眼神闪烁，这画面竟是如此熟悉。

“这是那张先生画的？”

傅竟意笑了笑：“嗯，你还不算傻。”

玉石本就圆滑，想在上面作画已是非常艰难，还能让这画栩栩如生，并且保存良好，实在不易。

二饼嘻了一声，笑说道：“还是五王爷对小人最好，凡是有好东西都惦记着二饼。”

“那是当然，本王对你哪次不是掏心掏肺。”傅竟意上下打量她，“下次来我家你大可以走后门，不必再钻狗洞了。”

“你怎么知道我是钻狗洞进来的？”二饼心想，这五王爷的眼线不愧号称北辰第一狗仔队，连她钻狗洞这种事情都能查探出来。

傅竟意像是看出了她的想法，说道：“这还用查探？”

他眼神在她身上一个来回。一身洁白飘逸的精致男装，愣是被她穿成了邋里邋遢的乞丐装，上面的泥土摆明了告诉别人，她不是翻墙就是钻狗洞进来的。

傅竟意嘴角带笑，俯身，一只手伸到了她的脸庞，说道：“你瞧瞧你，衣服弄得脏兮兮，脸上还带着饭粒，哪里还有一点大家闺秀的样子。”

说着，傅竟意将从她脸颊上拿下来的饭粒，呈给她看。

唐二饼打开他肆意在自己脸上作祟的手，微气："你早知道我脸上沾了饭粒是不是，为什么不告诉我，你就是想看着我出丑。"

她蛮不讲理的几句话弄得傅竟意哭笑不得，他哄着她求饶："姑奶奶，我哪里敢这么对您啊。我也是刚刚看到。"

"是吗？"二饼半信半疑，她还是觉得这货就是单纯想让自己出丑而已。

"真的，我从未想着看你出丑。"只是嘴角带着饭粒的你很可爱，想要多看一会儿，傅竟意心想。

二饼大度地点点头。

"算了，本小姐今日高兴，不与你计较。"

"好好好，谢谢您老的宽容大量。"

傅竟意想将二饼送至门口，二饼却执意要原路返回，傅竟意头疼："你就这么喜欢钻那狗洞？"

二饼瞪了他一眼，说："才不是，只是为了避开有些人的眼线。"

傅竟意挥着自己那把桃花扇，调笑："你说傅承泽？呵，如今你倒是处处提防着他了，可惜你当他是草包？你那点小技能，你以为能避开傅承泽的眼线，二饼，你可真是低估了我那大侄子。"

二饼微微一笑，眼中有着狡黠的笑意："那是，您那大侄子跟您一样属狐狸精的。"

傅竟意笑她调皮，这么一笑更像一只坏透了的老狐狸！二饼为自己心里的这个比喻而好笑，说道："五王爷，我低估他或是高估他都无大碍，我知道您会把某些不必要的麻烦处理好，对吧？”

说罢，她在傅竟意的眼皮子底下，抱着锦盒又从狗洞里钻了出去。

傅竟意见她离开，无可奈何地笑笑，自己是真的拿这个丫头没有丝毫的法子，只能跟在她后面，替她善后。

待二饼走后不久，阴影处走来一人，傅竟意没有回头，问道：“你早知她今日会来？”

“已经这么久了，唐小姐怕是按捺不住，更何况易容术有限，怕是这几日她已觉察出了变化，担心时间不够用。”

傅竟意沉默半晌，说道：“国师，宫里安排得如何了？”

那人抬起头，正是太后最为信任的国师：“您放心，一切都在我们的计划中。”

第七章
摊上大事儿了

他眼里几乎容不得任何一粒沙，偏偏纵容了你。

TAI ZI FEI
JIN JI
JI

太子殿中，果然有人给傅承泽汇报唐二饼这日的行程。

“唐姑娘午饭后跟着御膳房的小德子出去采办，黄昏时分才回来。”

傅承泽放下画笔：“那她都去了哪里？”

阿卫有些为难，低下头，回话道：“太子爷，我派出去的人跟到半路，眼见着唐姑娘进了一家衣服店，没等她出来，店门口不知道从哪里冲出来一群玩杂耍的，愣是把咱们的人团团围住，唐姑娘，我们……跟丢了。”

傅承泽没有说话，脸色阴沉得可怕。

梁航连忙跪下：“爷，都是属下办事不力，若是我陪着一起去定不会将唐姑娘跟丢，是属下渎职，您惩罚我吧。”

傅承泽平日里还算和颜悦色，此时变了脸，气氛格外凝重。一个姑娘，竟然能在暗卫的眼皮子底下被跟丢。

二饼啊二饼，这些年你到底经历了什么，何以拥有如此的轻功。

阿卫低着头不敢说话，梁航试图把责任揽到自己身上，可是傅承泽却不予理会。

过了一会儿，傅承泽说道："罢了，看来有些人是按捺不住了。"

梁航旋即明白了傅承泽话里的意思："您是说？"

"有些人的狐狸尾巴终于要露出来了。"

好端端，怎么就会遇到一群玩杂耍的人呢，只怕是那个"有心人"刻意安排好的，目的便是为了掩护二饼。

梁航、阿卫对视一下，再看傅承泽依旧不急不缓地低头作画，一副了然于胸的模样。

皇宫中毒事件已经朝着一个不可控制的方向发展了下去。

据说，那日西曼国的使臣被"请"回来后，他身边的一个下人经不起询问，率先招供。然而让人没想到的是，从这个人口中牵扯出了一桩陈年老案。

大殿中，傅承泽的面色阴沉得可怕，下面跪着一众大臣。他将手中的几份折子狠狠扔在地上，勃然大怒："你们都说话啊，当初参唐大人的时候，你们一个两个不都很能说吗，怎么今日不说话了？"

原来，那日在审问西曼国下人时，那下人慌乱之间招出了五年前的一桩案子——五年前，北辰国最大的通敌卖国案件。当年北辰国一人之下万人之上的唐大人，因为私通西曼国，将北辰的机密文件交给西曼国，以换取大量的财物，而被处以灭满门。

可是这位在西曼国使臣身边伺候了大半辈子的下人却说，那位唐大人从来没有做过通敌卖国的事情，这只是因为当年西曼国国王曾经向唐大人伸出橄榄枝，而被唐大人拒绝，才对唐大人进行的栽赃陷害。

傅承泽的愤怒不可遏制，冷笑："张大人、王大人，你们都是唐大人的同僚，当时也是你们二人在这大殿之上口口声声指责唐大人，说他贪污巨款，如今，我看这贪污巨款怕是空穴来风吧。"

他的每句话都掷地有声，此时也是气到了极点。

吃得脑满肠肥的王立顺大人吓得立即跪在了地上，哆嗦着声音还在试图辩解："回太子爷，当日唐大人贪污证据确凿，太后娘娘也是知道的，并非我二人信口开河啊。"

这两人终是忍不住将太后搬了出来，可是傅承泽哪里会去管这些，他恨不得亲手将这两个蠢人拖出去斩了。要不是这些趋炎附势的蠢货，唐师父又怎么会落得那般下场，而他和鱼儿又怎么会像今日这般。

傅承泽嘴角挂着冷漠的笑，肃声道："是吗？不是信口开河，好，我就让你们心服口服。来人，将张大人和王大人暂时收监。"

张廷大人还算颇有几分胆识，已经到如此地步，他腰板笔直，对着大殿之上的傅承泽喊道："我们要见太后，太子爷口口声声说唐大人没有通敌卖国，说我们二人诬陷唐大人，可有证据？没有证据为何要将我们收监？张某自祖父起，三代为官，为北辰立下了汗马功劳，岂是几句话就可以抹去的？太子爷，张某不服。"

他几句话，让其余人议论纷纷。

说起来，张家确实三代为官，张家祖父曾经追随先皇平定战乱，是北辰国举足轻重的人物。也正是因为如此，当初张廷排挤唐大人时，众人才会选择一边倒，即使平日里跟唐大人要好的几位官员也不敢轻易发声。

“想要证据？好，本太子成全你，定会彻查此事让你死个明白，来人，押下去。”

这几日宫中是彻底乱成了一团麻，中毒事件未平，唐大人的冤假错案又起。

“小姐，我还听说太子爷不晓得因为什么跟太后大吵了一架，据说吵得可凶了。”小品跟二饼说着听来的八卦。

“是吗？”二饼停下手中的笔，她的字原本不好看，年少时父亲嫌她太过顽皮，为了磨炼她的心性专程请了洛城里最有名的老师来教她习字。可是上有政策，她下有对策。每每她不是将习字的老师气得勃然而怒甩门而去，就是装病。偏偏她是唐家唯一的掌上明珠，父亲心有不舍，只好无奈地依着她胡闹。倒是后来，那少年来她家时，像个小大人一样对她说教，后来再大一些又亲力亲为教她习字，她的字才算是好了一点。

“二饼姐姐，太子爷那边都火烧眉毛了，你不去看看啊？”小品问。

“看？我去看什么？看热闹吗？”二饼有些好笑，不明白傅承泽那里需要自己看些什么。就算是真的发生了什么事，他大约也不需要她去照看，多的是人替太子爷排忧解难，旁人瞎操什么心。

小品放下手中的刺绣，凑过来，说道：“姐姐，你表面上若无其事，其实心里很慌乱吧。”

二饼疑惑地停下手上的动作：“我不觉得自己很慌乱啊，

这几日太子爷忙得顾不上这里，我反而乐得清闲。”

小品拿起她刚写好的字，指着这些字说：“姐姐平日若是心绪平静或是心情好时总是写小楷，若是心绪杂乱或是心情不好就会写这些个鬼画符了。”

二饼放下手中的画笔，接过小品手中的纸一看，果真如小品说的那样：鬼！画！符！

每一笔狂乱的笔迹都好像在诉说主人烦乱的心绪，她的心注定是难以平静。也罢，今日就抽空去傅承泽那里一趟吧。

二饼路过花园时，只觉得阳光有些刺眼，她抬头看了一眼悬在空中的大太阳，心想，这阳光可以穿过厚重的云层将光明带到人间，自然也可以将那些被隐藏起来的阴暗，照射得无所遁形。

那些被人刻意隐藏起来的腌臜也终于要暴露出来了。

傅承泽觉得今日阿卫研磨的速度有些慢，他抬头想要训斥两句，却发现正在帮他研磨的人是二饼。

他有些诧异：“怎么是你？阿卫呢？”

这几日他并未让她来书房伺候过。

“太子爷看来还真是心神不宁呢，连阿卫出去，换成我来给你研磨都没有发觉。”二饼挖苦傅承泽，“方才若是换成一位身手敏捷的刺客，此时我们北辰国的太子爷，怕是要身首异处咯。”

傅承泽嘴角微勾：“你怎么不说是你轻功了得，脚步似燕子般轻盈。”

研磨的手微微停顿，可她早已不是当年那个遇事就怕的小姑娘了，她若无其事地帮他换了一张信纸：“您倒是好，躲在这里清静了，可怜了太后娘娘，这时候正急得火冒三丈呢。”

她这样说，傅承泽也不生气，只是看着她笑。二饼白了他一眼，说道：“太子爷这几日可是忙糊涂了？怎的露出这样奇怪的表情？”

傅承泽突然伸手摸了摸她的头，低声说：“好像梦里一样。”他的声音太小，喃喃自语。

二饼抓了抓耳朵，有些焦急地问：“你说什么？声音小得跟蚊子哼哼一样。”

傅承泽收回手，看着被研得乱七八糟的墨石，叹道：“这么上等的墨石被你糟蹋成这样，也是可惜了。”

“以前你总让我替你研磨，那时候怎么不说可惜呢？”二饼有些不满意了，“也是哦，反正你横竖看我不顺眼，连我研的墨您都入不了眼。”

傅承泽像是想到了什么，嘴角露出笑意，初入宫时为了修理她，每天都让她站在自己面前弯腰研磨、端茶倒水。有时候她忙上大半天，还要被他挖苦嘲笑笨手笨脚。

只是以后怕是连这样的机会都不会有了。

这样想着，傅承泽凝眉，也不知在跟谁别扭，说道：“你先出去，换阿卫来。”

“太子爷，好端端的你为何赶我走。”

“留你又有何用？”不过是徒留伤心罢了，后半句话被傅承泽硬生生改成，“连个墨都研不好。”

二饼这下也怒了，自己本是好心好意，到底还是热脸贴了人家的冷屁股。

“阿卫来就阿卫来，还真是怕我糟蹋了墨石不成。”

二饼转身要走，听到身后那人唤了一声。

“鱼儿。”他叫住她，却不给她回头的机会，“我让人彻查唐家的案子，你觉得好受一些了吗？”

二饼愣在原地，听到这个熟悉的名字时，一瞬间觉得浑身发凉，好似流淌着的血液在一瞬间被冷冻住了一样。

她有些微微发抖，想要转过头去看看他，整个身子却像是被冰封在原地。

他为何会这样问她？为何会对着她叫出那个名字？一瞬间所有的心绪翻涌了上来，一双眸子空洞地望着前方。

两人之间有种难言的沉默。

没等到她的回答，傅承泽用低沉的声音说：“有些事，我知道即使是现在去做也于事无补。我只想让你好过一些。”

查唐大人的案子是为了让她好过，假装什么都不知道也是为了让她好过，甚至陪着她演了这么一出戏。

“你……在胡说什么？”二饼颤巍巍地问出了那句话。

傅承泽的声音里带着微微的笑意，就像是情人低语般：“一个人，她的容貌可以改变，她的行为可以改变，可是她的眼神永远改变不了。”

傅承泽从书案后面走过来，声音温润：“易容术可以改变你的容貌，可是变不了你的眼神。”

二饼面色难看，声音有些愤怒：“你又是何时知道的？傅承泽你早已经知道了我的身份是不是？你不说出来是为哪般？为了折磨我？看着我出丑？还是有别的阴谋？”

她的每句问话都如同一把利刃，扎向他的胸口。

傅承泽只觉得浑身冰凉，可他不怪她，都是自己的错。

“是我不好。可我从未那样想过，我不告诉你，只是想把你留在身边，哪怕多留一会儿都好。我怕我说了出来你就会离开。可我知道有些人终究是留不住的。”

二饼眼神中有点点不屑：“难道你就不怕我伤害你？”

傅承泽摇摇头：“不怕，只要你在我身边，便是要了我的命又能如何。”

二饼不知道自己是怎么从傅承泽那里走回来的。她呆呆坐在镜子前，找了个由头将小品支了出去。

镜子里的人脸色发白，额头的地方隐隐有些细小的裂痕，像是碎掉的蛋壳。那些裂痕太小太小，不仔细看，没有人能看得出来。

她心想，快要来不及了，上次去五王府上，她也是这般对傅竟意说的，来不及了。傅承泽已经知道了她所有的底细，是不是也知道了她为何而来？他其实早早就已经识破了她的身份了吧。细想之下，二饼只觉得恐惧。她以为他还是曾经青梅竹马的少年，可她忘了他是运筹帷幄的帝王。

镜中的人将脸上一块脱掉的胶皮轻轻扯下，里面露出了一小块细腻白皙的皮肤。她的手指伸向镜中人的脸，颤抖着声音说：“他认出了你。”

两道清泪顺着脸庞滑落，最终落在了微微勾起的唇边。

也罢，既然今日傅承泽的那些话，是要挑明二人之间的关系，二饼对着镜子里的人笑了笑，今后也就不用再戴着这张假面皮这般演戏了吧。

当年唐家被灭满门时，她侥幸被人所救。可她万万不能再顶着唐家小姐那张倾国倾城的脸活着，好在五王爷傅竟意手下有许多的奇才，其中一人擅长易容之术，便帮她做了这么一张面皮，让她这些年得以苟活。

唐二饼有时候真的希望自己就是唐二饼，可她不是，不是那个无忧无虑的二饼，也不是那个每日能给傅承泽研磨的人。

傅承泽说翻案就翻案，不过半天工夫，他便让人找出了当年唐大人所有的案宗，命刑部彻查。然而，第二天上朝时，只见群臣跪倒在地，说是要为张大人求情。

就连声称要休病假，在家种草养花的太傅大人也被众人请了回来，太傅站在朝堂之上语重心长地说："太子何必如此，已是陈年旧案了，如今再翻出来，又岂是杀一两个人可以解决的。从大局来看，彻查唐大人的案子实在是多有不妥之处啊。"

傅承泽负手而立，少年太子不怒而威："是吗？前几日的中毒案您不让查，如今唐大人的案子您也不让查。身为北辰第一重臣，您为何三番五次阻挠查案，太傅大人可是参与在这案子之中。既然不是杀一两个人能解决的，那就杀一二十个人，不行就杀一二百个人，我倒要看看北辰宫廷的关系网能到哪种程度！"

太傅大人听罢这话，面容难看，以白绢掩口咳嗽了一阵，摇着头说："老臣受太后所托，自太子幼年便有幸辅佐在您身边，一片冰心可鉴。今日，您做出这般决断，我纵是失了您的恩宠，也要说个明白，不能让您动摇了北辰的根基。"

说着，太傅竟跪在了地上，老泪纵横道：“太子殿下，此案不能再查下去了。”

众大臣见太傅跪倒在地，也纷纷跪下，齐声道：“求太子殿下放下此案。”

傅承泽也知道要想把唐大人的案子查清楚有多么不容易，朝堂之中，这种盘根错节的关系最是可怕，依附于张廷的大有人在，一个张廷倒下去，将会影响到多少人的前途。

傅承泽扬起嘴角，暗讽着说道：“呵，我自三岁起便跟着太傅读书读史，一生只认您和唐大人两个师父。是您教我为君之道，是您教我明镜高悬，怎的此刻在这殿上，劝我藏污纳垢起来？”

老太傅摇摇头：“老臣……唉，老臣纵是问心有愧，可是时至今日，就算是一死，也要为太子保住基业稳定。这案子不能查，绝不能查。”

傅承泽心知肚明，却说道：“何为不能查？为何不能查？怕是太傅大人的背后，站着更大的人，所以才会此般劝说我。可惜，我偏偏就要查下去，查出一个杀一个，他们不是灭了唐家满门吗，那我就找出幕后之人，也灭他满门。”

“太子！”老太傅痛心疾首，“切莫这样说。今日，老臣也顾不得许多，只求太子不要再查。唐大人的案子，对与错已经不再重要。”

不再重要，对于这些人来说，确实不再重要。对于北辰国来说，也不重要。一个唐大人没有了，还有李大人、陈大人，可是对他对鱼儿来说很重要，对于冤死的唐大人唐夫人和唐家满门来说更加重要。

傅承泽走到太傅身边，亲手将这位满头花白的老人扶了起来，对一旁的官员说道：“太傅大人年事已高，怕是有些糊涂了，来人，送太傅大人回家颐养天年。”

连太子最为敬重的太傅都碰了壁，大家知道这次太子爷确实动了怒，执意要查唐家案子。一时之间人心惶惶，一个案子足以让有些亏心人惶恐、有些逆反人躁动。

再说被关在牢里的两个人。王立顺大人早已吓得屁滚尿流，这货年轻时候买官卖官，胸无点墨，此时早已慌乱无主。倒是跟他关在一起的张廷宽慰他：“王大人切莫慌乱，那太子小儿毛都没长齐，就想着来查我们，岂是那般容易。”

王大人一脸忧愁：“张兄，我们被关在这里已经两日了，既没有人来审讯，也不放我们出去，你怎么还能如此从容？”

张廷笑了笑，“你忘了吗，当初是谁授意我们这样做的，此时怕是有人比我们更着急。”

“张兄，你的意思是说……”

张廷闭目，靠在墙上不再说什么。

而他的话，让王大人稍稍心安了一些。

又过去了几日，傅承泽还是没有派人去审讯张、王二人，围观群众又纷纷猜测主子是几个意思。这时候太后却坐不住了，她老人家这日亲自到太子殿中。

太后已有三年没有到过太子殿，此时出现在这里，众人皆是措手不及，匆忙准备。反观傅承泽，依旧是那副自在模样，在书房里观看棋局。

太后让众人退下，只留自己跟孙儿两人在屋里，这场景异常熟悉。

“阿泽，你就偏偏要查唐大人的案子吗？这件事过去了那么久，难道还不能放下？”

几年前也是在这里，那时候皇奶奶来劝他不必为了唐家的事儿忧虑，他那时拼尽了力气都无法说服皇奶奶放过唐家。

傅承泽只觉得此情此景有些讽刺，说道：“放下？如果我说放下了，那不过是自欺欺人罢了。”

太后见他没有放弃的样子，语重心长：“你若非要查张大人，只会让满朝文武伤了心，张家为北辰鞠躬尽瘁，却落得不能保全的下场，你让群臣怎么看。而王家，虽说没有建立大的功业，可今日朝堂之上有一半的人都是王家的亲信，你这么做是要将江山拱手让与他人啊。”

傅承泽接过晴姑姑手里的茶盏，亲自为太后倒茶。

“皇奶奶，群臣的看法与我何干？我身为一国太子，难道要眼睁睁地看着我的大臣冤死而不顾？”

“你这孩子……”太后被他满不在乎的态度刺激了，声音陡然提高，“你父皇奄奄一息，乱臣贼子蠢蠢欲动，恨不得将我们孤儿寡母拉下皇位，你如此举动，若是激怒了那些德高望重的大臣，他日情形有变，你如何保得了自己的江山？”

“江山……”傅承泽喃喃自语，“何为江山？皇奶奶你来告诉孙儿何为江山？”

太后气急，瞪着自己的孙儿，愤声道：“江山就是朝堂上的那张龙椅。”

听罢，傅承泽面上带着怪异的微笑：“是吗，您说的不是江山，您说的是权力，是私欲。江山，是我们脚下的土地，是我们的大好山河，是我们的人民，是治理国家的栋梁，唯独那张龙椅不是江山。它不过是工具，是治理好北辰国的工具。明日无论是谁坐在那张龙椅上，只要他能让北辰国泰民安，那他就算是保住了北辰的江山，至于这人是谁，重要吗？”

这一番话说到最后已透出几分凄凉。

“为何人人都想要坐上这张龙椅，坐上了龙椅又能怎样？纵然权倾天下，可是亲人远离，人生又有何意义？”

“混账东西！重要，当然重要。阿泽，你从小便没了母后，皇奶奶将你带在身边，自认为将你教育得很好，却没想到今日你竟说出这样没出息的话来。这江山只有是你的，才不辜负奶奶对你的教诲。无论如何，唐大人的案子我都不会让你再查下去了，你又何必要纠结出个对错来，能为北辰做出一点牺牲，想必唐大人也是愿意的。”

傅承泽望着自己的奶奶，像是不认识一般。这位老人养育了他，给了他最多的疼爱，可是她口中的每个字都让自己惊心。唐家满门的性命，在皇奶奶眼里也不过是一颗颗弃子吧。

“一颗没有用处的棋子，对您来说，弃了也就弃了，可对我来说不一样，世间黑白，若是连我们都不去管的话，还有谁肯出来主持个公道？”

“唉，我当初最怕你跟你父皇一样，偏偏也是个情种，你敢说彻查唐家的案子不是为了那个小妖女？”太后气急，“你也别白费力气了，当年那唐家姑娘早已经饮毒自尽，如今你再怎么样，她也活不过来。”

“饮毒自尽？”傅承泽笑了笑，面色阴沉，“是啊，随随便便一个人，说饮毒自尽变便饮毒自尽了。您自己不觉得这种说法很可笑，她前一日还在为了父亲的冤案而奔走，后一日便饮毒自尽？”

太后眯了眯眼：“她是因为家族而蒙羞，一人活在这世上又有何意义，白白承受了世人的唾骂，不如去讨个清净来。那是她自己选择的路，你又何必耿耿于怀。”

傅承泽哭笑不得，怒到了极点：“好好好，事到如今，您竟然还能说出这番荒唐的话来。事已至此，多说无益，唐大人的案子我查定了。阿卫，送太后回宫。”

话音刚落，只见屋外冲进来几个黑衣金线的侍卫，将太后围在中间。

老太太没想到自己的孙子竟会如此对待自己，惊讶道：“你这是要对本宫动手？”

傅承泽快步走到祖母面前，面色凝重，对众人说道：“太后凤体欠安，从今日起，便在宫中休养，没有我的允许，不得外出。”

太子软禁太后的消息被封锁了起来，傅承泽接下来便是雷厉风行，彻查当年唐家的案子。

要说唐家的案子之所以这么难查，一是当年诬陷唐大人的证据确凿，甚至还有人证，第二便是其中牵扯的权贵很多，甚至其中还有太后的授意。如今，太后已被太子软禁起来，案子便也好查了起来。

这几日，傅承泽将二饼调回自己的太子殿，每日他抽空查看当年的案卷，便让二饼在一旁奉茶。

二饼有些不明白傅承泽的意图，那日他几乎扯掉了自己的假面，心中显然已经十分清楚她的身份，她这几日惶惶不安，可他似乎并没有打算盘问自己什么。是他心思深沉？还是她想得太多？

不过，好歹案子已经被重查，二饼望着那个伏在桌上，认真翻阅案卷的人，明明知道不应该，可是目光却依旧无法从他身上移开。她不晓得如今的自己对傅承泽是怎样的一种感情。

早已回不去的青梅竹马，中间还隔着血海深仇，偏偏还是想忘不能忘。二饼心里很慌乱，似乎往前一步，就是万劫不复的深渊。

对于唐家的案子，傅承泽亲力亲为，将从案卷中找到的蛛丝马迹一点点标注下来。他就这么看了一天的案卷，已是二更还在写写画画。二饼趴在一旁的小桌子上，似乎也在艰难思考着什么。

傅承泽放下手中的案卷，见她似乎闷闷不乐，欲言又止，问道："你今晚这样安静倒是不像你了，有什么话就说吧。"

原本他想说你我之间不用这样客气，可又觉得今日的自己已经没有资格再这样说，话到嘴边又收了回去。

还是二饼神经大条，她并没有注意到傅承泽一瞬间的心思变化，低声问他："太后不让你查这案子，老太傅亲自来劝说，大臣们也不让，你还要这么查下去吗？"

这些天，二饼想了很多很多，有些事情明明是早就计划好了的，可是真正实施起来，她却心有不舍。怪不得傅竟意总是嘲笑她妇人之仁。

"查！"

傅承泽只说了这么一个字，便不再理她。

二饼吐吐舌头，明知是自讨没趣还是忍不住要问。

其实她都明白，唐家的案子查下去对傅承泽来说意味着什么，可以说是百害而无一利，可他这般执着，她似乎也知道是因为什么。

又过了一炷香的时间，二饼实在是熬不下去了，想跟傅承泽说自己先去歇息了，却见那人早已趴倒在桌子上。只见他眉头深锁，两道英挺剑眉甚是纠结，那张平日里总是毒舌的嘴，此时此刻紧紧抿着，就像是一个委屈的孩子。

唐二饼蹑手蹑脚地走过去，她轻功了得，根本无需这些小动作，靠近一个人时完全能让那人毫无所察，可她依旧是小心翼翼，生怕惊醒了梦中人。

她在桌边站着，就那样望着他，就像是看着自己从小到大做得最美的一个梦。

只有在梦里，他们才能靠得这么近。

她的手，不由自主地伸出，却堪堪停留在他脸颊边，纤细手指描绘着他英挺的轮廓，口中无声念道："阿泽的额头，阿泽的眼睛，阿泽的嘴巴……"

像是最痴缠的梦呓。

她想过很多次，离他这样近，一遍遍抚摸他的脸。可她知道不可能，小时候听过很多故事，老人家说人死之后，灵魂会飘浮到最爱的人身边，做最后的道别。

那她肯定会飘到阿泽身边啊，反正他不会看到她的灵魂，也不会小气到同她的灵魂计较。到时候，她可以肆无忌惮地欺负他，揪他小辫子，踹他屁股，摸遍他全身！

这样想着，似乎连死亡也不再那么可怕。

她收回流连在他脸上的手指，为自己曾经痴傻的想法而暗自好笑。从今以后，此生她不再有这样的机会靠近他，再不能看他像孩子一样酣睡。

她心中却默默念道："阿泽，下辈子我们一定会出生在最普通的人家，过我们想要的生活。"

二饼又呆呆看了他一会儿，转身取过榻上的一张轻薄的毯子，搭在傅承泽身上。毯子质地轻柔，他像个孩子一样，在毯子上蹭了蹭脸颊，惹得她心中更加柔软。

傅承泽醒来时，已是五更天，身边再也没有那个陪读的二饼，他看着自己身上的小毯子愣了一会儿神，唤声阿卫。

阿卫便从屋外进来："太子爷。"

傅承泽手中还拿着毯子，问："你们怎么不来叫醒我？"

阿卫心里默默翻了个大白眼，说道："二饼姑娘走之前，特意叮嘱我们不要进去打扰你。"

傅承泽低头沉默，轻声说："嗯，你退下吧。"

阿卫出去后，傅承泽将手中的小毯子叠得整整齐齐，放在床榻之上，可他突然觉得有什么不对。

他从小睡觉便不会这么实，一有点风吹草动便醒了，可是昨夜竟在书房睡得无知无觉。

傅承泽拿起毯子轻嗅，一股淡淡的香气若有似无萦绕在鼻息之间，竟是安眠草的香气。

傅承泽的面色陡然变化，大喊一声："阿卫。"

一大早，天还没有亮，守城的侍卫便被一队人马惊着。

其中一个骑在马上，浑身黑衣的人将腰侧的令牌闪了一下，守城小分队的队长立即将城门打开，恭敬地将这队人马送出去。

一个小卒很不解地问队长："上面不是说这几日要严守城门吗，为何就这么放了这队人走？"

威武的队长横了小卒一眼，有些焦躁地拍了拍小卒的头："傻子，这是太子的人。"

傅承泽带着梁航、阿卫赶到城郊大牢时，张、王两位大人已经被人劫走，大牢之中一片狼藉，十几个守卫蜷缩在地上已有中毒迹象。看守大牢十余年的陈子良大人，哪里见过这么大的人物，今日自己失职让人将重犯劫走，引得太子爷亲自来这等地方更是罪上加罪。

陈子良自知今日活罪难逃，见着太子爷立马跪倒在地上："微臣罪该万死。"

傅承泽面色铁青，目光犀利地扫过陈子良，冷冷说道："你的确罪该万死，不过就算是死也要把这里发生的事给我讲清楚。"

陈子良擦擦额头的冷汗，哆哆嗦嗦地讲了起来。

城郊大牢是北辰国最大的牢房，这里的看守一向是最为严格的，层层机关要道可谓密不透风。可是今日大约三更时分，正是夜晚守牢人最为乏困之时，却突然闯入一群黑衣人。这群黑衣人显然训练有素，个个武艺高强，加之他们带有暗器，不过片刻，大牢守卫便陷入弱势，张、王两人也被劫走。

"暗器？"傅承泽面若冰霜，气急而笑，"没想到，他居然会用这么下三烂的手段。"

傅承泽对暗器这种东西一向不齿。

陈子良忙说："回太子爷，几十个兄弟跟那群黑衣人打斗在一起，奈何他们如此卑劣，兄弟们伤的伤，中毒的中毒。"

这时，梁航已从地上捡起一片三角状暗器，用厚手帕包着，确认已经无毒后，才呈于傅承泽面前："看样子是西曼国的一种花毒，毒性很大，侵入人体最多不过两三天便会毒发身亡。不过这种毒在空气中无法生存，不过片刻，毒性就会消散在空气里。"

又是西曼国。

傅承泽看了那飞镖一眼，怒气更甚，原本他想给彼此留三分颜面，可他一日为太子就要为北辰国的民众安危着想，今日死伤这样多的人，他岂能放过他?

"梁航。"

"在。"

"立刻带人封城门，三日之内，任何人都不得出城。"

"是。"

傅承泽说完，又对一旁的阿卫说："宣最好的太医，来为这些伤者治疗。"

一波未平一波又起，太子天色未亮便带着人去城郊大牢的消息不多时便已传开，张、王两个大人失踪的消息自然也瞒不住，没等傅承泽回去，宫中已经乱了套。

朝堂之上，一众大臣吵翻了天。

今日张、王两个家族在北辰的地位丝毫不亚于当年的唐家，两个家族的掌门人同时被人劫走，生死不明，这让家族里的人勃然大怒，而对于将张、王二人收监的太子，他们也很是激愤，认为若不是太子小儿将两位大人收监，也不会发生这种事情。

张家老二张志和站出来，唾沫星子乱喷："我大哥如今下落不明，今日我张家已经派出千余人去寻找，若是还找不到，定与那龙椅之上的人没完。"

"就是，先是不明不白冤枉人，这下还把人弄丢了，真以为我们王家是好惹的？若是太子爷不给我们一个交代，就算是碰死在这朝堂上，我们也要讨个说法。"王家一个满脸横肉的长者也站了出来，喋喋不休着。

阿卫看着眼前的场面替太子爷捏了把冷汗。

……

傅承泽出现时，朝堂上已经快要吵翻天。张、王两家看到此时出现的傅承泽恨不得将他拉下龙椅质问个清楚。而傅承泽面上不动声色，却格外威严，让方才还吵吵闹闹的一群人安静了下来。

傅承泽望着底下站着的大臣，心中却觉得好笑。这样一群人中，有几人是衷心为了北辰国？又有几人是起哄不怕事儿大的看热闹者，更有甚者暗通他国为自己谋取利益。

一个个道貌岸然，背地里却是肮脏无比，若权力之上看到的只能是这些污秽不堪的东西，那他……宁可不要，又何惧他们的威胁。

张志和站出来，语气有些冲："既然太子爷已经回来了，那么也该给我们一个交代，敢问我大哥去向如何？"

傅承泽抬头看了张志和一眼。这少年太子的冰冷眼神无端端让张志和有些哆嗦。

傅承泽收回自己眼中的不屑，不急不缓地开口，却是让人无法抗拒的威严："张王两位爱卿去了哪里，五王爷想必最是清楚，此时他们怕是在五王府上饮茶作乐吧。"

这时众人又将视线转移到一直站在角落，看戏的傅竟意身上。傅竟意见傅承泽将火苗引到自己身上，说道："皇侄此话怎讲？"

傅承泽示意，一旁的梁航拿出那几个暗器，说道："皇叔大意了吧。这暗器上刻字可不是好习惯。"

原来有一个三角形暗器上刻着一个"吾"字，大家都知道那是五王爷傅竟意的字。一时之下，众人也是摸不着头脑，一向风流无度、无心朝政的五王爷会去劫走张、王两位大人？他这又是何意？

傅竟意笑了笑，说道："你凭一个暗器就说是我劫走了张王两位大人未免太过草率了吧？皇侄，看来这些日子你在这龙椅上坐得太过安稳，并没有好好地研读治国之道、用兵之法啊。像这种暗器，不说别的，洛城街上便有十家店铺能够打出一模一样的暗器出来。"

傅竟意那双狐狸般的眼中，满是嘲弄，有些挑衅地望向傅承泽。

傅承泽也是一副胸有成竹的模样："皇叔既然这么说，一定是清者自清。无妨，我这就派人去皇叔府上搜上一搜便是了。街上的铁匠铺子是多，可北辰国能用这等玄铁做暗器的，怕是不多。"

傅承泽话音未落，只见一名小太监急匆匆跑了进来，扑通一声跪在地上，上气不接下气："报太子爷，皇上怕……怕是不好了。"

北辰国第二位皇帝，傅明义在位二十六年，只育有一子，在位期间北辰国力强大经济兴盛，唯一的皇后去世之后他终生没有立后，不过这位皇帝一生贪恋美色，既是痴情又是风流。

"太子爷已经跪了一天一夜了，老奴劝了几次太子爷都没有起来。"

一直跟在皇上身边伺候的李公公，此时正在跟太后汇报太子的近况。这位老人在儿子去世之后，一下子像是老了很多，她这一生纵然再要强，也始终只是一位母亲。

太后端坐在椅子上，面容憔悴："去告诉他，他父亲若是看到他这副样子，即使是走也不会安心。若他还想尽最后一丝孝道，便保住他父皇留给他的东西。"

李公公连忙记下，回去后这般劝说太子，可是傅承泽依旧是长跪不起。他幼年失去母亲，自那以后，父亲在他身上花费的时间便很少又十分严厉，有段时间他甚至是怨恨父亲的，觉得自己还没有他后宫中那些乱七八糟的女人来得重要。

可那个人始终是自己的父亲，如今他却连父亲也没有了。如此境地，他又想到了鱼儿，那时候她父母一起逝去，怕是比如今的他心痛百倍吧。

傅承泽只觉得胸口闷痛，口中猩甜，旧疾复发。

李公公见太子爷还是那副模样，叹了口气，说道："老奴跟了皇上大半辈子，自皇后娘娘故去之后，从未见过皇上像昨晚那样笑过。"

傅承泽呆滞的眼神终于动了一动："父皇笑了？"

"是啊，先皇是笑着离开的。"李公公摸了摸眼眶，"太子爷切莫太过伤心，皇上他啊，是追寻娘娘去了。"

人这一生，会遇到很多很多的人，有些人会暂时迷惑我们的眼睛，而真正爱着的那个人，时过境迁，却越发清晰地站在那里。

第八章
逼近真相

你若是活着一日，他为了你就什么蠢事都干得出来。

TAI ZI FEI
JIN JI
JI

北辰皇的葬礼于七日之后举行，整个北辰一片素白。

北辰皇方才安葬，这边五王爷却带了大批人马驻扎在城外。傅承泽此时可以说是被前后夹击，城外有傅竟意美其名曰“先皇刚逝去怕有乱臣贼子，而派兵驻扎”，城内张、王二人的案子还没有了结。

傅承泽却是格外镇定，仿佛一切尽在掌握之中。

三七之后，这些人再也忍不住了，张、王两家先是带着人闯入朝堂之上，随即傅竟意以保护太子之名带着城外的部队进入城中。

大殿之上，傅承泽依旧面无波澜地坐在龙椅上，而老太后坐在一旁。下方站着张志和等人，傅竟意的军队也快要赶来。

傅承泽看着这些人，嘴角微微勾起，这些狼子野心终于忍不住了。

大殿之中，为首站着张、王二人的家人，以及一群有些犯蒙的大臣。

“先皇驾崩，太子无能，我提议废除太子，另立新皇。”张志和站了出来，列举道，“为君之道，爱护臣民,而太子爷您呢，不仅不能爱护自己的臣民，还昏庸无道，让我大哥与王大人含冤入狱，如今被人劫走生死未卜。”

他话音刚落，只见阿卫嘲讽道：“张大人，您大哥涉及唐大人冤案，如今怕是已经招供了，何来生死未卜一说？”

“什么时候轮到你这个狗奴才说话了，那夜我大哥分明是被贼人劫走，如今不是下落不明是什么。”

“一口一个劫走……”阿卫这么些年跟在傅承泽身边别的没学会，嘴皮子倒是异常顺溜，“我看张大人您是巴不得自己的大哥下落不明，好当张家家主吧。”

张志和涨红了脸：“你……你胡说。”

傅承泽一个手势，阿卫退了下去。

“阿卫有没有胡说，张大人心里最是清楚，可惜，不能如了张大人的愿，将人带上来。”

这边傅承泽话音刚落，只见梁航押着两个人进来，仔细一看，正是张廷和王立顺。

张志和此时见了张廷，脸上的表情很是复杂，没有半丝找回了亲人的喜悦，反而是一种带着畏惧的震惊，半天才叫出一声“大哥”。

令人万万没想到的是，面对弟弟这一声大哥，张廷却十分不屑：“你还有脸叫我大哥，二弟啊二弟，亏我多年来对你照顾有加，可你竟然窥视我张家家主的位置已久，为了坐上这把位置，不惜替五王爷卖命，找人将我绑架走。你如此做法，怎么还有脸叫我大哥？”

张廷的话犹如将热水倒入沸油之中，引起一片哗然。

原本大家对失去大哥的张志和抱有一丝丝同情，甚至在张志和的煽动下将矛头对准了太子，可是失踪的张廷出现之后说出了这样一番话，不禁让人大跌眼镜。

那日，张廷、王大人他们被一群黑衣蒙面人劫走，带到郊区一处荒宅，他们以为是亲信来接应他，没想到那群黑衣人却将他们二人看管了起来。被软禁的几天会有人来送饭，却始终不让他们走出那间屋子。

无意之中，张廷听到两个黑衣人在对话。

“兄弟，咱们此次绑了张、王二人，若是他日张廷被救了出去，怎么能饶得了咱们？”黑衣人小甲有些担忧，毕竟绑架朝廷重臣是要脑袋搬家的罪名。

黑衣人小乙说道：“你瞎担心什么，天塌了有地顶着，既然有五王爷在那里顶着，你怕什么。再说了，这张廷怕是再也出不去了，这冤死鬼当得实在太不值。”

黑衣人小甲不解道：“你这话是什么意思？上面是要我们灭口？”说着还做了个抹脖子的动作。

“不是主子要他的命，而是有人用张廷的命跟主子做了交易。”小乙说。

张廷原本猫着腰正在偷听，可是脚下却不慎碰倒了一个铜盆，“咣”的一声，屋外两人的对话戛然而止。

小甲率先破门而入，怒目而视：“张大人，你原本还有几天好日子可以过，可你既然听到了我们的对话，那就别怪小的们得罪了。”

张廷哪里敌得过两个训练有素的杀手，没有几下便被制伏在地。

一把大刀已经架到了他的脖子上。

"张大人，这就叫地狱无门你偏要闯，下辈子若您还能做个大人，可别怨我们。"

张廷自知在劫难逃，面红耳赤，牙齿打战："死纵是一死，可我老张不想做个冤死鬼，小兄弟你能告诉我到底是谁执意害我？"

小甲跟小乙眼神互换，大约觉得今日这个人是死定了，告诉他也无妨，说道："要怪就怪你一母同胞的弟弟吧。"

说着，闪着银光的大刀就要落在张廷的脖子上，刹那间，一支利箭射穿了小甲拿刀的手，大刀应声而落。

只见一队人马将这座荒宅团团围起来，其中当首的正是太子爷的得力下属梁航。

梁航对左右示意："将这几个刺客统统抓起来。"

于是，便有了朝堂上的这出闹剧。

张廷情绪激动，双目赤红："张志和，你为了自己的一己私利，不惜跟五王爷做下交易，让五王爷派人将我劫走，你好煽动大家的情绪，帮助五王爷拉太子下马，可惜，老天开眼，让我看清楚自己的亲生弟弟是个怎样狼子野心的家伙。"

眼见着事情败露，张志和吓得浑身颤抖跪在大哥面前："大……大哥我错了，我鬼迷了心窍才会听那五王爷的话。都是那五王爷挑唆的，大哥，你就饶了弟弟这一回吧。"

"酒囊饭袋！"张廷一脚将张志和踹了出去，"我怎么会有你这样的弟弟，事到如今你还没有看清楚形势？"

此时已不是他能够救得了自己的弟弟，这下张廷自己的性命怕也是保不住了。

“张、王两位大人既然已经被梁将军救了回来，那么唐家的案子不如就在今日了结了吧。”

听了傅承泽的话，一众刚看完闹剧，被雷厉风行的太子吓到的大臣们纷纷附和：“太子说得对。”

张廷经历了此番打击，加之对自己弟弟的失望，情绪几近崩溃，将当年唐家案子全盘托出。

唐家本是北辰国建国初期的世家，唐家三代，历代清官，一心为了江山社稷着想。唐家人也相当有经济头脑，家族的生意遍布整个北辰国，甚至跟周围的一些国家也有贸易往来。

所谓树大招风，唐家本以为只要自己本分为官、本分做生意便能一直使家族兴盛下去，哪知世事并不如人愿。

西曼国对北辰一直有所企图，两国相邻，不仅涉及领土纠纷，就连经济往来上面也要分出个胜负。奈何北辰国国力强盛，虽然西曼国国王这些年来派出了无数人到北辰国，试图给北辰制造混乱，可是北辰依旧国力强盛。

那年，西曼国国王不知从哪里听说，得唐先生者得北辰。据说唐大人是北辰国第一重臣，一人之下万人之上，不仅掌握着北辰国的政治机密，而且是北辰国第一巨富，富可敌国。

面对这样的人才，西曼国国王动了心，多次派使臣拜访唐大人，试图打开跟唐大人交往的大门。

奈何唐大人一生清廉，无论西曼国国王开出多么好的条件，他都将使者拒之门外。

此番举动彻底激怒了西曼国国王，恰逢此时又有人献言，既然得不到唐大人的相助，不如毁掉唐大人，借此来对北辰造成打击。

西曼国王思考之后，觉得也很有道理，毕竟得不到的东西毁掉是最好的选择，毁掉了唐大人，必然会对北辰造成不小的打击。

于是，一场阴谋悄然而生……

西曼使臣先是买通了当年唐大人的下属张廷，并且伪造了唐大人跟西曼国来往的笔迹，让人放进唐大人的书房。

紧接着，一夜之间，朝堂之上竟有十几人将矛盾对准了唐大人，将各种罪名强加在唐大人身上。唐大人纵然心怀坦荡，可是百口莫辩，更扛不住所谓的人证物证。

当时北辰皇帝龙体欠安，而太子尚未掌握实权，可谓奸臣当道，里应外合，唐家竟在一夜之间就这样被摧毁。

唐家满门惨遭杀害，之后张、王等家族迅速崛起，起到了相互制衡的作用。

张廷想到当初的那些事，心里还是隐隐不安："唐大人确实是位大好人，可是那西曼王或是威逼，或是利诱，臣等经不住诱惑，实在是愧对于唐大人，愧对于太子爷，愧对于北辰啊，臣该死。"

"对，你是该死！"

正当群臣议论纷纷之时，一个女子突然出现在朝堂之上。众人定神一看，竟是见习太子妃唐二饼，而唐二饼的身后站着的是当今五王爷傅竟意和手下的一批人马。

礼官站出来，对傅承泽说："太子殿下，女子上朝堂毕竟不合适，就算是未来的太子妃娘娘，更应该讲礼仪、恪守规矩，不应在这朝堂上说话。"

傅承泽摆了摆手，讽刺道："李大人到这个时候知道说礼了，那么请李大人看看跪着的这群人，他们可是将祖宗礼法放在心中了？”

涉案的人员一个个低着头，打着哆嗦，不敢说话。

这时，只见唐二饼上前一步，朗声说道：“唐家的案子，只怕我最有说话的资格了。”说着，她伸手在脸上摸索几下，一张面皮被揭了下来，此时的二饼哪里还有往日的模样。

假面下，皮肤细腻光滑，犹如北辰高原上的初雪一般冷艳，丝毫不见往日的粗糙。红唇微启，欲说还休，惹得人心头生出怜爱之情。而那双绿豆眼，明亮闪烁，此时犹如一汪清泉。

几位老臣子立即认出了这位女子是何许人也，俱是一脸的震惊。

“这不是消失的唐家小姐吗？”

“唐姑娘当时不是已经……”

当年唐家被灭满门时，据说太后慈爱，念及唐家小姐尚且年幼，不忍心她跟着父母一起受刑，便将她软禁在郊外一处园子，让她日夜抄写经书为父母族人诵经。

可是后来，唐家小姐因体弱多病，加之失去亲人的痛楚，一病不起，香消玉殒。

如今活生生出现在众人面前，说不震惊怎么可能，众人皆是一副呆滞的模样，你看看我，我看看你。

“你们……”二饼上前几步，用手指着这些人，指着这些道貌岸然杀害她父母、杀害她族人的凶手，“你们这些人，为了功名利禄，就凭着那些莫须有的书信，诬陷我的父亲。”

最后一句，她几乎是凄厉地吼出来的。

当年被人刻意隐瞒的真相如今被揭露了出来，可是当年那些被冤死的人却再也回不来了。

“你们满口仁义道德，可是为了一己私利，不惜残害我的父母、族人，今日纵使你们认罪又有何用。”

傅承泽走过来，将她紧紧搂在怀里，用力按在自己的胸口，依旧能感觉到二饼在不停地颤抖。

这是她难过到极点时的反应，是她愤怒到极点的反应。

二饼挣脱了傅承泽的怀抱，也不再看他一眼，站在大殿之上说：“我不会就这么放过你们，一个我都不会放过，你们这些道貌岸然，实则龌龊至极的家伙。你们夜夜都会受到唐家亡灵的纠缠，日日不得安宁！”

那日，是二饼人生中再寻常不过的一天，却也是改变了她一生的一天。

她像往日一样，从宫中回到家里，还未走到唐府，便看到有许多的士兵将唐府围了起来，还有许多的百姓站在街边议论纷纷。

她看着这般架势，以为可能是太后又赏赐了什么新奇的玩意儿，拉着小翠便往家里走。

“我们快回去看看，定是太后娘娘又赏赐了什么新鲜的好玩意儿。”

还没等她走进，只觉得手臂一疼，被一股强有力的力量拉到了一旁的小巷中。

她心头一惊，以为遇到了歹徒，刚想大声叫喊，只见眼前人满头大汗，着急地说：“鱼儿，你万万不可回家去。”

她拍拍胸口，嗔怪：“季泽，你躲在这小巷子里吓人做什么？还有，我为什么不能回家？”

季泽拉着她的手腕，望着唐府的方向看了看，眼神坚定：“鱼儿，出了点事情，你父亲和母亲怕是遇到了些麻烦。今日早朝有人参了你父亲一本，太后下令来……”

“来怎样？”季泽一向不是个磨磨叽叽的人，像这样吞吞吐吐，她心口一突，怕是不好了。

“太后下令抄家，将唐大人和唐夫人暂且收监。”眼见着她面色惨白，季泽安慰她，“你别怕，我父亲正在周旋，他让我先来告诉你一声，千万不要回家，你跟小翠先去我府上，随后我们再想法子将你父母救出来。”

抄家？纵使没见过抄家，她也知道只有犯了重罪的人才会被抄家。

“季泽哥哥，我父亲他从未做过什么不利于国家的事，他一定会没事的对不对？”

季泽摸摸她的头，柔声道：“我也相信唐大人绝对不会做什么对不起北辰的事，定是受了奸人的诬陷。鱼儿，你听我说，你必须冷静下来，先跟着小翠去我府上，我与父亲再仔细商议救唐大人的事。”

她点点头。

那时候的她，心中还是有着希望的，父亲一生正直，绝不可能通敌卖国。

不出两日，刑部负责唐家案子的官员居然从唐府里找到了唐大人与西曼使臣的书信，信中满满是投靠西曼国的言论，以及西曼国对唐大人开出的优渥条件。

一时之间，这案子震惊了北辰国。

唐大人掌握着北辰国的多少机密，他若是投敌卖国，那么北辰必然要遭受一场大的灾难。

每每听到这些言论，她都想上去辩驳，她的父亲没有通敌卖国，可是她不能，她还要努力地为父母奔走。

也许是前半生过得太安逸，才会让她在那段时间受了那样多的苦，平白看了那么多的白眼。

平日里来唐府拜访的人能将门槛踏破，而如今，那些叔叔伯伯对她皆是避而不见。

季伯伯、傅承泽、季泽也在不断为了唐家的事想法子。

终于有一天，她等来了关于父母的消息，可她宁愿不是这样的消息。唐大人通敌卖国已是事实，在人证物证面前唐大人已经认罪。

“不可能，父亲不可能做那样的事。”她无论如何也想不通父亲为何会认罪。

季泽负手而立，来回走动：“城郊大牢那帮家伙怕是滥用私刑，逼得唐伯父不得不认罪啊。”

他话音未落，傅承泽一拳打在了墙上：“该死！”

“一定还有别的法子，一定有！”傅承泽抱着她，帮她擦着眼泪，“鱼儿，你跟我进宫，我们去求皇奶奶，去求父皇，一定会有法子把师父他们救出来。”

傅承泽带着她辞别季大人，离开了季府。

看着二人离开，季大人摇了摇头。季泽有些不解，问道：“父亲为何唉声叹气？”

季大人一脸惭愧：“唐兄的案子怕是已成定局。”

季泽忙问：“太子已带着鱼儿妹妹进宫找太后，这样也不能求个好结果吗？”

季大人闭眼道：“傻孩子，若是没有太后的默许，下面的人谁敢去查唐兄。太子聪颖，只怕是这会儿着了急，才会病急乱投医。”

“那您为何不拦住他们？”

季大人摇摇头：“就让那孩子为父母尽尽心吧，也希望太后看在唐家历代衷心的份儿上，能够给唐兄一条活路啊。”

他们已经离去很久，季泽还站在门口，半晌，他回头对父亲说：“这件事结束后，父亲，请您允许我上战场。”

季大人明白自己儿子的心思，朝堂之上尽是些权力斗争，好男儿只有在战场的厮杀中才能有一番大的作为。

回宫后，傅承泽带着唐鱼儿一起去见太后，太后见着了鱼儿，还是那副热络的模样，招呼晴姑姑端了她最爱吃的杏仁露，但是对唐家案子只字不提。

“鱼儿丫头也有几日没进宫来看我这个老人家了，怕是把我给忘了吧。”

晴姑姑已经端来了杏仁露，可是唐鱼儿哪里吃得进去。

“太后娘娘，我父亲他……”

太后没等她把话说完，摆了摆手：“鱼儿，你还小，很多事情你不明白，我知道你们急匆匆到我宫里来是为了什么，可你父亲投敌卖国证据确凿，如今已成定局，按照北辰律法判便是了。倒是你，年幼无知，并不知道你父母的事情，念在你家几代为官，我也不会为难你。”

听太后如此说，唐鱼儿跪倒在地：“太后娘娘，我父亲他不可能会投敌卖国。”

傅承泽见鱼儿跪在地上，也着了急：“皇奶奶，师父他平日里教导我事事为北辰着想，根本不可能做出投敌卖国的事情来，皇奶奶，一定是有人栽赃嫁祸给师父的，请您下令让人彻查师父的案子，还师父一个清白。”

太后眉头微皱，已是有些不耐烦，说道：“阿泽，关心则乱，我知道唐师父对你有教导之恩，可是证据确凿，你说什么都没有用了。”

连太后都这样说了，唐鱼儿只觉得一腔希望被浇灭。

可她不能放弃，如果连她都放弃了，那么在牢中的父母该怎么办呢?

“太后娘娘，求求您了，求求您救救我父亲。”

看着不停哀求的唐鱼儿，太后却说：“都下去吧，今日我身体不适，刑部的事归刑部管，你们只需顾好自己的安危。”

在太后那里吃了闭门羹后，傅承泽叫上季泽一起对唐大人的案子进行了梳理，想要看看所谓的书信物证。可是太后下令，唐大人的案子属于重案，一切的物证交由刑部管理，任何人不得查看。

这边傅承泽还在为师父的案子奔走，而那边唐大人已经被定了罪。唐家多年来把持朝政，投敌卖国，垄断北辰经济，任何一条都足够唐家人死上几回。太后仁慈，唐家人虽然必死无疑，却打算给他们最体面的死法。

“如此多的罪名安在唐伯父身上，阿泽，这回怕是无力回天了。”季泽这几日也在为唐家案子奔波。

傅承泽呆坐在椅子上，他总觉得这件事没有那么简单，唐家的案子看似天衣无缝，越是这样越让他觉得是有人故意陷害，可这几日无论他怎么努力都找不出相关的证据来证明师父的清白。

“这件事先不要告诉鱼儿，我怕她承受不住。”

季泽点点头。

没等傅承泽找出证据来，却传来唐家夫妇因为做出了投敌之事，羞愧难当，没等到行刑之日，便在牢中饮毒自尽。

那天，下了一整天的雨。

天空阴沉得像是要整块掉下来。

唐鱼儿几日睡不好觉，整个人都昏沉沉的，她从床上坐起来，看窗外黑乎乎的，便叫小翠：“小翠，我要喝水。”

没过一会儿，小翠端了一杯水进来，等她走近了，唐鱼儿才看到她眼眶发红。

“小翠，你怎么哭了？”

小翠勾勾嘴角，扯出一个笑来：“哪有，我是起得太早，所以眼眶才会发红。”

唐鱼儿一向机智，认定小翠在撒谎。

“你不要骗我了，是不是父亲母亲出了什么事，若是他们出了什么事，你不要瞒着我，一定要告诉我，他们可只有我这一个女儿了。”

“小姐……”小翠哭了起来，她自幼被心善的唐家夫妇收养，虽说是给小姐当小丫鬟，可是唐家人待她不薄，有收养之恩，尤其是唐夫人更是把她当女儿一般，“小姐，他……他们说，老爷和夫人在牢中畏罪自杀了。”

“畏罪自杀”四个字就像是闷头而来的一块大石，唐鱼儿只觉得眼前一黑，手中茶盏落地。

等她再醒来时，已是傍晚。傅承泽见她醒来，握住她的手："鱼儿，你还有哪里不舒服，头疼吗？心口疼吗？太医，快把太医叫来，告诉他唐小姐醒了。"

唐鱼儿有一瞬间想不出自己身在何处，为什么傅承泽脸上的表情那样悲伤焦虑，她很想伸手摸一摸他的脸，可她试了几次，胳膊都抬不起来。

太医看过之后，说唐小姐是急火攻心，导致的晕厥，需要卧床休息："殿下，臣给唐小姐调几副药，这几日切记不可再受什么刺激。"

等到所有人都走了，傅承泽将她紧紧抱在怀里，这时候的唐鱼儿好像一个瓷娃娃，一动不动。

他的手掌轻轻在她头顶拍了拍，柔声说："鱼儿，若是想哭，你就哭出来吧。"

可她哭不出来，整整三天，她就像是一个木头人，不吃不喝，不睡觉，也不会哭。那时候，她才明白，真正的难过是哭不出来的。

她一直不明白，好好的唐家怎么一夜之间就从忠臣变成了奸臣。

在她浑浑噩噩的三天里，还发生了许多事情。唐家通敌卖国的证据确凿，理当被灭满门，而作为唐大人唯一的女儿却被太子保护在东宫之中，引起了很多人的不满。大臣们纷纷上奏，请求将唐氏罪臣之女一并处罚。

太后的想法很简单，为了保住孙儿的江山，别说是区区一个唐鱼儿，整个唐家她都不会在乎。

“唐师父已经被冤死了，您就不能放鱼儿一条生路吗？”傅承泽不明白，任谁都看得清楚，鱼儿跟这案子一星半点的关系都没有，“为什么要拉着她去陪葬？”

太后眯眼打量着自己的孙子，说道：“我看你是糊涂了，被那唐家小姐彻底搞得晕头转向，你不应该问我为何唐家小姐不得不死，你应该去问北辰大律。”

太后走到傅承泽身边，拍了拍他的肩膀：“北辰的律法不是为了一个人而制定的，是适用于全天下的北辰子民。今日，因为你恋慕唐家小姐就要让我饶她一命，那么明日，若是有别的皇亲贵族犯了罪，是不是我也可以饶过呢？要是这样，我们北辰还要律法有何用？而老百姓又该怎么看待我们？拿着律法当儿戏！”

傅承泽此时哪里还管得了什么律法不律法，今日早朝看着那么多人联名请求处决唐家大小姐，他早已急得火冒三丈，下了早朝便来太后这里，想要为唐家幸存的人讨要一条活路。

“阿泽，你是太子，日后更是北辰国国君，你做任何事情之前都要想个清楚明白。”

“太子？”傅承泽只觉得这个名号让他倍感艰辛，“我倒愿意自己是一个普通人，鱼儿也是一个普通人，哪怕我们什么都没有，只做市井里一对最平凡的夫妻，也比当个傀儡太子好得多。”

太后将手中茶盏重重摔在地上，勃然大怒：“你说的这是什么混账话。”

“傀儡太子”几个字深深刺痛了这个看惯了风云变化的老人。她一生谋划俱是为了自己的儿子和孙子，可是他们，一个个为何都不能理解她？

“唉，罢了罢了，你今日不理解我，他日定会明白皇奶奶的用心良苦。”

傅承泽苦笑：“别说他日，我这一生都不明白，一代忠臣为何而冤死，而唐家那些无辜的人为何又要陪葬。”

太后看着自己的孙子，目光坚定：“阿泽，从小太傅苦心教导你，奶奶也多次跟你说过。作为一个帝王，你的龙椅下面注定堆满了白骨。历代以来，这龙骑看起来华丽异常，实则都是由白骨堆成，你看了那么多的史书难道还不明白？我知道你自幼心地良善，你觉得唐家的那些族人无辜，可是北辰律法如此，犯了错就要受到处罚。前些日子你为唐大人奔波，想要洗刷他的罪名，可如今唐家夫妇在牢中畏罪自杀，罪名确立，你还有什么可说。按照北辰大律，唐家人一个都不能活。方才刑部已经上报，三日后，将唐家人全部论斩。阿泽，你下去吧，今后但凡关于唐家的事，你都不必再来找我。”

“可是……鱼儿怎么办？”

傅承泽喃喃自语，他不知道唐鱼儿在父母双亡之后，再面对族人被灭，会有什么样的后果。

傅承泽想要瞒着鱼儿，在她尚未康复之前，先不要告诉她唐家的事。

那日，唐鱼儿身子刚好一些，小翠扶着她去太医那里拿药，一路上遇到的那些宫人见到了她们再不复往日那般热情。

小翠觉得很是凄凉：“宫里的人最是势利，往日他们见了小姐，哪个不是恭恭敬敬，哪里像现在这样。”

唐鱼儿没有心思管这些，只想赶紧去拿了药。迎面走过的两个宫女，远远见了这主仆二人，便开始议论起来。

“这唐家小姐，失了父母也怪可怜的。”

“有什么可怜的，她父亲做出了通敌卖国这等事，也算是死不足惜。倒是可怜了她的族人，据说明天要全部论斩，上上下下也有一百来号人吧。”

这些话不远不近传来，小翠听后心里突然一抖，抬头看着鱼儿，只见她面色惨白，急忙转身向太后宫中的方向走去。

唐鱼儿赶到太后宫里的时候，发现这位老人早已在等着她。她来不及多想，跪倒在地：“太后娘娘。”

太后看着面前跪着的女孩，又想到那天孙儿是如何为了她，跟自己苦苦相争……

那一刻，她就下定决心，这个女孩绝不能留。傅承泽身边不该有任何会威胁到他的人存在。

“我知道你因何事而来，可你应该明白我的答案。”太后面容冷酷，早已没有了往日的和蔼可亲，“唐家所犯大罪，即使是这样处置也是合理。”

唐鱼儿的泪水一滴滴落下，她都不记得自己是如何苦苦哀求。没能救得了父母已经让她痛不欲生，现在她的族人又要被处斩。

可是无论她怎么哀求都没有用。

最后，太后让晴姑姑端来了一杯酒，赐给唐鱼儿。

“这几日宫里宫外议论纷纷，唐家出了这么大的乱子，而罪臣之女还在宫中，太子被百姓们戳着脊梁骨骂。你父亲出事的时候，阿泽来求我，让我无论如何都要放你父母一条生路，我自然不可能答应他。”

唐鱼儿泪眼婆娑，而太后则是一副铁石心肠。

“我闭门不见，可这孩子……他在我房门外跪了大半夜，从小到大他哪里给任何人下跪。后半夜下雨，他就那么在雨里跪着求我放过你父母。我知道他是怕你受不住，你父母在牢中自尽了，阿泽愧疚难当，觉得自己没有能力不能救你的亲人。你昏睡的那几天，他像惩罚自己似的，不吃不喝照顾了你三天三夜。他自幼没有母亲，我一直将他带在身边，他也最听我的话，可那时候，我去劝他歇一歇，喝口水，可他依旧是那副半死不活的样子坐在床边守着你。我想到阿泽母亲快死去的时候，他父亲也是这副样子，那时候我就知道他注定跟他父亲一样了。”

唐鱼儿听到这里，嘴巴张了张，想要说些什么。

“天下做长辈的都是同一个心理，我不能看着他一错再错。今天他为了你不顾大臣们的劝告，执意要护你周全，也不顾百姓们的议论纷纷，可是他日百姓就能把他从龙椅上拉下来。你若是活着一日，他为了你就什么蠢事都干得出来。”

太后的话说完，屋子里陷入了死亡一般的寂静。唐家从出事到现在差不多一月有余，鱼儿是真的觉得有些累了……

她明白阿泽，他想让她活着，可她已经太累了。唐鱼儿心灰意冷：“事到如今，我死不足惜，只求您能放过唐家人。”

太后伸手摸了摸眼前女孩的头，眼中没有一丝温度，点头：“好。”她让晴姑姑端来了提前准备好的酒。

“孩子，你不要怪我，怪就怪你生错了地方。”

唐鱼儿伸手接过那杯酒，没有犹豫，喝了下去。

小翠见小姐迟迟未归，慌忙去找太子爷，可等傅承泽赶到的时候，地上只余一个杯子。

他嘶吼着问太后要人。

而太后矢口否认自己见过唐鱼儿。

傅承泽是急疯了，也是气疯了，看到杯子的那一刻他几乎没有丝毫犹豫，将杯子中剩下的几滴毒酒一饮而尽。

他将酒杯摔在地上，对着太后冷笑着说："好好好，你不想让她活，那孙儿也不会独活，我这就陪她去。"

太后没有想到傅承泽会这么做，险些气晕了过去。

之后半月，傅承泽卧床不起，杯中之酒是剧毒，好在傅承泽喝下去的量不多，加之用了宫中上好的药材，命是捡了回来，可是残留的毒素依然会侵袭身体，他时常会感到心痛。

他也曾追问过鱼儿的下落，就算是死也应当有个尸首，可太后始终没有告诉过他唐鱼儿到底去了哪里。

活不见人，死不见尸。

太后对外宣布，罪臣之女已经服毒，倒是平息了那些闹事大臣的怒气。

从那时候起，傅承泽明白，只有自己力量强大了，才能保护自己心爱的人，他不断积蓄自己的力量，也不断寻找着唐鱼儿，他总觉得她一定还活着，也许她还在等着自己。

找了她那么多年，每一次都失望而归，可他从来也没有想过放弃。后来他想出了那样一个选太子妃的点子，而她顺利来到他的身边，自从发现唐二饼就是唐鱼儿后，他就告诉自己，这一次一定要让她幸福，哪怕这幸福与他无关。

现在唐家案子终于真相大白，可傅承泽只觉得心痛，这些年来她为了这一刻受了多少的苦……

想到这里，傅承泽命令道："梁航，无论大小，将涉及唐家案子的所有官员全部带下去，一个个审，该杀杀，该关关。"

二饼抬头看着傅承泽，她知道这对傅承泽意味着什么。无论大小，其实大家都清楚，当年唐家案子若是没有太后的纵容，也不会发展到这一步，傅承泽这样做，不但会将一半以上的朝廷官员得罪，连太后怕也牵扯其中。

他本就没有坐稳身下的那张龙椅，如今查了唐家的案子，怕是今后……

想到这里，二饼轻声唤了一声："阿泽。"

听到这一声阿泽，傅承泽身形一顿，他低头望着她，脸上有隐隐笑意，那种不同于往日的冷笑，而是从眼神中透出来的温暖。他懂她在想些什么可是又何须多言，这么多年，为了这一声也是值得。

那日，他问她会不会恨他，她说不会。

那一刻，他才是真的伤了心。他宁愿她是恨着他的，至少这样还能证明她的在乎。

傅承泽彻查唐家案子的举动果然引起了朝堂上下的震动，不仅如此，由于扣押了西曼使臣，西曼国近日也在北辰边境蠢蠢欲动，多次派人来跟北辰沟通。

对此，傅承泽也跟季大将军沟通过。

季泽少将军，一颗忠胆保家卫国："季家跟唐家是世交，奈何当初我父亲没能救得下唐伯父，今日，我若能为唐伯父做点事情也算是了却了父亲的一桩心愿，我已命部下镇守边境，若是开战，我北辰军定能凯旋而归。”

“好，很好。”傅承泽负手而立，“我相信很快就能还唐大人一个清白了。”

是啊，唐大人的案子是要真相大白了，可为了查清楚唐家案子，傅承泽得罪了太多的人。先皇已去，尸骨未寒，傅竟意竟然已经带着人马进入宫中，其反叛之心昭然皆知。

傅承泽将目光转向傅竟意：“没有皇命，军队不得进入洛城，可是五王爷堂而皇之带着你的军队进来了，不仅进了洛城，今日还站在了大殿上，敢问五王要作何？”

傅竟意打开扇子，没有了当初的那副不正经的样子，格外严肃地说：“宫中混乱，而我作为掌管军队的傅家子孙，当然要维护好北辰的江山。”

此时，傅承泽与傅竟意相对而站，暗潮汹涌。

傅竟意多年来处心积虑，表面上是个闲散王爷，实则为了皇位多番谋略，那时候二饼之所以能够顺利地进入东宫，一是因为傅承泽要求找“一名丑女”，二便是由于他的推波助澜。

说白了，二饼就是傅竟意放在傅承泽身边的一颗棋子，一颗足够摧毁傅承泽的棋子，他太清楚一个男人最在乎的是什么东西。

如今，失去了大臣的支持，手中的军队数量又有限，傅承泽的处境着实不好，却是他傅竟意绝好的机会。

他傅竟意私下与多位大臣交好，此时他话音刚落，便有大臣提出，五王爷更加贤能，若是由他来治理，北辰可能会更好一些。一时之间，那些见风使舵的人纷纷附和。

眼看傅竟意是有备而来，可是傅承泽也是胜券在握，两人之间刀光剑影。这时，季泽的父亲季大将军站了出来。虽然傅竟意手拿兵符，可说到底在前线奋战多年的还是季家军。

对于德高望重的季大将军，傅承泽和傅竟意都不敢怠慢。

季将军虽已人到中年，可是身上带着股英气，多年驻守边疆更使他身上多了三分气魄，说起话来铿锵有力。

“都是傅家子孙，别在这里闹了笑话，有什么话大可以坐下来好好说，说清楚也就明白了。”

傅竟意苦笑：“季大将军，只怕我那大侄子不愿意同我坐下来好好说。”

傅承泽一脸冰霜没有说话，倒是季将军开了口：“如今皇上尸骨未寒，你们若是此时动了手，怕是会扰了他安息。”

“正是因为父皇尸骨未寒，而有些人却想出来作祟，更应该严惩。”

只见傅承泽对着梁航使了个眼色，便有无数的暗卫现身，将傅竟意带来的人马团团围住。

傅竟意的脸色微微一变，自知此劫难逃。

擒贼先擒王，梁航终于等到了傅承泽的命令，和傅竟意纠缠在一起，他是武将出身，身怀绝技，不过几招便将傅竟意控制了。

这一场闹剧不仅让人看到了傅承泽的智谋，也让许多对傅承泽有所偏见的大臣转变了想法。

再看傅竟意虽然被捕，也还是一副坦然淡定的模样。

那天，二饼悄无声息地离开，如今又跟着傅竟意一起出现，还揭开了自己隐藏的真面目——唐鱼儿。

傅承泽恢复了唐家的名誉，将唐家大宅也还给了唐鱼儿。如今，她已经不是人人唾弃的罪臣之女，而是一代备受冤屈的忠臣后代。

傅承泽本以为她会一走了之，再也不会回来了，可她居然留在了宫里，现在每一天的日子都像是上天的额外恩赐。

他将东宫的侧殿装饰了出来，一桌一椅都按照她的喜好来。他在东宫里栽了无数的太阳花只为博她一笑。每日陪着她吃饭饮茶，跟她一起读书作画。

他笑，她也跟着笑。似乎过去的一切只要不去提及都会随风而去，他甚至有些相信今后的每一天都能像现在这样惬意而舒畅。

那天，宫里请来了洛城里最有名的杂耍班子，一大早傅承泽就去叫唐鱼儿，让她用了早饭好来看杂耍。他兴奋地说："前几日你不是说想要看杂耍吗，我让人去打听了，这家班子杂耍演得最好，平日里洛城的达官贵族经常请他们去府上表演，今天他们进宫来表演，只为你表演。"

说到最后，他兴奋得手舞足蹈："还记得小时候吗，那时候你最喜欢到街头看杂耍，每次都让我骗师父。"

他的话音顿住，因为唐鱼儿的表情在一瞬间冷了下来。即使他们在努力地忘记过去，但还是过不去。

半晌，她才笑了笑，手指轻轻在他额头上拂过，柔声道："我都不介意了，你干吗还要在意？"

傅承泽一把握住了唐鱼儿的手，郑重其事地说："以后我再也不会让你难过，你想做的事无论是什么，我都会陪你一起去做。”

唐鱼儿听后，眸子里露出些调皮：“阿泽，什么事都可以陪我去做，那我要是出了宫，不再回来了，你怎么办？”

你也会陪着我吗？后半句话她没有说出来，害怕听到他否定的回答。

谁知傅承泽毫不犹豫地说：“当然！以后你去哪里，我就去哪里，有你在的地方才是我的家。”

唐鱼儿突然有些难过和不舍：“这段时间你高兴吗?”

修长手指在她细腻的脸庞上温柔地抚摸，望着那双像是盛满了星光的眸子，他点点头：“高兴。”

尽管明明知道这高兴如同镜花水月，可他还是高兴。

唐鱼儿笑了，笑得格外开心。

她听他的话乖乖地用了早饭，饭后顺便去看了看被关在宫里的太后。

牵扯到唐家案子里的人都受到了应有的惩罚，只是对于自己的祖母，傅承泽实在是无能为力，只能将太后软禁在宫中，安度晚年。

太后的宫殿不复往日那般热闹，有些阴沉，跟一座冷宫一样。唐鱼儿走在长廊上，脑子里浮现出很多场景。当初太后为了拉拢唐家，几乎把世间最好的物品都赐给了唐家，唯独对于傅承泽和她的婚事绝口不提。如今想来，怕是那个时候太后就已经想到日后会让唐家落得一败涂地吧。

沉重的大门被推开，里面坐着的老人抬头，看到来人时有一瞬间的诧异。

“怎么是你？”

唐鱼儿记得，她第一次进宫时，父亲抱着她意气风发，太后似乎也很喜欢她，将宫里所有小吃都摆在了她的面前，拉着她的手一直夸她长大后定是北辰最可爱的明珠。那时候她觉得太后是世界上最慈祥的老奶奶。

终章
最后的复仇

不要哭，一生还这样长，你要好好过，没有我也要好好过。

TAI ZI FEI
JIN JI
JI

后来，她才明白，有些喜欢不是真的喜欢，是权势，是利益，甚至是迫不得已。

唐鱼儿微微俯身，算是行礼。她打量了一下屋中，除了缺乏人气，其他的一切还是那样富丽堂皇。毕竟是太子的祖母，当朝的太后，即使被牵连到如此大的案子中，傅承泽也绝不忍心惩罚于她。

“太后可还好？我怕您一个人在这里寂寞所以特意来陪陪您。”唐鱼儿的嘴角挂着微微笑意，缓缓坐下，眼中满是真诚，可是却让太后如临大敌。

“你心心念念为你父亲报仇，如今仇也报了，我与太子二人也被你离间到如此地步。你可算是满意了？”

唐鱼儿仿佛听到笑话一般，说起来唐家案子背后最大的凶手便是太后。是太后自私无情，为了平衡朝中官员的权力，也为了保住自己的位置，才纵容甚至主导了这场对唐家的迫害。

唐鱼儿冷笑着说：“满意？我并不满意，比起当日我们唐家几十口人命，今日你们所承受的痛苦又算得了什么。”

太后拧着眉头，说道：“那你还要怎样？”

唐鱼儿手中把玩着一个白玉杯盏，不急不缓：“如今无论我做什么，您怕是也管不得我了。”

落得如此境地，太后还是异常淡定：“哼，听说老五已经被抓进去了。虽然不知道你和他是怎么搞在一起的，可如今老五在里面，你在外面，你们还能弄出什么大动静来？”

太后的话说得刺耳，可唐鱼儿一点都不生气，她明白无论太后说多少刺激自己的话，其实都是太后无力的反抗，根本没有任何的用途。就像是那时的自己，无论如何苦苦哀求，都没有任何用，只是弱者无用的呐喊。

唐鱼儿起身，她走到窗边，一把推开窗户。太后的寝宫位置优越地势高，几乎能将北辰皇宫看个大半。

“这位置真好。”唐鱼儿扭头看着太后，示意她到窗边来，伸手指向一处。

“您瞧。”她手指向的那处地方似乎正在建造着什么，她嘴角微扬，“那是阿泽为我建造的楼阁。”

太后心头一惊，远远望去，那一处楼阁竟在短短几天的工夫拔地而起，其耗时耗力可想而知。

太后连连摇头：“糊涂糊涂，阿泽这是被你这个妖女冲昏了头脑。此时内忧外患，他如此大兴土木，只会让自己的处境更加艰难，天下百姓又该如何看待他。”

看着太后的表情终于有了一丝丝惊慌，唐鱼儿说道：“您说过我不过是只小麻雀，飞不上枝头，可我就是要让您知道，即使是麻雀也有人愿意为了我建这么个金丝笼。”

精明如太后，知道唐鱼儿今日来她这里定是有别的目的。

“说吧，你还想做什么？”

唐鱼儿晃晃手指头：“我再不像几年前那样蠢笨，被你们害得家破人亡。如今好戏才真正开始，我要把刀子真真正正扎在你的胸口。”

说完，她转身就要离开，只听身后的人说道：“站住！我知道你是记恨我，可阿泽他没有错，你若是还记得你们的情分，就此罢手吧。”

唐鱼儿没有停下脚步，也没有敢把太后的话听完，她怕自己会动摇。

去完太后那里，唐鱼儿回去换了一袭红色衣裳打算去找傅承泽。镜子中的人唇红齿白，看起来精致细腻，她对着镜子里的自己笑了笑，似乎在给自己勇气。

小品将发簪戴在她的头上：“小姐，您今日好生漂亮，不，小姐每一日都是如此漂亮。”

唐鱼儿扯扯嘴角，说道：“我们这就走吧。”

大殿之上，早已摆开了场子，众大臣也纷纷入座，那个人遥遥地坐在龙椅上。

唐鱼儿一步步朝他走去，却觉得越走越远。

宴会进行到一半，只见几个杂耍师傅腾空而起，向着大殿之中投掷几枚烟弹，没有给众人反应的机会，一时之间刀剑声四起。

人群慌乱之中，原本在傅承泽身边的唐鱼儿被人推搡到了大殿中间，她看不清龙椅附近发生了什么，只听到阿卫焦急的声音：“护驾护驾，快保护太子爷。”

那些文人大臣哪里见过这般阵仗，早已吓得四处逃散。护卫们虽是武艺高强，也抵不过精心的策划。

唐鱼儿双手紧握，指甲深深陷在了肉里。在宫人惊慌失措的叫喊声中，不由得害怕起来。她知道按照计划，此刻自己应该淡定从容地冷眼旁观，可她情不自禁去寻找那个高高在上的身影，弥漫的烟雾阻碍了她的视线。

这套瓮中捉鳖是傅竟意的点子，他被关在牢里时，唐鱼儿曾去偷偷看过他，嘲笑他的点子太过于俗气。

傅竟意毫不在意她的嘲笑，开心地说："俗虽俗了点，好在有用。"

此时大殿之上的慌乱，证明了傅竟意的足智多谋。

一番厮杀，两败俱伤。此时原本应被关在牢中的傅竟意堂而皇之地站在殿中央，在一片慌乱之中，他手中利箭直指傅承泽，占了上风。

阿卫在一旁怒声说道："五王爷这就卑鄙了，用如此恶毒的手段挟持太子爷，算什么本事。"

傅竟意瞥了他一眼，指着龙椅说道："能稳稳坐到那里的才算是本事，而谁又会多此一举，管你是以什么样的方式坐上去的呢。"

"谋权篡位，按律当诛。"梁航被暗器所伤，一手按住伤口，面色发暗。

傅竟意面露鄙夷之色："说起谋权篡位，怕是另有其人吧。我今日不过是将属于我的一切夺回来罢了。"他对着傅承泽笑了笑，"阿泽，你说对吗？"

傅竟意是老皇帝最小的儿子，是傅承泽的五叔叔。当年老皇帝快驾崩之时，想要将皇位传于聪颖睿智的小儿子傅竟意。然而，傅竟意的额娘出身一般，家族势力抵不过正宫娘娘，也就是如今的太后。

太后仰仗着太傅和母家势力的帮助，顺利地让自己并无心江山的儿子坐上了皇位。而傅竟意为了逃过一劫，便装成纨绔子弟游戏人间。傅竟意自少年时便时常出入歌舞青楼，以放荡王爷的形象示人，这才让太后放松了戒心。因此，其余几个老皇帝留下的孩子都被太后分封到各地，只有傅竟意能够留在洛城。

“这么多年来，我想的不过就是这一日。”他一身黑衣，手持利箭，却有一种说不出的王者风范，“该你们偿还的，姑且都还了吧。”

大殿之上，该逃的都逃走了，只剩下了几个傅竟意和傅承泽的心腹大臣。利箭发出，这场变故来得太过突然，让大家措手不及。

事后人们再回忆起来，不过连连叹息。

唐鱼儿觉得自己真是傻，不外乎，娘亲以前总爱叫自己小傻子。

为了今夜，为了这个时刻她煞费苦心，她不晓得吃了多少苦头。没有一点的基础功，却不惜严寒酷暑，练就一身的好功夫。为了得到支持，不惜跟随在傅竟意身边，寄人篱下，只求他能助自己一臂之力。

她原本跟傅竟意计划得很好很好。

她想了许多的法子，要想让太后真的伤透了心，只有一个方法，那就是伤害她最爱的人，这是比直接惩罚她更为有用的惩罚方式。而傅承泽是太后在这世上唯一爱的人，也是太后最后的希望。

傅竟意曾经问过她，还爱着阿泽吗？

她心绪平静，回答说不爱了。

她是真的这样想的。再多的爱，也会被时光消磨，被仇恨掩盖。她与他，此生再无缘分。

她以为自己可以做得到……没想到还是输给了爱。

所以当锋利的箭射向傅承泽的胸膛时，唐鱼儿却想也没想冲了过去挡在傅承泽身前，她低头看着鲜血从胸口涌出，嘴角却绽开了一朵笑。

这是她自从唐家被灭门以来，唯一一次真正的笑容——终于可以解脱了。

“不！”

整个大殿中回荡着傅承泽凄厉而绝望的声音，被他紧紧抱在怀中的唐鱼儿却觉得无比满足。她知道，这次她再也不用承受那些仇恨，不用做出选择了。

而手中持弓的傅竟意也愣在了那里，只觉得手脚冰凉。

生命如同不断涌出的鲜血一般，一点点从唐鱼儿身体里流逝。她的手指摸索着来到傅承泽的左胸口，那里有一处凸起，手一动，一个蓝色绣花荷包便安然落在了她的手中。

荷包看起来有些年月了，上面绣着的“鱼”字丝线，像是被人摩挲了很多遍，线脚已经翘起。她紧紧握住了荷包，像是握住了那颗遗失在年少时的心。

“鱼儿，为什么？”

傅承泽紧紧抱着唐鱼儿，一遍遍亲吻着她的额头和嘴角。

他问她为什么？其实他心中亦很清楚答案，只因他们之间隔着唐家的仇恨，而她看不得他死。

唐鱼儿感觉有滚烫的液体滑落在自己的脸上，那是傅承泽的眼泪。她很想告诉他，不要哭，一生还这样长，你要好好过，没有我也要好好过。

可她说不出一句话，鲜血不断从口中、胸前流出。

唐鱼儿想自己欠傅竟意一句对不起。她不是个好队友，也不是个好伙伴，说好的计划，她却毁得一干二净。

她，终究是不够狠心。

傅承泽离开之前去看了一次太后。太后头发花白，一夜之间仿佛老了很多，再不是那个高高在上、傲视天下的女人，独自坐在角落里，看起来颓败而腐朽。

“你来了。”

傅承泽点点头。

“我都听说了，唐家那个丫头为你挡了一剑，已经……”

傅承泽打断她的话，冷笑：“是啊，您如愿以偿了吧。”

太后望着自己这个孙儿，内心无限悲凉。她疼他爱他，想尽办法给他最好的一切，到头来却不是他想要的。

“罢了罢了，你只是不理解我，早晚有一天你会明白皇奶奶的用心良苦。”

“不，这一生我都不会明白。今日我来只是想问一句，您后悔了吗？”

太后低头想了想，说道：“我十三岁嫁给你皇爷爷，十六岁生下你父皇。当年你皇爷爷驾崩，宫中发生大变，我实在没法子，跟你父皇孤儿寡母看人脸色，好在天助我也，母族终是帮我儿得了这天下。”

她脸上带着回忆的骄傲，一个女人是靠着怎样的毅力才可以在残酷的斗争中保全自己，让孩儿成为最尊贵的君主。

傅承泽望着老人，满是无奈：“可您该知道，父皇他根本不爱这江山？”

“混账东西，你父皇他不爱这江山，他爱什么？北辰风光无限，他自然爱着江山，爱这江山下的万民，爱这国家的一花一木。”

“您又何必自欺欺人呢？父皇他从未惦记过这份大业，他要的只是他的青山绿水。而您，是您硬要将他推上这皇位，也是您一直让他郁郁寡欢，成为了百姓口中的一代昏君。”

“你给我出去！”

太后大力将一盏青铜凤纹杯砸在傅承泽脚下，发出刺耳的声响。

“难道不是吗？”傅承泽脸上挂着冷笑，“您口口声声的爱，不过是把自己的野心加在了父皇的身上。他原本只是想做个闲散王爷，熬到了新皇继位，便带着我母亲离开这洛城的是是非非。是您使出计谋，用我的母亲作威胁，逼得他跟兄弟反目，又让大姑姑远嫁给西虹国皇帝，让西虹借兵给您，助父皇夺得皇位。可是那西虹国皇帝年过半百，比您都小不了几岁。自那以后我父皇日日夜夜忍受着对不起兄弟姐妹的煎熬，母亲去世后，他便沉迷于酒色糟蹋了自己的身体。皇奶奶，这就是您说的爱吗？如果这是爱，那我宁愿不要，父皇他宁愿不要，姑姑她宁可不要。你所说的爱太过沉重，我们都受不起。那日，我跪在殿前苦苦哀求，不为别的，只求您放过鱼儿，也是放过孙儿，可您还是对她下了杀手，你可知，那日鱼儿若是喝了那毒药，孙儿便也活不成。”

太后重重靠在椅背上，她看着这个自己一手带大的孩子，那孩子眼中满是……怨？

这孩子善良，竟是连恨都学不会。到了如此境地，他也只是敢怨。

她摇摇头，咬着牙说：“你说皇奶奶不懂爱，可是你又怎能明白为人母、为人祖母，对自己的孩子是怎样的一种疼惜。当日，若不是我和太傅助你父皇登基，他怕是连立锥之地都不会有，又哪里能与你母后长相厮守？又哪里来的你？那时，唐家掌握了整个北辰的命脉，私通南国的证据又确凿，若是我留下那小丫头岂不是后患无穷？”

傅承泽哭笑不得，时至今日，老人家还是没有明白。

“哪里来的背叛，不过是人心可恶的揣测罢了，正是以满满的恶意去揣测，您才会担心他人会迫害父皇，而南通国的细作正是利用您的恶意揣测，陷害唐家。皇奶奶，孙儿最后再问您一句，替父皇母后问，替大姑姑问，也替鱼儿问：你可知自己错了吗？”

太后脸上的表情变了几变，最后化作一句：“我没有错，我也不后悔。”

是的，她不后悔。

无论是不是做错了，她都不会后悔。

作为母亲，但凡有可能会危害到自己孩儿的，都是隐患。就算是重来，她也冒不得一丁点的险，因为她儿当日已在悬崖边，只要稍微大意便是万丈深渊、粉身碎骨。

天下没有一个母亲希望自己的孩子不幸福，她们只愿能够倾其所有，把自己最好的都捧于幼子面前。只是她能给的，只有这些了。

傅承泽退后几步，重重跪在地上，眼角渐渐湿润。她是他的祖母，是最疼最疼他的人，也是伤他之人。

“皇奶奶在上，请受孙儿一拜。”

他将头重重磕在地上，也是磕在了那高高在上之人的心上。太后缓缓地闭上了眼，傅承泽开口：“我已让位于五皇叔，也算是了却了皇爷爷的心愿。以后晴姑姑和全公公会照顾您，保您衣食无忧，皇奶奶，原谅孙儿不孝，不能再为您尽孝。”说完，他跪下对着老人深深叩拜。

殿中安静了下来。

“终究是奶奶做错了吗？”

他的身后，老人轻声的问话被淹没在这富丽堂皇的大殿中。

半晌，太后才睁开眼，她无法看着孙子离开的背影。她重重地咳了两声，这些日子她的身体是一天不如一天，怕是时日不多，也好，也好，她近日十分想念自己的儿女，想要早些见到她。

记得那时候刚生下女儿，女儿是北辰国的大公主，娇滴滴的。皇上一时高兴，赐了她一件羽衣，那羽衣真美，实属世间罕见，可她一次没穿过，只想着等到慧儿长大了，留给慧儿做嫁妆。

可是慧儿出嫁时，是带着恨的，将那件她视若珍宝的羽衣扔在地上。母女反目，还有比这更令人心痛的吗？

她一生要强，凡事想要做到最好，嫁掉慧儿为了帮儿子赢得江山，坐拥二十年繁华，可是她始终忘不了女儿最后说的话，她说："若是可以，来生我再不要生在帝王家，也再不要做你的女儿。"

晴姑姑这时推门而入，她走到太后身边，看那老人脸上带着泪痕。太后缓缓说道："晴儿，我想我的慧儿了，我想早点跟我的女儿见面了。"

"太后。"晴姑姑跪下，大着胆子握住了老人的手。

而老太后却渐渐意识不清，眼前还是儿女小时候的场景。那次慧儿生了一场大病，脑袋烫得像个火炉，还晓得向她要凉糕吃，小小的手紧紧抓着她的衣角，唤她："母后，慧儿要吃凉糕。"

太医说过大公主生的病不适合吃凉的，可她抵不住女儿的苦苦哀求，亲自下厨做了一份绿豆凉糕。她的父亲贵为一国之相，在家当女儿时她便不曾做过什么家务，可她是一个母亲，母亲就该什么都会，什么都能给孩子做。

看着慧儿贪吃如同小兽，她的心终于不再揪着了。

"慧儿……"

太后看见女儿朝她伸出了手，要抱抱，真好，终于可以再摸摸女儿的小脸儿了……终于可以告诉她，母后是爱你的……

这几日，北辰国四处挂白，据说是那老太后去世了。老太后在世时，努力辅佐孙儿，统领后宫倒是一代贤后，只是行事毒辣，单是冤枉唐氏就足见其手腕，后世对她也是褒贬不一。

洛城酒楼里依旧热闹非常，书生模样的读书人日日围坐在一起。这几日，他们说的是北辰国另一桩“大事”。

“听说了吗？太子将皇位让给了五王爷。”

“不会吧，这皇位还有人拱手相让的？”

“这你就不懂了吧，太后去世太子伤心过度，决心要为太后守灵，就将这皇位让给了同样有能力的五王爷。”

众人纷纷点头附和，太子让贤，不失为一桩美谈。为祖母守灵，更是得民心。只是从此之后，北辰国再也没有了傅承泽的踪迹。

番外
拐个太子去卖艺

TAI ZI FEI
JIN JI
JI

"我们就这样走了？"

唐鱼儿还是有些迟疑，她若要离开，可以什么都不要。可傅承泽不一样，他有太多需要背负的东西，那些想要舍弃却无法剥离的，难道就这样丢掉？不是不信，也许是替他可惜吧。

不料，傅承泽没有丝毫的犹豫，仿佛万里江山也敌不过她曾经说过的江湖。

"不要了，五皇叔不就想要这个，让给他好了，反正是个烂摊子。"他说得轻松，她也悄悄松了口气。

"最后这句才是重点吧，你故意搞得乌烟瘴气，好让五王爷不好接手？阴险小人。"唐鱼儿歪头打量他，突然有些明白那天五王爷说的小狐狸是个什么样子，他是早就做好了要跟她一起逃跑的准备吧，所以才会肆无忌惮地设计不留一点后路。

他朗声大笑，不置可否，清亮的眸子一如那年在桃树下许诺的少年，他说的，她从来都信，只是那时他们除了爱，什么都没有。

马蹄声嘚嘚，身后的城池却是越来越远。

"喂，这些年我除了做个傀儡太子，可是什么都不会。"

"那又怎样？"

"你把我带走，就要养我。"傅承泽恬不知耻求包养。

"呵呵，才不要。"唐鱼儿眼珠一转，心生一计，"不如今后我们去街头表演胸口碎大石？你是胸口，我勉强做个大石好了。"

她笑得肆意，心想着自己当块石头也是吃不了亏。却没想到那个人很认真地看了她一眼，说道："不好，你要是碎掉了，我也会痛。"

唐鱼儿嘴角微勾，眼中俱是笑意，她突然想起那天在五王府中，傅竟意问她为何在这许多事之后，她还愿意像飞蛾一样贪恋火苗，为什么还会义无反顾地跟随在傅承泽身边。

那时候她是这般回答："每个人都是孤魂野鬼，如果连牵挂都没有，就该魂飞魄散了吧。"

其实她只是害怕，害怕自己死了之后，没有人知道她来过、爱过，从此以后世上再无唐门，再无鱼儿。

人只是一叶扁舟，终究抵不过时间的海。若是找不到那个人，她怕自己只是白来一世。

番外
我用所有报答爱

TAI ZI FEI
JIN JI
JI

我的丫鬟小翠最近很爱询问我和傅承泽的恋爱史，当她每每问“太子那么渣，你为什么还要喜欢他”时，我仰天大笑三声：“只怪当时太年轻，是人，是狗，看不清呗。”

后来这句话传到了傅承泽耳中，我被狠狠地收拾了。

其实婚后他十分疼爱我，我要星星他不敢摘月亮，我说一他不说二。

当然，这中间还有很多的曲折和艰辛。

那时傅承泽把半死不活，只吊着一口气的我搞出宫，柔弱的我缠绵病榻大半年。

据小翠说，那时候的傅承泽活像是魔怔了，整日不吃不喝，抱着死尸一般的区区在下，请尽了天下名医。

奈何我夜夜燥热、空虚难耐。咳咳，其实就是高烧不退、昏迷不醒。

好在傅竟意的那支箭没啥准头，射在了我的右胸口，傅承泽遍访名医之后，好歹保住了我一条小命。

只是我大病初愈，看到的不是深情脉脉的爱人，而是呆头呆脑的小翠。那个害我受伤，半条小命都没了的臭男人却不知道跑去了哪里。

我打听了小道消息，在他郊外的一处别院中找到了他。他扭扭捏捏的神情，一副既想要好好看看我，又不敢看的样子。

别以为我不知道他在想些什么，把不好他的脉我就不当兽医了。

哼，还太子呢，当日朝堂之上冲我大喊大叫的时候不是很勇猛吗，这会儿怎么蔫了？不就是因为趁我昏迷给我换药的时候，脱了我的外衣，又脱了我的内衣，最后还脱了我的小兜肚吗？这点小事儿我又不会和他计较。再说了，他是为了给我换药啊，就算他有意无意地摸到了什么不该摸的，那也是可以原谅的吧。

他说，这几年来他一点都不好过，只能靠不断练武看书发泄内心的伤痛。

他说，当年没能保护得了我他悔得肠子都快青了。

他说，听说我喝下毒酒时，他是真的下了决心随我而去。

他说，这些年来之所以能好好活着，就是为了替我替唐家报仇。

他说，当时我来宫中只为给傅竟意盗取消息，他早已看穿，不过他不舍得赶走我，哪怕我只是潜伏在他身边的棋子。

他说，人们对于爱有不同的阐释，而他明知我有备而来，明知我心怀不轨，可他宁愿把心交给我千刀万剐也要护我周全，愿我一世安宁。

他说，当利箭没入我胸口时，他只觉得他自己也死了。

他说的我都信，因为我经历过了，懂！

这该死的傅竟意，说好的五五分成，事成之后江山是你的，傅承泽是老子的，干吗还非得射我们一箭呢？

想到这个，我就恨得牙痒痒，再想想那日若不是机智的我挡了这么一箭，眼前这个英俊潇洒的大帅哥很可能会死在傅竟意的箭下，不由得狠狠道：“他日我若见到了傅竟意，一定狠狠射他两箭，让他也尝尝卧床一月的滋味。”

不料，我话音刚落，抱着我的那个人冷冷地说：“你还想见他？”

听到这句话，我不由得汗毛耸立，摸了摸有些酸疼的腰，连连摇头：“不不不，我已经拥有了世界上最帅最风流倜傥的阿泽，别的人在我眼里不过是浮云，是豆腐渣，是那脚底下的烂泥巴。”

听我这样说，他似乎满意了一些：“你当真这样想？”

我觉得我用了这辈子最大的力气来点头，以至于差点把脖子点断了。

“当然！我在这世上最爱阿泽，也只爱阿泽，除了阿泽我不爱任何人。阿泽，我只有你了。”

他抱着我的手臂是那样坚定，让我觉得此生这个臂弯就是一生的依靠，是我幼时读画本上所读到的归宿。

不过，当我接到傅竟意的飞鸽传书时，我还是想射他两箭。那货居然告诉我，原本打算给我当报酬的银两没有了，更恐怖的是他和傅承泽原来早有一腿。他们二人早早计划好，那天在朝堂上表面上反目，实则是傅承泽让位于他。敢情忙活了大半天，大家都在演戏，只有我当了真。

去他二大爷的，太缺德了！傅家全家最缺德，当然除了我的阿泽。

成亲那日，我坚持要九百九十九只茶叶蛋当聘礼，不为别的，就为了告诉街坊四邻俺们家不差钱。

傅承泽鄙视地骂我财迷，掉到钱眼儿里了。可他还是老老实实准备了九百九十九只茶叶蛋，每一只茶叶蛋上都用红色绸带扎上了一个小小的蝴蝶结，满足了我的少女心。

别人的洞房花烛夜是怎么过的我不知道，可我们是这么过的。傅承泽寒着一张脸，鄙视地看着坐在喜床上数茶叶蛋的我。

“哇，多好，有了这些高贵的茶叶蛋，我就能秒变土豪了，当上CEO，迎娶高帅富，走上人生的巅峰将不再是梦。”

良辰美景，忍无可忍的过气太子大人一把抱住了自己的老婆，他的双眼如同桃树下初遇时那般明亮：“夫人，我用所有报答爱。”

番外
独

TAI ZI FEI
JIN JI
JI

都走了。

又是一年冬雪，扑簌簌地盖下，将翻修的琉璃瓦片浇了个透。今日身边换了个伺候差使的宫人，虽然不算聪明，倒也不笨拙，一壶茶倒是沏得格外顺口。

近日，不知怎的就偏爱甜食，吃得腻了，再喝些热茶，倒是格外舒坦。

手中的暖炉悠悠燃着香，甜丝丝的，如同那人身上的味道。他有些分不清这是现实，还是梦境，仿佛看到了那个落魄如同困兽的小小的她。

傅竟意五岁便能将经书倒背如流，父皇经常夸他聪明，也喜欢把他带在身边。在他记忆里，母后最开心的便是父皇能够来他们这里吃饭。可是父皇不常来。他听嘴碎的丫头们说过，自己不过是父皇一晌贪欢的结果，而母后虽然被立为妃子，但在宫中，一无强大的氏族支持，二无撩人的姿色，所以母子二人时常过得兢兢战战。

他记得母亲最开心的便是父皇偶尔能来看望看望她，每当那时候，母后便会仔仔细细地收拾妥当，脸上挂着期待又忐忑的笑。

但大多数时候，皇宫都是冷宫。母后也明白自己在这深宫之中的弱势地位，明白要让那个万人之上的王者多看自己一眼，只有凭借儿子。傅竟意自小就明白这个道理，也很是乖巧，他努力读书，出人头地，在一众小皇子里是最得皇帝喜欢的那个。

每当他文章有所长进之时，父皇便会来到母后宫中夸奖她教子有方。看着母后脸上的笑意，傅竟意觉得自己点灯背再多的书也值得。

父皇成立了皇家学院，让太傅对他们几个格外优秀的皇子和选拔的宗亲子弟进行单独教学。学院里的皇子个个傲气凛然，时常捉弄取笑他。

他的书本经常被人画上乌龟，毛笔也会莫名其妙地被拔光毛。那天，当他再次被捉弄时，傅承泽忍不住开口问："五叔叔，他们这样欺负你，不如我们去告诉皇爷爷，或者告诉我父亲，父皇一定能够为你出气的。"

傅承泽是大哥的儿子，年纪比他略小几岁。在这宫里人人都看不起他，也只有傅承泽肯叫他一声叔叔。

傅竟意摇摇头，只是把凌乱的书桌收拾干净。他明白，父皇不喜欢告状的人，一个皇帝需要操心的事情太多了，这些家长里短只会徒增父皇的烦恼，让父皇觉得自己是多事之人。

渐渐地，他越来越大，父皇的身子却越发不好。近来，父皇总将他带在身边，让他看那些地图兵书，让他跟着大将军学习骑射。傅竟意明白，父皇的江山是亲手打下来的，相比起文官，父皇更加重视武官。大将军说他天资聪颖，是个骑射的好手，当然，大将军也说了，大皇子之子傅承泽虽然年轻略小一些，倒也是个可塑之才。

父皇一共有五子，大皇子无心朝政，沉迷于美色。二皇子前些年牵扯在贪污案中，失去了父皇的信任，而三皇子自幼体弱难当大任，四皇子倒是兄弟里最出众的那个，奈何前些年上战场，摔断了腿。

因此，父皇便将心思放在了他的身上。原本，他是宫里备受欺负、最受忽略的小可怜，随着父皇对他关注的增多，大家也纷纷将目光投向了他。

那是母后一生中最开心的日子。父皇几乎每半个月就会来他们侧殿用膳一次，这让成年累月见不着父皇的母后格外开心。她悉心研究父皇的喜好，早早地让宫人准备好父皇喜欢的吃食。

也有越来越多的大臣向他投来橄榄枝，如今宫中大势不难看出，以正宫皇后、太后为主的太子派，和以张、王二人为主的二皇子派。

傅竟意年纪虽小，可他明白，这不是站队的最好时机。

那次，父皇又来用膳，饭吃到一半，突然开始剧烈地咳嗽，母后急忙差人去传御医，却被父皇制止了。他屏退宫人们，说道："竟意，父皇今日想要问问你，你觉得什么样的人才能成为一朝天子。"

傅竟意的表情有些严肃，答道："有智慧的人。"

父皇微微眯眼，略有所思地说："我问过你大哥、二哥，他们可都是告诉我，只有仁者才能治理好这天下。"

傅竟意点点头："哥哥们说的极是，太傅教我们读古之圣贤的思想时，也是这么来教导我们的。"

父皇更加不解：“你读书不少，为何还要这样说？”

傅竞意眉头微微皱着：“父皇，儿臣觉得一个王者光有一颗仁爱之心是不够的。那些作奸犯科之人、大厄大凶之人，若是一味地以仁义相待，只会助长他们的嚣张气焰，只有将仁义和法制结合起来，才是治国之道。”

父皇点点头，示意他继续说下去。

“儿臣私以为，仁义和法制的结合实属不易。仁义多一点，还是法制多一点？什么时候该仁义？而什么时候该法制？只有智慧的人才能把握住这个度。”

父皇听完，哈哈大笑，连连称好：“很好，那么你认为父皇是有智慧的人吗？”

傅竞意的眼中有着孩子对父亲的崇拜：“当然！在儿臣眼中，父皇是大智者。”

父皇很是欣慰，问他：“老五，若是将来让你坐上了这王者之位，你会替父皇管理好这万里山河，会替父皇照料好天下万民吗？”

“儿臣不敢。”傅竞意跪倒在地，有些东西他自小就不敢去肖想。

父皇扶起了他，说道：“有什么不敢的，你的哥哥们一个个巴不得早日坐上龙椅，你有什么不敢的。论起来，在我的一众子女中你是最聪明的那一个了。”

傅竞意极认真地说：“父皇，我的哥哥们各有各的优点，大哥仁义，二哥睿智，三哥虽然身体不好，但是足智多谋，还有四哥，他为了保护万民平安而厮杀于战场，实在令人敬佩。而儿臣尚且年幼，无论是文韬还是武略都不及哥哥们。”

父皇笑了笑，拉着儿子坐下：“你说的这些父皇都明白，可是父皇看到了，从你的眼神中看到了当年的自己。”

傅竟意不解。

“你还有很多的话想说，你还有很多的事想做，你若是想说想做，必然需要爬到一个更能让你说话的位置。老五，在你的眼里，父皇看到了当年那个想说想做的自己，也只有你能让我放心。”

那夜父子两人说了大半宿的话，最初傅竟意是不得父皇喜欢的，可这孩子聪明异常，渐渐让他抛弃了那些偏见。

父皇跟傅竟意在书房说了一宿的话，这件事很快就在大臣之间传开了。圣体欠安，皇上跟哪位皇子多说哪怕半句话都会引起风向的转变。自然，这件事也就传入了皇后的耳中。

之后没几年，皇帝去世，可遗诏却迟迟没有宣布，最后大皇子凭着手中的传国玉玺继位，而皇后自然而然变成了太后。

起初也有人提过遗诏的事，皇后却说：“皇上他去得急，只来得及将玉玺交到我儿手中，没来得及立遗诏。难不成先皇尸骨未寒，你们便要欺负我们孤儿寡母。”

之后，仗着母族势力，大皇子稳坐皇位。在短短两年时间里，太后将先皇留下的几位皇子纷纷发配到封地，到了傅竟意这里，太后却有些迟疑。

因为傅竟意在其母妃逝去后，终日沉迷于勾栏之地，风流的名声在洛城里无人不知，听说还沾染了赌博的习气，据说差不多已经是个废皇子了。

太傅建议，不如就留下傅竟意，让他得过且过去吧。一是傅竟意毫无威胁力可言，二是还可以彰显太后和新皇帝的仁爱之心，用以收揽民心。

就这样，傅竟意免去了哥哥们被贬往封地的悲剧。

他留在洛城，终日混迹于娱乐场所，成为了有名的风流王爷，王府之中姬妾成群。

太后终于放下心来，如今的五王爷哪里还是当年那个被先皇夸奖聪颖睿智的五皇子。

其实，傅竟意表面上沉迷声色，实则假借游山玩水之名，四处寻找有志之士。而在他府中豢养的那些伶人、姬妾，实则都是一些世外高人。

傅竟意遇到唐鱼儿的那一天，碰巧是他母妃的忌日。就在父皇逝去后不久，母妃便离奇暴毙，随后被皇后以入土为安之名迅速下葬。也是从那时候，傅竟意心中渐渐有了要争要抢之心，他本是想要安安稳稳度过一生，等到自己的哪位兄弟登基，便可以带着母妃去当个闲散王爷。可既然有人将他视作眼中钉、肉中刺，他不妨真的就去做个眼中钉。

或许像父皇所说，他果然是有些经世之才，只是缺少了个能够指点他的人。那一天，国师找到他，也是从那时候开始，他渐渐了解了一些关于母亲的事。

母亲在入宫之前，原本是位轻功出众的奇女子，在一次机缘巧合之下，与父皇有了一面之缘，由此便误了终身。

母亲放弃了宫外无拘无束的生活，不顾疼爱自己的师兄的劝阻，执意进入皇宫，成了最不被看重的宫女，只为了离自己心中那个伟岸的男子更近一步。而当初劝阻母亲的国师，也凭借着怪才进宫当了一名官员。母亲在宫中言行谨慎，所以尽管皇后谨小慎微，也没能察觉母亲有什么异样来。

宫廷剧变，皇后变成太后，母亲的师兄成了当朝国师。

傅竟意听完这番故事，有些难以置信："怪不得母亲对父皇那样情深意切，母亲从不敢妄想从父皇那里得到宠爱，只想能够偶尔见他一见。"

国师还有些愤愤不平："师妹敏儿完全是被那老皇帝迷了心窍。"

傅竟意还有些不解："你既是母亲的师兄，当日为何不想法子救下她？"

国师叹了口气，眼神有些黯然："你以为我不想？当初我就是为了护她周全才进的皇宫，哪知一时疏忽让太后奸计得逞。如今敏儿已不在，你又四面楚歌，我绝不能看着敏儿唯一的孩儿步了她的后尘。如今，你可有计划？太后不可能就这么放任自流，为了她儿子的江山社稷，她也会把你们几个兄弟所带的威胁统统消除。"

傅竟意半低着头，眯着狐狸眼略微思考了一下，抬头笑着说："您既然来找我，说明您已清楚我的决心，从今往后你可愿助我一臂之力？"

"当然。"

国师一面待在太后身边，另一面暗地里协助傅竟意。遇到唐鱼儿时，傅竟意觉得那是一种注定，而国师觉得这是上天给予的最大的机会，是今后可以打击到太后的有力武器。

傅竟意用易容术偷梁换柱，救下了被逼着饮毒自尽的唐鱼儿，安置在自己的王府之中。

在国师的计谋中，唐鱼儿这枚棋子绝对是夺位的王牌，皇帝昏庸，太后将希望寄予孙子身上，而傅承泽最大的软肋就是唐鱼儿。

那时候，唐鱼儿家破人亡，已失去了往日的明媚可爱，躺在床上奄奄一息。傅竟意微皱眉头，问道："你确定我们救下的这个小丫头有用？"

国师脸上挂着诡异的笑："五王，您认为对人来说最重要的是什么？"

权力？地位？金钱？在母后去世后，傅竟意明白只有生命是无法再重来的。

"当然是命，没了命说什么都没用了。"

"那便是了，太子赶到太后的秘殿时，误以为这丫头已经饮毒暴毙，当下把这丫头没有喝完的几滴毒酒饮下。这酒毒性很大，听说这会儿太子还在昏睡中，虽说用了极其珍贵的药材，但是对身体难免会有损伤。"

"国师的意思是？"

国师起身，在房间里走动着："太子为了她连命都顾不得，你说她是不是他的软肋？"

傅竟意有些犹豫，就这样将她卷进这场纷争里，似乎还是有些不妥之处。

国师见他难以抉择，又说道："我知道五王是成大事者，也明白这些年您一直想要招兵买马。良禽择木而栖，那些奇人异士，哪个不需要用钱财来留住他们，更可况您还有许多要用钱的地方，而唐家的财富足以买下半个北辰。"

就那样，傅竟意将唐鱼儿留了下来，安置在宫外的一处别院中。

她大病初愈，可是意志薄弱，毫无生机。那日，他从外面回来，伺候的丫头说唐姑娘已经三天滴水未进。

他去看她时，她半躺着，连气息似乎都是微弱的。

傅竟意不知自己哪里来的火气，三两步上前，一把拉起了唐鱼儿，怒道："你这副样子算什么？你觉得你父母死得冤枉，你的族人死得冤枉，那么你就应该好好地活着，活着替他们伸冤。你现在这样不人不鬼地活着，若是你父母看到了，他们可会开心？"

兴许是听到父母，唐鱼儿的睫毛轻轻地眨动，泪水顺着脸颊而下。她的嘴唇微微颤抖着，声音无力："可我没用，我什么都做不了，我既救不了他们，也无法替他们报仇，我有什么用呢。"

傅竟意伸手，轻轻擦掉了她的泪水，捧着她的脸："谁说你没用，你可以报仇，你可以还你父母一个清白。你不能就这样消沉下去，他们只有你这一个女儿，如果连你都无法打起精神，替他们报仇的话，那么又有谁肯替他们说话呢？你父亲一生清廉，若是不还他一个清白，他必将在历史上留下臭名。所以，你必须得打起精神来。"

听完他的话，唐鱼儿失声痛哭，这段时间她太过压抑，从未像这一刻一样，委屈得如同被全世界欺负的孩子。

大哭过后，她紧紧地抓住他的衣袖，虚弱而坚韧地说："求你，求你帮帮我。"

那之后，她再也不是什么唐鱼儿了。

她换了名字，二饼。她跟着傅竟意手下的高手学习功夫，一点点走进了傅竟意的棋局中，一步步接受着傅竟意的安排。

她再无其他念想，只求能够为父母报仇。

原本一切都很顺利，顺利地以假身份进宫，他们定下了计划，易容术可维持的时间有限，在假的面皮掉下之前，她必须找到当初陷害父母的人，同时作为对傅竟意的报答，她要帮傅竟意夺位。

那次，她出宫到他府上。傅竟意觉得她似乎离他很远了，不再是刚被他捡回来的小丫头，也不再是那个只想着报仇的姑娘。她的眼中渐渐有了些光彩，可傅竟意没来由地心慌了。

他的心中突然有了个大胆的想法。

他将手上常常把玩着的玉串子摘了下来，桃花眼微眯，如同森林里的老狐狸一般狡猾："不如我们赌一把？"

"赌什么？"她想自己有什么东西能让他看得上眼，可她没有法子了，她知道自己必须依附于眼前的人，只有这样才能够顺利地替父母报仇。

傅竟意的眼神在她身上逡巡，淡淡开口："赌他要江山，还是要你。"

傅竟意发现她的眼神就那样暗淡了下去，他最是明白她心中的那个结——在她的眼里，傅承泽一定会选择太后交给他的江山。

若说她一生有何难以释怀之事，就是太后当年逼她饮毒时说的那些话。

那些话，就像是无尽的梦魇，折磨着她鞭挞着她。太后说，傅承泽早已知道她的父亲是冤枉的，可是每个皇帝的龙椅都不是干净的，要想坐稳龙椅，必然是需要一些人的牺牲。而她的父亲恰好是那个被选中的牺牲者。

“怎么？你不敢赌？”傅竟意看着出神发呆的她，眯着眼笑得像只老狐狸。

那双眼一下子就洞悉了她的情绪，任何人在他面前似乎都是透明的。她克制不住地颤抖着，水灵灵的大眼里满是恐惧，傅竟意心头微微一疼，他其实并不想这么逼迫她。可是，人总是这样自私，他痛，也想让她跟着一起痛。

见她迟迟不开口，他又狠心说道：“这样吧，你今天来，我也知道是几个意思。你跟我赌，若是你赢了我便放弃这场夺位，帮你报仇，助他一生江山安稳、风调雨顺，若是输了，便跟我一起看他落魄，今生也要陪在我身边跟我一起欣赏这北辰风光。”

“王爷……”她眼里的泪水终于滑落，顺着光洁的脸颊滴落在地上。她十四岁就被人称为北辰第一美人儿，如今更是出落得动人心魄。

她就那样仰头望着他，娇弱得如同一只绝望的花蕊。

傅竟意好不容易下定的决心又开始动摇，却听到她说：“好，我赌。”

傅竟意嘴角微勾，他心里笃定她肯定会输：“你可想好了，你若是输了……”

“我若是输了，我就陪他一起去死。”她低垂着眼没有看他，可口中的话却是决绝。

“你说什么？”傅竟意猛然起身，似没想到她会这么说。

她笑了笑，这话说得异常清醒：“五王爷，大约醒掌天下权，醉卧美人膝是您的愿望，那我也有自己的愿望。我只想陪着他，无论在哪里，只要能陪着他我此生无憾。”

傅竟意听她这样说，仿佛听到了天大的笑话：“此生无憾？呵，你倒是忘了，是谁将你唐家害成这般，是谁让你成为孤女？没想到在他身边待了这么几个月，你竟然又爱上了他，连血海深仇都可以遗忘了吗？”

说到最后，他的声音突然低了下来，呆呆地看着她微红的眼眶。

她的泪水不停地在眼眶里打转，可她依旧倔强地抬着头。于父母，她终究是不孝，可她无法违背自己的心。

“我……并没有爱上他，这一切结束之后，我只想远离这里的一切。”

傅竟意了解，还是不死心：“你是铁了心的？”

“铁了心的。”

傅竟意听她这样说，冷笑几声：“好好好，你宁愿如此选择，也不愿意留在本王身边。很好，本王一定成全你。”

她最后是如何跟他道谢，又是如何离开，傅竟意一点都不知道，他也不关心。他就那样在大厅里坐着，维持着下午跟她见面时的场景，直到天色黑透。

他身边的陌姬来送饭，却被门口的侍卫挡住：“陌姑娘，王爷他不想见任何人。”

陌姬来之前就听那些嘴碎的将下午发生的事情说了一遍，虽然没有人能确切知道这里发生了什么，但是八九不离十，唐姑娘一定是拒绝了王爷。

陌姬透过半开的门看向里头，那个男人还是高高在上，只是他的脸上再也没有了往日的骄傲与精明。陌姬心惊，原来，他也有这样落寞的一面，原来他并不是神。

那日，是他们计划的最后一步，是他和傅承泽计划的最后一步。傅竟意其实没有告诉二饼，他和傅承泽早已达成了共识。傅承泽无心江山，可他这些年来也在不断积蓄力量，让自己更强大才能保护想要保护的人。傅竟意的计划被傅承泽看在眼中，他寻了个机会，将他传入宫中。

他们说了很多很多，像小时候那样。

最后，傅承泽决定陪着傅竟意演一出戏，结局是他假死，顺利将王位让给傅竟意。

可是他们都低估了二饼，那支利箭射向傅承泽的位置是计划好的，不偏不倚正好在胸口右侧，并不会伤及性命，而毫不知情的唐鱼儿在那一刻选择了挡在傅承泽身前。

傅竟意的心跳几乎在那一刻，随着唐鱼儿的倒下而停止。

其实他曾经借酒表达过自己的感情，也说过爱，可是她不信，或者说是选择不信。

“你不爱我，只是属于傅承泽的东西你都想要罢了。”

她当时是这么说的。

傅竟意很想告诉她，如果这都不算爱，那么何为爱？

有些事唐鱼儿永远不会知道。那年元宵节，正是他人生最落魄的时候，他独自漫步在街头。隔着一段距离，看到前方有人在猜灯谜。那是他们第一次相见。可她不记得了，不记得那个帮她揭开灯谜，替她赢得了灯笼的人。

而他，却一直没有忘了她。

直到国师的计划将她拉了进来。

只是有些话他再也来不及告诉她，当那支箭没入她的胸口，他清晰地感受到了痛楚。以往他总觉得只要拥有了万里江山，自然会拥有更多的东西，包括爱。

可在那一瞬间，他清楚地明白，与她比起来，这万里江山又有何用？

傅承泽带走了她，从这皇宫中，或者说从他的世界里消失得干干净净，一点痕迹都没有，仿佛她与他之间根本没有过交集。十年了，他没有刻意去打听过，也不晓得当日身受重伤的二饼是死是活。他明白，不打扰才是最后的温柔。

暖炉渐渐凉了，新来的宫人有些小心翼翼地说："皇上，茶喝多了夜里不容易入睡，不若奴才去给您做碗山楂羹吧。"

傅竟意放下手里的茶壶，不答反问："几时了？"

"回皇上，三更天。"

"嗯，你且退下吧。"

新来的宫人战战兢兢地退了出来，她在御前时间不长，可一向觉得皇帝脾气挺好的，不知今天为何会一脸阴沉。

有经验的多嘴老宫人说道："你可是不知道吧，今日是那位的忌日。"

"那位？姑姑说的是哪位？"新宫人听得迷迷糊糊，"难不成是皇上还是王爷那会儿立的王妃？"

"咱们皇上才不会有心思去想那王妃呢，我说的是唐姑娘。"老宫人一脸回忆，"咱们皇上对唐姑娘可是一往情深，可惜唐姑娘年纪轻轻就走了。她可是个传奇人物，是从小太监一步步往上爬的。"

"这么传奇？"新宫人一脸诧异。

“对啊，所以我常常跟你说心有多大，舞台就有多大，只要努力一切都有可能。飞上枝头变凤凰不是梦，荣华富贵也不是梦。”

新宫人信服地点点头，她对已经死去的那位唐姑娘更加好奇了。

番外 青梅竹马

TAI ZI FEI
JIN JI
JI

傅承泽从小就觉得自己挺惨的，没人疼没人爱，好似小白菜。他出生时，据说皇宫上方一片祥云，人人都道小太子他日必成大业。当然，这不仅仅是恭维，而是大家对傅承泽的皇帝老爹太失望了，不得不将希望寄托在儿子身上。

傅承泽的爹，年轻时风流倜傥，能文善武，可他无心江山，只想与心上之人隐居田园。所以在老皇帝的心中，傅承泽他爹并不是一个做皇帝的合适人选，并没有对他刻意栽培。

反而是太后，对自己这个儿子寄予了很大的期望，据说在那场宫廷政变中太后是个厉害的角色，硬是凭借着有力的手腕，将这江山归于自己儿子的手中。

可惜，傅承泽的父皇打从坐上皇位的那天起，就没打算为北辰做出点什么事。

在傅承泽的印象中，父亲最爱做的事便是每日早起，为母后画眉。眉儿弯弯似月牙，父亲眼中的爱意，与母亲的笑靥，是他今生见过的眷恋。

奈何好景不长，傅承泽的母后身子一向羸弱，又因一场怪病而卧床不起，不久便香消玉殒，从那以后父亲沉迷于各色美人，纵情歌舞，无心朝政。

也是从那时候起，太后对自己这唯一的孙儿更加呵护备至，悉心栽培。

许是对母亲太过思念和愧疚，父皇将所有的宠溺都给了他，各种各样的稀奇玩意儿和奇珍异宝，几乎都送到他面前，却极少来看望他。

傅承泽像一个被宠坏了的孩子，在这宫中当起了小小的霸王。当然，俗话说得好，不作死就不会死，可惜那会儿的傅承泽不太明白这个道理，硬是一门心思作死。

最后在摔坏母妃最心爱的一个花瓶后，彻彻底底被父皇嫌弃了。

说起来，在这皇宫里，傅承泽最怕的人便是那个白胡子老太傅，正当皇帝不知道该怎么教育儿子的时候，老太傅灵机一动，想出了个精妙绝伦的点子。

“臣以为，可以搞个变形计。”

皇帝一脸茫然：“太傅，这个变形计是个什么东西？”

太傅摸摸花白的胡子，小眼睛笑得十分奸诈：“这变形计就是所谓的一帮一互助活动。太子天赋秉然，绝对是治国奇才，奈何在这深宫之中无法见识到民间的那些奇妙食物，不如将太子送到平常人家，让太子体验一下老百姓的日子。相信由此，我们太子会更加体恤民间疾苦。”

这么荒谬的点子，让傅承泽怀疑太傅是不是在报复自己烧掉他胡子的点子，居然被父皇答应了！

为了能让太子体验到最纯正的民间生活，为了能让太子学到更多的知识，经过一番商议，在太傅的提议下，皇帝决定把太子送到当天没有来上朝的唐大人家里去。

见自己的意见被采纳了，太傅那一脸褶子笑成了灌汤包：“这唐大人廉洁勤政，相信此番锻炼定能让太子有所收获。”

奈何两个当事人都不大乐意。

这太子爷小霸王的威名早已传遍了北辰，绝对是个惹不起的主，可惜唐大人抗议无效，只能接受。

至于另一位当事人，傅承泽可是哭着喊着都不要去唐大人家。他跑去太后那里一哭二闹，没成想太傅比他更早一步到，提前就给太后做好了心理建设。

太傅一番话说得情真意切：“如今的北辰看似风平浪静，实则暗潮汹涌，而唐家富可敌国，人人都道得唐家者得天下。此番老臣让太子去唐府，纵是他唐毅再不拉帮结派，可在外人看来也是站到了太子爷这边。”

太后眼睛一转，明白了太傅的用心良苦，即使心中有不舍，可面对孙子的苦苦哀求，毫不动容：“阿泽，这唐家你是去定了。”

不仅傅承泽要去唐家，而且还要将太后送给唐家的礼物亲手交给唐大人。

那日，唐府附近的邻居听说太子爷要来唐府，纷纷赶来围观，其场面也是相当的壮观。以至于吓到了从小就没见过啥“世面”的傅承泽，他掀开马车上的帘子，看了看街道两旁的人群，皱眉对身边的全公公说：“臭老头，宫外的人咋这么多呢？”

他以往在宫里，除了父皇宴请众大臣及其家眷时，平日里见到的总是那么几个人。

全公公也是诧异，分明圣上叮嘱过，此次太子出宫务必要保密。他替太子擦擦汗，解释："老奴以为有可能是谁不小心走漏了风声吧，太子爷咱这就到了，一会儿见了唐家人您切记太后的叮嘱。"

傅承泽不耐烦地挥挥手："知道了，知道了。"

太子爷下了马车，一一见过唐家众人，并将太后交代过的礼品赠给了唐府。

一旁的全公公喜滋滋地说："唐大人、唐夫人，这是太后特意准备的白玉如意和灵芝，太后她老人家说了，太子就要在贵府叨扰了，还请唐夫人不要介意。"

唐大人上前一步，毕恭毕敬地接过了那些赏赐，连连说道："哪里哪里，这是我们府上的荣幸。"

听到唐大人这样说，全公公喜滋滋地站在了一旁，而小太子心里笃定这唐大人也不过是个溜须拍马之人。

唐夫人何小小今日终于见到了当年唤她姐姐的小太子，嗯，显然宫里的伙食不错，小太子比前些年更加壮实了一些，不过还是挡不住那精致的眉目，依然很可爱啊。何小小仿佛在小小的傅承泽身上看到了未来美男子的缩影，格外殷切。

傅承泽对唐夫人的印象也很好，好多年前他父皇在宫里摆宴，这位温柔漂亮的夫人便是被宴请的对象之一。傅承泽乖乖跟唐夫人问过好，起身时视线被使劲往唐夫人身后躲的一个小糯米团子吸引了。

糯米团子越躲，他越看，越躲越看，唐夫人这个坑女的亲娘笑了笑，一把将女儿抓过来，递到太子面前，说道："太子爷，您是要看鱼儿吗？”

就这样，唐鱼儿成功完成了与傅承泽的第一次会面。

当时的场景是，鱼儿被母亲拎着衣服整个人腾空而起，小脸吓得绯红绯红，小短腿和小胳膊扑腾着，而母亲丝毫没有理会她此时的心情，将她暴露在太子面前。

傅承泽虽也只是八九岁的少年，但他身条长，比鱼儿高出了不少，可何小小这么一拎，倒是让两人的视线齐平。

那双乌溜溜的眼睛，直直看着他，看得傅承泽竟然有些不好意思了，心想，好一只大胆的糯米团子！

何小小丝毫没意识到两个孩子之间的尴尬，笑着说：“小太子，这是我的女儿唐鱼儿，今年六岁。”

鱼儿？六岁？傅承泽启口刚想说些什么，只听全公公尖细着嗓音在说：“哎哟喂，太子爷您瞅瞅，这唐家小姐长得多招人喜欢啊，粉雕玉琢，就跟墙上的年画似的。”

傅承泽愣愣看了小丫头一眼，随即立刻红着脸别过头，硬生生咽下原本要说的话，吐出一个字：“丑！”

好好的一个太子欢迎仪式，在太子那声丑之后，在唐家小姐悲愤大哭之后，匆匆收场。

那天起，整条街的人都知道太子住在唐家，而整条街也都知道了唐家小姐长得丑。

就这样，太子算是在唐大人家住了下来。

番外
大漠孤烟

TAI ZI FEI
JIN JI
JI

傅承泽带着唐二饼走了，或者说，傅承泽是带着唐鱼儿走了。季泽站在城墙上，看着那匹载着两人的马越走越远，一时百感交集。

“季将军，城墙风大，您好歹披件衣裳吧。”不知道站了多久，手下的一员小将拿了件披风给他。

季泽没有应答，只听那小将说：“将军，唐姑娘说，待她走了之后让我把这个交给您。”

季泽的眼神终于有了波动，他扭头，看见小将手里躺着一枚圆圆的玉佩。

季唐两家是世交，季泽从小就认识那个叫鱼儿的家伙。

据说鱼儿是唐家夫人在跟自己母亲搓麻时动了胎气生下来的。

那日，母亲很是高兴，拉着他的小手说：“唐家夫人生了个小姑娘，长得可好看了，为娘可是打定了主意，将来去唐府提亲，把这唐家小丫头娶回来，给你当媳妇，天天收拾你，还不给你糖吃。”

丁大点儿的季泽听完，吓得哇哇大哭，还要被母亲拖去唐府，看那个传说中不让吃糖的小媳妇。

初次见面，她是摇篮里白白胖胖的小女娃，他是流着鼻涕的小哥哥。

季夫人跟唐家夫人聊了会儿天，又逗弄起自己的儿子："小季季，快来看看妹妹啊，妹妹长得多好看啊。"

好看是挺好看的，白白嫩嫩，就像是府门口卖的豆腐花一样！可惜，不让吃糖再好看也没有用，季泽奶声奶气地说："妹妹不好看，不要娶妹妹，妹妹嫁不出去。"

童言无忌，一番话惹得大人们哈哈大笑。摇篮里的小家伙却不乐意了，她像是听懂了季泽的话，哇哇大哭着停不下来。

季夫人走过去，拍了拍自己的傻儿子，说道："你看看，你说妹妹不好看，妹妹都难过地哭了。"

小季泽脸上露出微微的歉意，看着摇篮里哭得脸蛋通红的小人，自己也有些难过了。

季夫人蹲下身，温声说道："我们哄哄妹妹好不好。"

季泽毫不犹豫地点点头，季夫人顺势拿出一块上好的白色玉佩，交到了季泽手上："你给妹妹戴上。"

那玉佩小小圆圆，初看之下不起眼，但色泽通透，玉身发亮，定是上品。

季泽伸出手臂，踮起脚，奋力将手里的玉佩挂在了小奶娃的脖子上。

奶娃娃原本还在委屈地大哭，此时却转变了脸色，露出了笑模样。季泽看着妹妹乐了，心里也高兴，心想这娃娃果然还是笑着更可爱一些。

一旁的唐夫人见了，戳戳女儿的脸，揭穿道："小丫头，你就是为了骗季泽哥哥的玉佩才装哭的吧。"

小奶娃听母亲这样说，竟像是有感应一般，长长地“哦”了一声，惹得众人发笑。

从此以后，他便被这个会装哭的妹妹吃得死死的。

她跟所有他见过的世家小姐都不一样，喜欢爬树，喜欢大口吃肉，稍大一些还喜欢跟在他屁股后面一口一个“季哥哥”，害得一起玩耍的几个世家子弟总是爱开他的玩笑，说他有个小媳妇儿。

年少时候，也会故意捉弄她，吓唬她，可她早就已经知道了如何对付他。

那年，唐大人给鱼儿请了教书先生，虽说女子无才便是德，可唐大人不愿自己的女儿做个白丁。

先生管教得严，每次鱼儿完不成任务，手板就要被戒尺打得通红通红，她委屈得不行，拉着他替她抄诗。

“你要是不帮我，那明日我又要被先生打了。”

季泽有些纠结，心里明白替她抄诗是不对的，鱼儿见他有些犹豫，立即露出一副委屈的面孔，泪水在眼眶里打转：“季泽哥哥，我也不想你为难，算了，明日就让先生打我吧，你记得多替我准备点膏药便是。”

听她这样说，季泽哪里还敢有半分犹豫，恨不得替她抄完所有诗。而一旁的鱼儿，娇笑着，眼中露出能让他怦然心动的狡黠光芒。

不知道是从什么时候开始，他对鱼儿的感情渐渐地发生了变化。

他看着她长大，在她背后疼惜着她。

看她逐渐露出少女姿色，一颦一笑，都能牵动着他的心。

青梅竹马，两小无猜，他常常读到诗中的恩爱不移，心中俱是她的影子。他甚至幻想过一生一世一双人。

是从什么时候开始变了呢?

那天，父亲回到家，忧心忡忡，说是太子要去唐大人家体验生活。

“这可不是好事，看来现在太后是倾向于唐毅兄了。”

那时候他还不大懂父亲的意思，只知道自从傅承泽出现后他们变成了三人行，渐渐地又成了两人行……傅承泽和鱼儿的两人行。

少年人的心中也有不满，也有难过，可他无可奈何，只想着他是太子，高高在上，终是跟他们这些普通人不一样。

等着再大一些，他便向父亲请求，去唐家提亲，从此以后鱼儿就是他的了。

可他还没来得及向唐家提亲，唐家却出了事，那时候父亲整日为了唐家的事奔波，可是一代豪门唐家还是在一夜之间归于尘土。

后来，他选择远走边关，几年间都不曾再回来过。

重逢时，她是油嘴滑舌的小太监，而他是历经磨洗的小季将军。

有时候他也会想，不过是年少时的一段美好时光，慢慢就会忘却了吧。可他低估了情的力量，竟会如此刻骨。

可她，终究不属于自己。

有些事情，还没开始，已经结束。

或许，大漠孤烟才是属于他的后半生。

后记

TAI ZI FEI
JIN JI
JI

又到了写后记的时候，终于可以看到自己亲手创作的作品，终于可以舒一口气，终于，我又一次把一个故事拼尽全力讲完了。

这本是我写过的最“难产”的书，也是我坚持时间最长的书。最初有故事框架是在五年前，那天的古代文学课，老师给我们讲了《李将军列传》，一句白首未封开启了这个故事最早的框架。那时候，我的头脑里一直是驰骋沙场的大将军如何如何不得志，又是如何如何爱恨情仇。后来，我的将军成了配角，太子成了主角，唯一不变的是我的古言梦。

故事里人物命运，有作者的牵引，更多的是由人物自身性格来决定的。我一直想写一个这样的女主，她不是傻白甜，而是将聪明与美丽隐藏，看似是别人的棋子，实则自己才是棋局的掌控者，二饼就是这样的女主。醒掌天下权，醉卧美人膝，似乎是所有男人的终极理想，而傅承泽的设定是表面无心江山，实则有自己的部署，而在最后他为了爱人可以将手中的江山拱手让人。

并不是说我笔下的男主情比海深，而是他对二饼的爱已经是属于自己的一部分，我们可以割舍除了我们之外的东西，但是绝对割舍不了我们自己。完文的这个晚上，我心中的二饼、阿泽仿佛就在眼前，那些朝堂之上，宫廷之中的故事也历历在目，他们每个人都像是真实存在一般。

完稿的这天心情是百味陈杂的，要跟唐二饼和傅承泽说再见了，也要跟新的角色好好相处了，希望下本书中我能有更好的进步。

这些天一直在思考一个问题，我究竟还能写几本书？能不能实现著作等身的美好愿望。终于想通了：如果有一天，我不再写作，那一定是因为我对生活失去了热爱。

下一本书，再见！

孔十五

丁酉年乙巳月 癸卯日